**SILVIA STOLZENBURG**

# Die Salbenmacherin und der Fluch des Teufels

DER TEUFEL IN NÜRNBERG Seit der Entführung von Oliveras Sohn sind zweieinhalb Jahre vergangen. Es hat den Anschein, als würde Normalität in ihr Leben einkehren, bis eines Morgens ein Ratsherr um ihren Beistand bittet. Seine Tochter leidet an einer rätselhaften Krankheit, die selbst den Medicus ratlos macht. Olivera verspricht Hilfe, doch auch sie kann das Leid des Mädchens nicht lindern. Bald erkranken weitere Nürnberger, und es dauert nicht lange, bis das Gerücht entsteht, der Teufel hätte die Kranken verflucht. ALS WÄRE das nicht genug, tauchen die Leichen der Männer auf, die Oliveras Bruder ermordet hat. Zu ihrem Entsetzen soll sie bei der Leichenschau helfen, bei der die Toten erkannt werden. Kann sie den Verdacht von sich ablenken oder drohen ihr und ihrem Gemahl das Lochgefängnis und die Hinrichtung? Die Ereignisse überschlagen sich und zwingen Olivera zu einer folgenschweren Entscheidung.



© Oliver Vogel

*Dr. phil. Silvia Stolzenburg studierte Germanistik und Anglistik an der Universität Tübingen. Im Jahr 2006 promovierte sie dort über zeitgenössische Bestseller. Kurz darauf machte sie sich an die Arbeit an ihrem ersten historischen Roman. Sie ist hauptberufliche Autorin und lebt mit ihrem Mann auf der Schwäbischen Alb, fährt leidenschaftlich Rennrad, gräbt in Museen und Archiven oder kraxelt auf steilen Burgfelsen herum - immer in der Hoffnung, etwas Spannendes zu entdecken.*

**SILVIA STOLZENBURG**

# Die Salbenmacherin und der Fluch des Teufels

*Historischer Roman*

GMEINER

Dieses Buch wurde vermittelt durch die
Autoren- und Projektagentur Gerd F. Rumler (München)

Immer informiert

Spannung pur – mit unserem Newsletter informieren wir Sie regelmäßig über Wissenswertes aus unserer Bücherwelt.

Gefällt mir!

Facebook: @Gmeiner.Verlag
Instagram: @gmeinerverlag
Twitter: @GmeinerVerlag

MIX
Papier aus verantwortungsvollen Quellen
FSC® C014496

Besuchen Sie uns im Internet:
www.gmeiner-verlag.de


Im Ehnried 5, 88605 Meßkirch
Telefon 07575/2095-0
info@gmeiner-verlag.de

1. Auflage 2021

Lektorat: Daniel Abt
Herstellung: Mirjam Hecht
Umschlaggestaltung: U.O.R.G. Lutz Eberle, Stuttgart
unter Verwendung der Bilder von: © Alex Shadrin / stock.adobe.com
und https://commons.wikimedia.org/wiki/File:Nuernberg-1650-Merian.jpg
Druck: GGP Media GmbH, Pößneck
Printed in Germany
ISBN 978-3-8392-0017-9

*Für Horschi – zu wenig, zu kurz. Du fehlst.*

# Kapitel 1

*Vor den Toren von Nürnberg, September 1412*

Die Sonne schien aus einem makellos blauen Himmel, den nur ein dünner Schleier im Osten trübte. Am Horizont jagten sich ein paar vorwitzige Vögel, als ob der Herbst noch in weiter Ferne läge. Das Laub der Bäume am Ufer der Pegnitz färbte sich in diesem Jahr nur langsam bunt, doch das schöne Wetter konnte nicht darüber hinwegtäuschen, dass der Sommer vorbei war. Zwischen den Grashalmen am Wegesrand spannten sich Spinnennetze, die taunass glitzerten. Der schwere Geruch von feuchter Erde stach Jona in die Nase, als er sich mit Cristin der Hallerwiese vor den Toren der Stadt näherte.

»Warum willst du ausgerechnet hier suchen?«, fragte das Mädchen und sah mit großen Augen zu ihm auf. Sie hatte Mühe, mit Jona Schritt zu halten. Ihre wilden dunklen Locken tanzten um ein vor Anstrengung gerötetes Gesicht. »Vor dem Wöhrder Türlein wächst viel mehr Schafgarbe.«

Jona schüttelte ungehalten den Kopf. »Wenn du lieber zurück nach Hause gehen willst …«

»Nein!« Cristins Wangen färbten sich noch röter. »Ich bin doch kein Kind mehr!«

Jona verkniff sich ein Lachen. Sie war beinahe zehn Jahre alt und benahm sich seit geraumer Zeit seltsam, vor allem in seiner Gegenwart. Er mochte sie wie eine kleine Schwester, allerdings fürchtete er, dass sie in ihm mehr sah als den großen Bruder. Seit seine Stimme tiefer und seine Schultern breiter geworden waren, klebte sie bei jeder Gelegenheit an seinen Fersen. Er fragte sich, wann Götz bemerken würde, was vor sich ging. Allein die Vorstellung bereitete ihm Unbehagen. Er schob den Gedanken hastig beiseite und sah sich um. Etwa eine halbe Meile vor ihnen hob sich etwas vom Blau des Himmels und dem Braun der Stoppelfelder ab, bei dem es sich um das verfallene Gehöft handeln musste. *Der Hof des Alten Endris*, dachte er und zog die Schultern hoch, weil es ihn plötzlich fröstelte. Seit der Entführung von Oliveras Sohn Lukas vor zweieinhalb Jahren war im Haus des Stadtapothecarius nie mehr von jener Nacht gesprochen worden, in der auch Mathes, der Knecht, fast sein Leben verloren hätte. Mit gemischten Gefühlen erinnerte Jona sich an alles, was damals vorgefallen war. Wäre er nicht neulich durch Zufall Zeuge eines Gesprächs auf dem Grünen Markt geworden, hätte er dasselbe getan, was die ganze Stadt zu tun schien: den Adepten Alphonsius und seine betrügerischen Helfer vergessen.

»Was, glaubst du, geschieht mit dem Hof?«, hatte ein Knecht eine Frau mit einem Handkarren gefragt, während Jona in der Schlange hinter ihnen gewartet hatte, bis er beim Metzger an der Reihe war.

»Mit welchem Hof?«

»Mit dem des Alten Endris. Wenn die neue Straße gebaut wird, ist der doch mitten im Weg.«

Die Frau hatte mit den Schultern gezuckt. »Dann wird man ihn dem Erdboden gleichmachen. Was geht's mich an?«

Zuerst hatte Jona sich nicht für das Gerede interessiert, doch auf dem Weg zurück zum Haus in der Burgstraße war ihm der halb verkohlte Zettel eingefallen, den er kurz nach Lukas' Rettung im Kamin gefunden hatte. *…tore zum Hof des Alten E…* Mehr hatte er nicht entziffern können. Der Rest des Papiers war verbrannt. Obwohl er vermutet hatte, dass es sich um eine Nachricht des Entführers handelte, hatte er dem Fund keine weitere Beachtung geschenkt, da Lukas wohlauf und der Täter über alle Berge war. Erst einige Zeit später war ihm klar geworden, dass etwas mit der Nachricht nicht stimmte. Waren Lukas und die Amme nicht in einer Kate innerhalb der Stadtmauern gefangen gehalten worden? Je länger er darüber nachgedacht hatte, desto heftiger hatte ihn die Neugier geplagt. Deshalb hatte er beschlossen, der Sache endlich auf den Grund zu gehen. Er hatte keine Ahnung, was er sich von dem Ausflug versprach, vermutlich hatte der halb verbrannte Zettel überhaupt nichts mit der Entführung zu tun. Dennoch zog ihn der Hof an wie ein Magnet.

»Ich glaube nicht, dass wir so weit weggehen sollten«, gab Cristin zu bedenken.

Jona ignorierte sie und steuerte zielstrebig auf eine Ansammlung von verfallenen Gebäuden in der Nähe des Flussufers zu.

»Jona?«, quengelte sie.

»Geh Pappelrinde sammeln«, brummte er.

»Aber wir sollen doch Schafgarbe mitbringen!«

»Jetzt mach schon!« Er zeigte ungehalten auf die Bäume und wartete, bis Cristin sich widerstrebend trollte. Dann sah er sich um. Dicht beim Ufer stand ein windschiefer Holzschuppen, dessen Dach an einigen Stellen eingefallen war. Überall wucherten mannshohe Disteln und auf dem Schornstein des Hauptgebäudes hatten Störche ihr Nest gebaut. In den Wänden klafften Durchbrüche, wo die Nürnberger Holz und Steine herausgebrochen hatten, um sie anderweitig zu verwenden. Trotz des frischen Windes lag der Geruch von Schimmel, Fäulnis und Tierkot schwer in der Luft. Jona rümpfte die Nase. War er auf dem Holzweg? Er betrat das Gebäude und blinzelte, bis sich seine Augen an das Dämmerlicht im Inneren gewöhnt hatten. Im Erdgeschoss befand sich nichts außer einer gewaltigen Feuerstelle und einigen alten Töpfen. In einer Ecke türmten sich kaputte Stühle und Bänke, die zum Teil zu Feuerholz zerkleinert worden waren. Das Obergeschoss war ebenfalls verwaist, die Treppe so morsch, dass er mehrmals fast eingebrochen wäre. Zurück im Erdgeschoss sah er sich nach einem Keller um und entdeckte eine Luke.

»Was ist das denn?«, murmelte er, ging näher und kniete sich auf den Boden. Die Klappe der Luke war aufgestoßen und lag auf einem Haufen schwerer Steine. Bei näherem Hinsehen wurde deutlich, dass sich jemand mit einem Messer daran zu schaffen gemacht hatte. Ein Loch klaffte in der Mitte der Bretter, an einem rostigen Nagel hing ein Stück Stoff. Jona befreite es und runzelte die Stirn. Er überlegte gerade, ob er in den Keller klettern sollte, als ein gellender Schrei an sein Ohr drang.

»Cristin!«, keuchte er. Mit einem Satz kam er zurück auf die Beine und rannte zur Tür.

# *Kapitel 2*

*Nürnberg, September 1412*

Olivera richtete sich mit einem Seufzen auf und legte die Hand an den schmerzenden Rücken. Sie stand schon mehrere Stunden in der Salbenküche, gebückt über Hackblock, Mörser und Tiegel verarbeitete sie die frischen Heilpflanzen, die Jona und Cristin in den letzten Tagen gesammelt hatten. Seit dem vergangenen Sommer überließ sie Jona viele der einfacheren Arbeiten in der Offizin und auch Cristin hatte sich inzwischen zu einer tauglichen Helferin gemausert. Dank der Unterstützung der beiden konnte Olivera viel Zeit im Heilig-Geist-Spital verbringen, wo sich immer mehr reiche Pfründner in den Kreis ihrer Kunden einreihten. Nach der Enttäuschung über das angebliche Allheilmittel, das der Adept Alphonsius den Alten und Kranken für teures Geld verkauft hatte, waren ihre Arzneien beliebter denn je. *Kein Wunder,* dachte sie. Immerhin halfen ihre Tränke und Salben, die Zipperlein der Insassen des Spitals zu lindern.

Da der Gedanke an den Adepten unweigerlich schlimme Erinnerungen zurückbrachte, schüttelte sie ihn ab und warf eine Handvoll getrocknete Blüten der Akelei in einen Mörser. Sie zerstieß sie mit geübten Bewegungen und füllte sie in kleine Säckchen. Vermischt mit Apfelmus half diese Heilpflanze gegen das Fieber, das bald wieder in Nürnberg grassieren würde. Mit Beifuß und Brennnessel gegen Magen- und Darmbeschwerden, Tausendgüldenkraut zur Linderung von Ohrensausen und Eisenkraut für Kompressen verfuhr sie genauso. Außerdem legte sie Apfelbaumblätter zum Trocknen auf ein Gestell, mischte eine Lärchensalbe zur Behandlung von Ekzemen und bereitete ein Elixier aus grünen Wacholderbeeren. Immer wieder wischte sie sich dabei den Schweiß von der Stirn, da das Feuer unter der Kochstelle dafür sorgte, dass es in der Salbenküche drückend heiß war. Bald würde sie mehr Platz benötigen, denn die Regale an den Wänden des Raumes würden nicht mehr viele Tiegel, Töpfe und Flaschen fassen. Das Geschäft brummte, obwohl Götz aufgrund seines Sitzes im Stadtrat weniger Zeit hatte, im Verkaufsraum zu stehen.

Als hätten diese Überlegungen ihn angelockt, betrat in diesem Moment ein Käufer den angrenzenden Raum, begleitet vom Bimmeln des Glockenspiels über der Tür.

»Ich komme gleich!«, rief Olivera und griff nach einem Tuch, um sich die Hände zu säubern. Dann rückte sie die Haube auf ihrem Haar zurecht, verstaute eine Strähne hinter dem Ohr und ging nach nebenan.

Ein vornehmer Herr in einer von Silberfäden durchwirkten Schecke blickte ihr entgegen. Er trug einen gezwirbelten Bart. »Seid Ihr die Salbenmacherin?«, fragte er ohne Begrüßung.

Olivera nickte.

»Ich brauche Eure Hilfe!«

Olivera trat hinter den Tresen. »Was kann ich für Euch tun?«

»Ihr müsst mit mir kommen! Meine Tochter ist krank!«

Olivera runzelte die Stirn. »Habt Ihr Euch an den Medicus gewandt?«

Der Mann nickte. »Er hat ihr lauter nutzloses Zeug gegeben, das nicht hilft!«

»Mein Gemahl …«, hob Olivera an, aber der Patrizier schnitt ihr mit einer Geste das Wort ab.

»*Ihr* müsst mit mir kommen! *Eure* Arzneien haben meiner Mutter das Leid vor dem Tod erspart.«

»Eurer Mutter?«

»Sie war Pfründnerin im Spital«, erklärte er. »Ohne Euch hätte sie furchtbar unter ihrem Krebs gelitten. Ihr müsst auch meiner Tochter helfen!«

»Ich kann Eurer Tochter nur in Absprache mit dem Medicus Arzneien geben«, hielt Olivera entgegen. »Alles andere könnte vom Rat als Kurpfuscherei angesehen werden.« Obwohl sich ihre Feinde in den vergangenen zweieinhalb Jahren ruhig verhalten hatten, wollte sie niemandem die Möglichkeit geben, erneut gegen sie oder Götz zu intrigieren.

»Lasst das meine Sorge sein.« Der Mann zog eine Geldkatze aus der Tasche und legte sie vor ihr auf den Tresen. »Ich bezahle Euch fürstlich.«

Olivera schüttelte bedauernd den Kopf. »Ich kann nur helfen, wenn Ihr auch nach dem Medicus schicken lasst.«

»Verdammt!«, schimpfte er, hob jedoch sofort beschwichtigend die Hände. »Es tut mir leid. Meine Tochter … Sie ist …« Er suchte nach Worten.

»Wie alt ist sie?«, wollte Olivera wissen.

»Neun.« Tränen traten in seine Augen.

Wider besseres Wissen beschloss Olivera, seinem

Wunsch nachzugeben. Der Medicus Matthäus war weder abweisend noch hochmütig wie sein Vorgänger und würde es vermutlich nicht missbilligen, wenn man auch sie zu Rate zog. Dennoch würde sie darauf bestehen, dass man nach ihm schickte. »Ich werde sie mir ansehen«, sagte sie.

Der Ratsherr wirkte erleichtert.

»Beschreibt mir ihren Zustand ganz genau«, forderte sie ihn auf.

Er fuhr sich mit der Hand durch den Bart. »Sie hat furchtbare Krämpfe. Immer wieder krümmt sie sich schreiend zusammen, hat Schaum vor dem Mund und erbricht sich. Vor zwei Tagen hat sie wie wild um sich geschlagen und etwas vom Feuer der Hölle gestammelt. Es ist, als ob Gott sie für etwas bestrafen wollte.« Seine Augen wurden feucht. »Sie ist doch unschuldig!«

Olivera überlegte einen Augenblick. »Wie lange leidet sie schon an den Krämpfen?«

»Seit drei Tagen. Es fing mit einem starken Zittern an und wird immer schlimmer. Wenn Ihr ihr nicht helft …« Er schluckte mühsam. »Die Kindermagd hat nach einem Pfaffen geschickt, um die Heiligen anrufen zu lassen. Aber wie soll das gegen die Schmerzen helfen?«

Obwohl die Symptome auf verschiedene Krankheiten hindeuten konnten, ging Olivera zurück in die Offizin, um Mutterkraut, Kamille und Fenchel einzupacken, die allesamt krampflösend wirkten. Außerdem füllte sie Leinsamen in ein kleines Säckchen, da dieses Mittel mit Honig gemischt gegen Verstopfung half. Wenn Gott dem Mädchen gnädig war, handelte es sich lediglich um einen verdorbenen Magen. Falls nicht … Sie bedeutete dem Mann, den Verkaufsraum zu verlassen, und sah sich im Hof nach

Mathes um. Als sie ihn bei einem der Stallgebäude entdeckte, winkte sie ihn zu sich.

»Brauchst du Hilfe?«, fragte er mit einem misstrauischen Blick auf den Patrizier.

Olivera schüttelte den Kopf. »Ich bin eine Weile weg. Falls in der Zwischenzeit jemand nach mir oder Götz fragt, sag ihm, er soll später wiederkommen.«

»Soll ich dich begleiten?«

»Nein.«

»Was soll ich Götz sagen, wenn er fragt, wo du bist?«

Olivera sah zu dem Ratsherrn auf.

»Im Haus von Martin Groß«, sagte er. »Meine Tochter ist krank.«

Olivera ließ sich ihre Überraschung nicht anmerken. Zwar trug der Mann feine Kleider, doch dass er zu einem der ältesten Patriziergeschlechter der Stadt gehörte, hatte sie nicht angenommen.

»Bitte! Beeilen wir uns«, drängte Groß und schritt hastig zum Hoftor.

Auf der Burgstraße angekommen, liefen sie den Abhang hinunter, überquerten den Marktplatz beim Rathaus und machten schließlich vor einem gewaltigen vierstöckigen Fachwerkhaus halt, dessen bunt bemalte Fassade im Sonnenlicht leuchtete. Nicht nur die vielen Giebel, die senfgelben Holzbalken und das silberne Schild über der Tür zeugten vom Reichtum des Besitzers. Auch die zahlreichen Wirtschaftsgebäude innerhalb der übermannshohen Mauer machten deutlich, dass hier jemand wohnte, dessen Wohlstand beträchtlich war. Nachdem der Patrizier einen Laufburschen losgeschickt hatte, um den Medicus zu holen, führte er Olivera durch eine mit Schnitzereien verzierte Eingangstür, die in eine große, von einem Rippengewölbe überspannte Halle führte. Ein lang gezogener, gequälter Schrei drang aus der Ferne an Oliveras Ohr, als sie dem Hausherrn zu einer breiten Holztreppe folgte, die in die oberen Stockwerke führte.

Vorbei an Heiligenbildern und Kruzifixen gelangten sie ins zweite Obergeschoss, wo die Schreie lauter wurden.

»Gebenedeit seist du, Heilige Jungfrau Maria«, hörte Olivera einen Mann in Priestertracht tönen, als sie mit Martin Groß den Raum betrat, in dessen Mitte ein Bett stand. Darin krümmte sich ein junges Mädchen vor Schmerzen, auf seinem Gesicht glänzte der Schweiß. Immer wieder zuckten die Arme und Beine des Kindes wie in einem furchtbaren Tanz und die Schreie schwächten sich zu einem Wimmern ab.

In einer Ecke stand eine Magd, deren bleiches Gesicht sich kaum von der weißen Wand abhob.

Als der Priester Olivera und Groß bemerkte, stand er auf und kam mit einem Kopfschütteln auf sie zu. »Du wirst nicht viel ausrichten können, meine Tochter«, sagte er an Olivera gewandt. »Der Herr hat der armen Seele eine Prüfung auferlegt, die sie allein durch ihren Glauben bestehen kann.«

»Gebt uns einen Moment, Pater«, bat Groß. »Ich lasse nach Euch schicken, sobald wir fertig sind.«

Einen Augenblick sah es so aus, als wolle der Gottesmann zögern, dann schlug er ein Kreuz vor der Brust, murmelte ein letztes Gebet und wandte sich zum Gehen.

# Kapitel 3

»Vater! Hilf mir!« Die Worte waren kaum zu verstehen, da die Zähne des Mädchens heftig aufeinanderschlugen. Es sah Martin Groß so flehend an, dass sich Oliveras Herz zusammenzog.

»Die Frau wird dir den Schmerz nehmen«, sagte er mit einem Blick auf Olivera, nachdem er sich auf die Bettkante gesetzt und die zur Faust geballte Hand seiner Tochter vorsichtig in die seine genommen hatte. Er schien das Kind von ganzem Herzen zu lieben. »Bitte!« Die geröteten Augen richteten sich auf Olivera.

Erst jetzt sah sie, dass sich das Mädchen die Haare büschelweise ausgerissen hatte. Blutige Löcher klafften in ihrer Kopfhaut und ihre Beine begannen wieder, unkontrolliert zu zucken.

Olivera stellte ihren Korb ab, zog sich einen Schemel ans Bett und legte eine Hand auf die Stirn des Kindes. »Sie hat Fieber.«

»Könnt Ihr es senken?«

Oliveras Antwort ging in einem weiteren Schrei unter. Ohne Vorwarnung entriss das Mädchen seinem Vater die Hand und fing an, wild um sich zu schlagen und zu treten. Dabei schien ihr jede Bewegung Höllenqualen zu bereiten, da sich ihre Augen verdrehten und Schaum aus ihrem Mund quoll.

»Helft ihr! Bitte!« Martin Groß wich von der Bettkante zurück, da die Krämpfe seine Tochter immer stärker schüttelten.

Olivera holte Mutterkraut, Kamille und Fenchel aus ihrem Korb, vermischte alles miteinander und gab es in einen Becher. »Bring mir Wein!«, trug sie der Magd auf und rührte die Arznei an, sobald die junge Frau mit dem Gewünschten zurückkehrte. Dann wartete sie, bis sich der Anfall etwas legte, und flößte dem Mädchen den Trank ein.

»Wird sie das gesund machen?«, fragte Groß.

»Es sollte ihre Krämpfe lösen«, erwiderte Olivera, die etwas Derartiges noch nie gesehen hatte. Sie betastete den Bauch des Mädchens, doch anders als erwartet war dieser weder hart noch aufgedunsen.

Eine Weile sah es so aus, als ob die Heilpflanzen Linderung bringen würden, aber schon bald fing das Mädchen aufs Neue an zu stöhnen.

»Herr?« Ein Bursche tauchte im Türrahmen auf. »Der Medicus.«

Martin Groß bedeutete ihm, den Arzt ins Zimmer zu führen, der so hager war, dass er fast ungesund aussah. Sein Gesicht war lang und schmal, die braunen Augen sanft. Er war jung, doch etwas in seinem Gesicht verriet, dass er schon zu viel Leid gesehen hatte. Er nickte Olivera zum Gruß zu und sah den Hausherrn mit hochgezogenen Brauen an. »Geht es ihr immer noch nicht besser?«

Groß verneinte. »Ihr Zustand verschlechtert sich stündlich. Eure Kur hat nichts bewirkt.«

Die Zuckungen fingen erneut an.

»Ich habe ihr einen Trank gegen die Krämpfe verabreicht«, erklärte Olivera, als Matthäus' Blick auf ihren Korb fiel. »Mehr wollte ich nicht tun ohne deinen Rat.«

Der Medicus seufzte. »Ich fürchte, hier bin ich ratlos«, gestand er. »Solch ein Leiden ist mir noch nie begegnet.« Er rieb sich das Kinn. »Zwei weitere Kinder sind daran erkrankt.«

»Was?« Martin Groß sah ihn ungläubig an. »Wollt Ihr behaupten, es handle sich um eine Seuche?«

»So weit würde ich nicht gehen«, entgegnete der Medicus. »Allerdings scheint es, als ob sich die Krankheit in der Stadt ausbreiten würde.« Er ging zum Bett und nahm die Hand des Kindes, um den Aderschlag zu fühlen. »Ihr Herz rast.«

»Dann tut etwas dagegen!«

»Ich wünschte, das könnte ich«, seufzte Matthäus. »Aber ich fürchte, in diesem Fall seid Ihr mit einem Priester besser beraten als mit einem Arzt. Alles, was ich tun kann, ist, ihr das Leid erträglicher zu machen.« Er suchte Oliveras Blick. »Oder ist dir etwas Ähnliches bekannt?«

Sie schüttelte den Kopf.

»Verabreicht ihr stündlich zehn Tropfen hiervon«, sagte er und holte eine Flasche aus seiner Tasche.

»Was ist das?«

»Ein Elixier aus Bilsenkraut. Falls sich ihr Zustand trotzdem weiter verschlechtert, schickt nach mir.«

»Ihr wollt schon gehen?«, fragte Groß empört. »Was ist mit der Salbenmacherin? Sie sagt, sie dürfe meiner Tochter keine Arznei ohne Eure Zustimmung verabreichen!«

»Ich vertraue auf Oliveras Kenntnisse«, entgegnete der Medicus. »Alles, was sie für richtig hält, hat meinen

Segen.« Mit diesen Worten verschloss er seine Tasche wieder, nickte Groß zu und machte Anstalten, den Raum zu verlassen.

»Wartet!« Der Ratsherr fasste ihn beim Arm. »Was …? Wie soll ich wissen …?«

»Vertraut auf Gott«, riet Matthäus ihm. »Und betet für ihre Seele.«

»Was ist mit den anderen Kranken?«, fragte Olivera. »Sollten wir nicht den Rat und den Spitalpfleger davon in Kenntnis setzen, was vor sich geht?«

Matthäus nickte. »Das hatte ich gerade vor.«

»Was soll denn das bringen?«, erboste sich Martin Groß, sobald der Medicus gegangen war.

»Falls es sich um eine Seuche handelt, ist es wichtig, den Rat rechtzeitig zu informieren«, antwortete Olivera.

Groß brummte etwas Unverständliches, dann sagte er: »Seht Ihr? Ich hatte Euch gesagt, dass seine Behandlungen nutzlos sind. Alles, was ihm einfällt, sind Suppen und Aderlass!«

Olivera betrachtete das Mädchen, dessen Gesicht wächsern dalag. Nach kurzem Zögern griff sie eine kleine Flasche aus ihrem Korb und gab sie dem Vater. »Falls das Bilsenkraut nicht anschlägt, gebt ihr alle zwölf Stunden zwei Tropfen hiervon.« Sie hob warnend den Zeigefinger. »Nicht mehr. Ihr könntet sie sonst damit umbringen.«

Er betrachtete das Fläschchen mit gerunzelter Stirn.

»Es enthält Mohnsaft«, erklärte Olivera, griff nach ihrem Korb und atmete schwer. »Ich wünschte, ich könnte mehr für sie tun, aber solch ein Leiden ist auch mir noch nie begegnet.«

»Es ist das Feuer des Antonius«, sagte die Magd tonlos. Sie hatte sich wieder in die Ecke zurückgezogen und umklammerte das Kruzifix an ihrem Hals.

Olivera sah sie fragend an. »Das Feuer des Antonius? Wie kommst du darauf?« Bei dieser Krankheit handelte es sich um etwas, das Oliveras *Yiayia* in Konstantinopel mehrfach versucht hatte zu heilen. Allerdings färbten sich die Glieder der Befallenen bei dieser Krankheit schwarz wie Kohle, da sie von Fäulnis zerfressen wurden. Die meisten starben elendig, einige blieben einem noch elendigeren Leben erhalten, nachdem sie die verfaulten Hände und Füße verloren hatten. Die Krankheit war nach dem Feuer benannt worden, das in den Kranken loderte und viele von ihnen dazu brachte, sich ins Meer zu stürzen.

»Das Dorf, aus dem ich komme«, sagte die Magd. »Dort gab es so was vor ein paar Jahren. Alle haben es das Antoniusfeuer genannt.«

Olivera schüttelte den Kopf. »Du musst dich irren. Das Antoniusfeuer äußert sich anders.«

»Was ist dieses Antoniusfeuer?«, wollte Martin Groß wissen. »Wie könnt Ihr sicher sein, dass meine Tochter nicht daran leidet? Mit welchen Arzneien wird es behandelt?«

Olivera nahm die Hände und Füße des kranken Mädchens genauer in Augenschein. »Die Leute in deinem Dorf müssen an einer anderen Krankheit gelitten haben«, beschied sie schließlich. »Dennoch solltet Ihr nach mir schicken, falls sich ihre Extremitäten verfärben«, sagte sie an den Vater gewandt. Dann, nach einem letzten Blick auf das leise stöhnende Mädchen, verließ sie die Kammer und trat wenig später auf die Straße. Wenn sie doch nur wüsste, wie sie dem Kind helfen konnte! Trotz aller Ratlosigkeit beschloss sie, zurück in die Offizin zu gehen und in den gelehrten Büchern nachzuschlagen, die sie von ihrer Großmutter geerbt hatte.

# *Kapitel 4*

*Vor den Toren von Nürnberg, September 1412*

Jona starrte entgeistert auf die Stelle hinab, an der Cristin wie festgenagelt stand. Sie war totenbleich und ihre Hand zitterte, als sie auf das zeigte, was sie zum Schreien gebracht hatte. Zu ihren Füßen ragte etwas aus der Erde, das selbst bei flüchtigem Hinsehen als ein Arm zu erkennen war – weiß, wachsartig und mit Stofffetzen bedeckt.

Jona brauchte nur wenige Augenblicke, um zu reagieren. Energisch schob er sie hinter sich und stupste den Arm mit der Schuhspitze an.

Nichts passierte.

»Ist das ein toter Mensch?«, fragte Cristin so leise, dass es kaum zu hören war.

Jona überlegte fieberhaft. Was hatte das zu bedeuten? Wer war der Tote? Und warum war er hier beim Fluss, außerhalb eines Gottesackers verscharrt worden? War er das Opfer von Wegelagerern? Oder handelte es sich gar um den Alten Endris, von dem niemand Genaueres zu wissen schien? Ein anderer, dunklerer Gedanke schlich sich in seinen Kopf, doch er zwang sich, ihn zu unterdrücken. »Das ist nur ein Tierkadaver«, log er, um Cristin zu beruhigen.

»Bist du sicher? Es sieht aus wie eine Hand.«

»Ich bin sicher.« Er drehte sich zu ihr um und sah ihr in die Augen, die immer noch vor Furcht geweitet waren. »Geh weiter Pappelrinde sammeln! Ich vergrabe das Tier wieder, damit die Ratten nichts zu fressen haben.« Zu seinem Verdruss zitterte seine Stimme leicht.

»Aber …«

»Nun mach schon!« Er fasste sie bei den Schultern und schob sie energisch in Richtung Flussufer. Bei dem, was er vorhatte, konnte er sie nicht gebrauchen.

»Soll ich nicht lieber …?«

»Geh!« Er bedachte sie mit einem Blick, der jeglichen weiteren Widerspruch im Keim erstickte.

Obwohl ihr anzusehen war, dass es ihr widerstrebte, ihm Folge zu leisten, ging sie zurück zum Ufer, wo sie ihren Sack hatte fallen lassen.

Jona wartete, bis sie so weit fortgegangen war, dass sie ihn nicht mehr beobachten konnte, dann kniete er sich hastig hin und fing an, die Erde mit den Händen zur Seite zu schaufeln. Je weiter er grub, desto mehr wurde von dem Leichnam sichtbar, und schließlich kam der Kopf zum Vorschein. Leere Augenhöhlen glotzten ihn an. Schaudernd betrachtete er den Toten, von dessen Kleidern genug übrig war, um zu erkennen, dass es sich nicht um einen Bauern handelte. »Wer bist du?«, murmelte er. Obwohl sich alles in ihm dagegen sträubte, den Leichnam zu berühren, zupfte er am halb zerfallenen Stoff des Ärmels, unter dem etwas hervorblitzte. *Ein Siegelring.* »Herr, vergib mir«, flüsterte er, bekreuzigte sich und biss die Zähne zusammen, um den aufsteigenden Ekel zu unterdrücken. Dann zog er an dem Ring, bis er ihn befreit hatte. Schaudernd hielt er ihn ins Licht, wischte den Schmutz ab und runzelte die Stirn. Das Wappen, das noch deutlich auszumachen war, kam ihm bekannt vor. Es war viergeteilt, bestand aus je zwei blau-gelben Feldern mit einem Löwen und zwei schwarz-weißen Feldern mit einem Vogel. Er war sicher, es im Rathaus gesehen zu haben, dort, wo die Wappen der Patrizierfamilien hingen.

Sein Unbehagen wuchs. Was sollte er tun? Der dunkle Verdacht verstärkte sich, weshalb er beschloss, den Leichnam wieder mit Erde zu bedecken und in Ruhe zu überlegen, was das Klügste war. Ehe er anfing, die Erde zurück auf das Grab zu schaufeln, fiel sein Blick auf die Kehle des Toten. Obwohl er schon eine Weile hier liegen musste, war zu deutlich, dass man sie durchgeschnitten hatte. Fröstelnd zog Jona die Schultern hoch. Er wollte den Leichnam gerade wieder verscharren, als er durch Zufall etwas entdeckte, das ihn zögern ließ. War das ein Schwertknauf, der in einiger Entfernung aus dem Boden ragte?

»Jona!«

Er zuckte zusammen.

»Was machst du denn so lange?« Cristin näherte sich vom Ufer und er beeilte sich aufzustehen und dem Grab den Rücken zu kehren. Auf keinen Fall durfte sie sehen, was er gefunden hatte. »Ich komme sofort!«, rief er.

»Wieso dauert das so lange? Ich kann nicht noch mehr Rinde sammeln!« Ihre Stimme klang vorwurfsvoll.

»Ich helfe dir gleich. Mach einfach weiter und geh Schafgarbe suchen!« Er bedeutete ihr mit einem Wink, wieder an die Arbeit zu gehen, und hoffte, dass sie ihn nicht mit Fragen löchern würde. Dann ging er zurück zu dem Grab und stieß mit dem Fuß gegen den vermeintlichen Schwertknauf.

Das Erdreich hob sich und brachte ein Stück Leder ans Tageslicht.

»Was zum Henker …?« Erneut kniete Jona sich auf den Boden und fing an, mit den Händen zu graben. Innerhalb kurzer Zeit hatte er ein Schwert, Stiefel und einen weiteren Leichnam von Erde befreit. »Gütiger Jesus!« Er grub weiter und stieß auf noch zwei Tote. Das Grab war flach und schien hastig ausgehoben worden zu sein. Wer auch immer die Männer hier begraben hatte, war davon ausgegangen, dass sie nie gefunden würden.

Jona spürte Übelkeit in sich aufsteigen. Obwohl er fürchtete, was ein Teil von ihm längst wusste, zog er das Stück Stoff aus der Tasche, das er im Haus gefunden hatte. Im Sonnenlicht war eindeutig ein Muster zu erkennen, das seine Hand zum Zittern brachte. War das, was er zu wissen glaubte, überhaupt möglich? Die anderen Männer im Grab schienen ebenfalls gewaltsam zu Tode gekommen zu sein. Hatte Gott ihn zu dieser Stelle geführt? Oder war es das Werk des Teufels, der Zweifel in seiner Seele säen wollte? Er stöhnte. Ihm blieb keine Wahl. Hastig schaufelte er das Grab wieder zu, steckte den Ring ein und klopfte sich den Schmutz von der Hose. Niemand durfte jemals erfahren, was er gefunden hatte.

Mit wild durcheinanderwirbelnden Gedanken machte er sich auf zur Wiese hinter dem Haus, auf der er Cristin fand.

»Das hat aber lange gedauert!«, beschwerte sie sich. »War es wirklich ein Tier?«

Jona nickte. Er traute seiner Stimme nicht und fürchtete, sich mit seiner Aufgewühltheit zu verraten. Hastig wandte er sich von ihr ab, bückte sich und fing an, Blumen auszurupfen.

# *Kapitel 5*

Die nächsten beiden Stunden verbrachten Jona und Cristin mehr oder weniger schweigend. Wo er konnte, wich er ihr aus. In seinem Kopf herrschte ein wildes Durcheinander, das er nicht zu ordnen vermochte. Vielleicht täuschte er sich. Solange er nicht wusste, wem der Siegelring gehörte, gab es immer noch die Möglichkeit, dass sein Verdacht nichts weiter war als ein Hirngespinst. Warum hatte er seiner Neugier nachgegeben? So oft, wie er deswegen schon in Schwierigkeiten geraten war, sollte er es inzwischen eigentlich besser wissen. Er fuhr sich mit dem Ärmel über das verschwitzte Gesicht und schnürte den letzten Sack zu. »Wir sind fertig«, sagte er.

»Endlich!« Cristin wirkte genauso erhitzt wie er. »Ich habe Durst.«

»Dann lass uns nach Hause gehen.« Jona schulterte zwei der Säcke und überließ Cristin den kleinsten. Dann machte er sich auf den Weg zu dem windschiefen Hoftor und trottete in Richtung Stadt.

»Was für ein Tier war es?«, fragte Cristin, als sie kaum eine halbe Meile hinter sich gebracht hatten.

»Tier?« Jona war so in Gedanken versunken, dass er die eigene Lüge vergessen hatte.

»Das ich gefunden habe!« Cristin sah ihn misstrauisch

an. »Was ist los mit dir? Du bist schon die ganze Zeit so komisch.«

»Ich bin nicht komisch!«

»Doch!«

»Es war ein Pferd«, log Jona.

»Wer begräbt denn ein Pferd? Das schlachtet man doch.«

Jona zuckte mit den Schultern. »Keine Ahnung.«

»Es sah gar nicht aus wie ein Pferd«, bohrte Cristin weiter.

»Himmelherrgott!«, brauste Jona auf. »Glaubst du, ich binde dir einen Bären auf?«

Sie sah mit vorgeschobener Unterlippe zu ihm hoch, während ihre Augen anfingen zu schwimmen.

Jona stöhnte innerlich. »Fang doch nicht gleich an zu heulen«, sagte er etwas netter. »Ich wollte dich nicht anblaffen. Tut mir leid.«

»Ehrlich?«

Er nickte. »Und jetzt komm. Olivera wartet sicher auf die Pflanzen.«

Etwas beschwichtigt folgte Cristin ihm zum Hallertürlein, das sie ohne Schwierigkeiten passierten. Von dort gingen sie am Flussufer entlang bis kurz vor das Heilig-Geist-Spital, wo sie sich nach Norden wandten, um über den Marktplatz zur Burgstraße zu gelangen. Als sie das Rathaus passierten, kam Jona ein Einfall. Er bedeutete Cristin, den Sack abzustellen, wurde seine Last ebenfalls los und suchte in der Tasche nach dem Siegelring.

»Was hast du vor?«, fragte sie, als er Anstalten machte, ihr den Rücken zu kehren.

»Ich bin gleich wieder da.« Bevor sie protestieren konnte, ließ er sie stehen und lief zu dem tagsüber offen stehenden Tor des Rathauses, das in die große Eingangshalle führte. Auch wenn er schlimme Erinnerungen mit dem Gebäude verband, vor allem mit dem darunter liegenden Lochgefängnis, betrat er die Halle und sah sich um. Es dauerte nicht lange, bis er fand, wonach er Ausschau gehalten hatte. An den Wänden bei der breiten Treppe, die ins Obergeschoss zu den Ratssälen führte, hingen die Wappen der Nürnberger Patrizierfamilien. Trotz des gedämpften Lichts entdeckte Jona den Schild, der dasselbe Motiv trug wie der Ring in seiner Tasche. *Familie Paumgartner.* Er hatte es befürchtet, nun war es Gewissheit.

Der Mann, der Oliveras Sohn entführt hatte, war nicht über alle Berge. Er lag auf dem Hof des Alten Endris mit drei weiteren Männern in einem flachen Grab. Und irgendjemand hatte ihm vor dem Verscharren die Kehle durchgeschnitten.

Als drei Wachen aus dem Obergeschoss auftauchten, machte Jona hastig kehrt und eilte zurück nach draußen.

Cristin sah ihn mit empört in die Hüften gestemmten Fäusten an. »Was war denn jetzt schon wieder los?«

»Nichts«, erwiderte er kurz angebunden, hob die Säcke auf und setzte den Weg zum Haus in der Burgstraße fort. Dort angekommen, zwang er sich zu einer ausdruckslosen Miene, ehe er den Verkaufsraum betrat und auf die Offizin zusteuerte. Er hatte keine Ahnung, wie er mit dem, was vorgefallen war, umgehen sollte. Er konnte Götz und Olivera nicht einfach zur Rede stellen und sie mit seinem Verdacht konfrontieren. War es überhaupt möglich, dass sie etwas mit dem Tod der Männer zu tun hatten? Oder waren die Kerle in andere Verbrechen verwickelt gewesen, die sie das Leben gekostet hatten? Er versuchte, nicht an den halb verbrannten Zettel und den Stofffetzen in seiner Tasche zu denken, die anderes vermuten ließen.

»Olivera ist nicht da«, stellte Cristin fest, als sie die Salbenküche betraten.

»Dann stell den Sack mit der Pappelrinde dorthin.« Jona zeigte auf eine Ecke, in der sich bereits Weidenkörbe und Tongefäße stapelten.

Cristin befolgte die Anweisung.

Da er nicht wusste, wie er sich sonst ablenken sollte, beschloss er, die Schafgarbe auf eines der großen Gestelle im Schuppen zu legen, die eigens zum Trocknen von Kräutern errichtet worden waren. Wenn er sich nicht mit irgendetwas beschäftigte, würde er sich nur weiter mit dem martern, was er entdeckt hatte. Mit Cristin auf den Fersen überquerte er den Hof, zog das schwere Tor auf und betrat den Schuppen. Das Gebäude war groß und trocken und roch nach Heilpflanzen und den Strohballen, die verhindern sollten, dass es zu feucht wurde. Tief in Gedanken versunken schnürte er einen der Säcke auf und holte ein Büschel Pflanzen hervor.

Cristin tat es ihm gleich.

Während er die Pflanzen sorgfältig auf dem Gestell verteilte, grübelte er weiter darüber nach, was er tun sollte. *Vermutlich ist es das Beste, alles zu vergessen,* riet ihm eine innere Stimme. Doch das war leichter gesagt als getan. *Schlafende Hunde soll man nicht wecken,* dachte er, allerdings ließ ihn die Ungeheuerlichkeit dessen, was er in dem Grab entdeckt hatte, nicht los. Vier tote Männer. Ohne Zweifel entweder im Kampf getötet oder ermordet. Machte er sich nicht mitschuldig, wenn er seine Entdeckung geheim hielt? Und was war mit Cristin? Hatte sie ihm die Lüge abgekauft? Oder ahnte sie, dass er geschwindelt hatte? Wenn sie ausplauderte, was passiert war, würden Olivera und Götz über kurz oder lang dahinterkommen, dass er auf die Leichen gestoßen war. Nachdem er den Sack geleert hatte, wandte er sich Cristin zu und fasste sie nachdenklich ins Auge.

»Was?«, fragte sie und errötete.

»Ich glaube, es wäre besser, wenn du niemandem sagst, wo wir die Pflanzen gepflückt haben«, sagte er.

Sie runzelte die Stirn. »Wieso nicht?«

»Weil wir uns eigentlich nicht so weit von der Stadt entfernen sollten.«

»Glaubst du, du bekommst Ärger?«

Jona nickte.

»Dann sage ich, wir waren beim Wöhrder Türlein.«

»Du brauchst meinetwegen nicht lügen, es reicht, wenn wir gar nicht erwähnen, wo wir waren.«

Cristin nickte.

»Versprich es!«

Sie spuckte in die Hand und hielt sie ihm hin. »Versprochen!«

Jona schlug ein.

Ehe er noch etwas sagen konnte, ertönte vom Hof her eine Stimme, die ihn aufhorchen ließ.

»Jona!«

Ein Prickeln kroch über seine Haut.

»Jona! Wo bist du?«

»Ist das Froni?« Cristins Miene verdunkelte sich.

Jona ließ ihre Hand los, wischte sie sich an der Hose ab und ging so gelassen wie möglich zum Tor. Froni, die neue Küchenmagd, stand im Hof und sah sich suchend um. Sie war ein Jahr jünger als er, zierlich, blond und hatte eine freche Stupsnase. Ihre Locken kräuselten sich unter der kleinen Haube hervor, die keck auf ihrem Hinterkopf saß.

»Da bist du ja«, rief sie, als sie ihn entdeckte. Sie schien außer Atem zu sein. Ihre Ärmel waren hochgekrempelt, das Gesicht rot vor Anstrengung. Vor ihr auf dem Boden stand ein Korb, halb voll mit Feuerholz.

»Brauchst du Hilfe?«, fragte Jona.

Cristins missfälliges Hüsteln hörte er kaum.

Froni nickte. »Ich weiß nicht, wie ich so viel Holz schleppen soll«, sagte sie verzweifelt. »Aber Irmla wird schimpfen, wenn ich es nicht rechtzeitig schaffe.«

Jona spürte, wie sich sein Gesicht zu einem einfältigen Lächeln verzog. Ganz gleich, was er anstellte, in Fronis Gegenwart fiel das Gefühl der Überlegenheit, das er in Cristins Nähe verspürte, von ihm ab wie ein mottenzerfressenes Gewand. Mit mehr Kraft als nötig hob er den Korb vom Boden und fragte: »Wie viel brauchst du?« Vergessen war alles, was ihn noch vor wenigen Augenblicken beschäftigt hatte.

# Kapitel 6

Die Schreie des Mädchens verfolgten Olivera den ganzen Weg von Martin Groß' Haus bis zu ihrem eigenen Heim in der Burgstraße. Das arme Kind litt Höllenqualen und sie hatte nicht die geringste Ahnung, was ihm fehlte. Matthäus hatte gesagt, zwei weitere Kinder wären an demselben Leiden erkrankt, und auch er schien ratlos zu sein. Olivera dachte an die Worte der Magd. Das Antoniusfeuer war heimtückisch und tödlich, aber wenn sie sich nicht irrte, äußerte es sich auf eine vollkommen andere Art und Weise. Tief in Gedanken versunken, betrat sie den Hof ihres Hauses, der bis auf den Hofhund und ein paar freilaufende Hühner verlassen dalag. Mathes war vermutlich unterwegs, um von einem der Bauern Getreide für den Winter zu kaufen, der Rest des Gesindes befand sich im Haus. Jona und Cristin schienen bereits zurück zu sein, da sie den dunklen Schopf des Mädchens durch die offen stehende Tür des Schuppens sehen konnte.

Grübelnd überquerte sie den Hof, betrat das Haus und ging in die Offizin. Dort holte sie ein halbes Dutzend ledergebundene Bücher aus dem Regal und legte sie auf einen Tisch. Außer Kräuter- und Steinbüchern besaß sie Abschriften von Galens *Methodi Medendi* – den Methoden des Heilens –, Avicennas *Canon Medicinae* – dem Kanon der Medizin – und Trotulas *Passionibus Mulierum* –

den Leiden der Frau. Diese, eine Mitgift ihrer Großmutter, stellten einen unvorstellbaren Schatz dar. Zudem befand sich eine Anzahl orientalischer Traktate in ihrer Sammlung, zusammen mit Schriften des Hippokrates und Heilkräuterbüchern mehrerer Mönche, die sie von einem fahrenden Händler gekauft hatte.

Da sie sämtliche Bücher mehrmals gelesen hatte, brauchte sie nicht lange, um zu finden, wonach sie suchte. In einem Folianten, der die Schriften des Hippokrates enthielt, stieß sie auf eine Beschreibung dessen, was er die »Heilige Krankheit« nannte. Diese äußerte sich in anfallartigen Krämpfen, Schreien und dem Niederstürzen der Kranken, wenn diese sich nicht im Bett befanden. Dem populären Glauben nach handelte es sich um ein göttliches oder dämonisches Eingreifen in die menschliche Natur, doch der gelehrte Arzt hatte eine andere Erklärung. Für Hippokrates ging diese Krankheit vom Gehirn aus, verursacht durch kalten Schleim, der das Blut erstarren ließ. Nicht ein Miasma, eine göttliche »Unreinheit«, war seiner Ansicht nach die Ursache für die Krämpfe, sondern das in den Adern stockende Blut. Folglich empfahl er als Heilmittel Schröpfen und Purgieren, falls nötig, auch die Öffnung des Schädels.

Hastig klappte sie das Buch zu und stellte es zurück ins Regal. Nach kurzem Überlegen beschloss sie, ins Spital zu gehen, um mit Matthäus über das zu reden, was sie gelesen hatte. Er wusste, dass sie die Schriften der gelehrten Ärzte kannte, und hatte bisher stets ihren Rat gesucht. Anders als sein Vorgänger war er vor allem anderen auf das Wohl der Kranken bedacht. Persönliche Eitelkeiten waren ihm fremd.

Sie verließ die Offizin und ging zurück in den Hof, wo Mathes vom Bock des Einspänners sprang, dessen Ladefläche mit Säcken vollgepackt war. Der vergangene Sommer war regnerisch und kühl gewesen, die Ernte nicht so gut wie erwartet. Deshalb hatte Olivera darauf bestanden, mehr Vorräte als gewöhnlich anzulegen, damit sie den Winter über genügend Mehl in der Speisekammer hatten. Sie winkte ihm zum Gruß zu, ehe sie zum Tor lief und zurück auf die Straße trat.

Die Burg im Rücken, eilte sie den Hügel hinab zum Rathaus, vor dem an diesem Tag ein großer Viehmarkt stattfand. Das Blöken von Schafen vermischte sich mit dem Brüllen der Ochsen und dem Meckern der Ziegen, die sich um den Schönen Brunnen drängten. Zahlreiche Käufer sammelten sich zwischen den Verschlägen der Händler, die zum Teil von weit her angereist waren. Auf einem Teil des Marktplatzes, der mit einer roten Kordel abgetrennt worden war, warfen feurige Vollblüter wiehernd die Köpfe. Dort tummelten sich die reichen Nürnberger, die Fern- und Gewürzhändler, für die es eine Frage des Ansehens war, ein Pferd von solch edlem Blut zu besitzen.

Ohne auf das Getümmel zu achten, setzte Olivera ihren Weg fort, bis das Heilig-Geist-Spital vor ihr auftauchte. Auf den spitzen Dächern hockten Zugvögel, die schimpfend das Weite suchten, als sich ein Flügel des großen Tores mit einem lauten Schlag hinter einem Fuhrwerk schloss. Obwohl der übliche Andrang von Mägden, Knechten, Werkleuten und Bedürftigen herrschte, gelangte Olivera rasch in den Hanselhof, in dem es auch an diesem Tag geschäftig zuging. Sie fröstelte, als sie in die Schatten des riesigen Gebäudekomplexes eintauchte, hinter dem die Pegnitz rauschte. Zu ihrer Linken ragte die Spitalkirche in den Himmel, deren Glocke in diesem Moment die halbe Stunde schlug. Eine Gruppe von Insassen des Spitals war mit Holzhacken beschäftigt, andere kehrten oder holten Wasser aus dem Ziehbrunnen. Einige der stärkeren Männer halfen beim Entladen des Fuhrwerks, das unter einer alten Linde zum Stehen gekommen war. Die Kranken und Schwachen waren in der Siechenstube untergebracht, in der Tag und Nacht die Kusterin und mehrere Mägde über ihr Wohlergehen wachten. In den beiden größten Gebäuden des Spitals, die parallel angeordnet waren, befanden sich die Stuben. Daran grenzten je eine Küche für die Patienten der unteren und oberen Stuben an, ein Waschraum, eine Badestube für die Männer und eine für die Frauen und das heimliche Gemach für die Insassen. Außerdem waren hier die Einrichtungen für die armen Pfründner, das Narrenhäuslein und die Unterkunft für die Findlinge und Waisen untergebracht.

Da sich Matthäus meist in der Siechenstube aufhielt, wandte sich Olivera dorthin und betrat kurz darauf den Vorraum der großen Halle. Den Gestank von Schweiß, Kot und Urin nahm sie kaum mehr wahr, weil sie sich inzwischen daran gewöhnt hatte. Die Halle wurde von Säulenreihen in zwei gleich große Bereiche geteilt, in denen die Frauen und die Männer lagen. Bettkasten reihte sich an Bettkasten, viele der Kranken stöhnten leise vor sich hin oder schrien vor Schmerz. Die weißen Wände der Stube wurden von wenigen Fensterschlitzen unterbrochen, durch die schwaches Sonnenlicht auf den sauberen Boden fiel. Am Kopfende des langen Raumes befand sich eine Kanzel, von der ein Kaplan die Messe für die Bettlägerigen lesen konnte.

Nachdem sich ihre Augen an das Dämmerlicht in der Stube gewöhnt hatten, entdeckte Olivera Matthäus am Bett eines alten Weibleins, an dessen Hinterteil er sich zu schaffen machte. Die Frau litt unter Hämorrhoiden, die laut Hippokrates durch die Erhitzung des Blutes am After infolge von überschüssigen Gallensäften entstanden. Mithilfe eines Instrumentes führte Matthäus ein Zäpfchen in den Anus der Kranken ein, um ihre Beschwerden zu lindern. Da Hämorrhoiden diejenigen, die an ihnen litten, vor Lungenentzündung und anderen Krankheiten schützen konnten, vermied man es so weit wie möglich, sie zu verätzen oder zu veröden.

»Olivera«, begrüßte er sie, nachdem er die Alte auf den Rücken gedreht und zugedeckt hatte.

»Ich muss mit dir über Martin Groß' Tochter reden«, kam Olivera ohne Umschweife zur Sache.

»Hat die Arznei geholfen?«

Sie schüttelte den Kopf. »Ich fürchte, sie leidet an dem, was Hippokrates die Heilige Krankheit nennt.«

Matthäus runzelte die Stirn. »An der Fallsucht?«

Olivera nickte.

Der Medicus nagte nachdenklich an seiner Lippe.

»Hast du sie bei deinem letzten Besuch geschröpft?«, erkundigte sich Olivera.

»Ich hatte sie zur Ader gelassen, aber das hat wenig Wirkung gezeigt.« Er rieb sich das Kinn. »Ich kenne die hippokratische Schrift zu dieser Krankheit. Er spricht auch davon, dass der Schädel zu öffnen ist, wenn Schröpfen und Purgieren sich als nutzlos erweisen. Du könntest recht haben mit deiner Vermutung«, gab er zu.

»Kannst du ihr helfen?«

Er zuckte mit den Schultern und warf einen Blick auf die lange Reihe der Betten. »Ich habe hier noch eine Weile zu tun«, sagte er. »Bereite ihr eine Arznei aus Helleborus und Wolfsmilch. Ich komme zu ihr, sobald ich kann.«

Olivera nickte und machte Anstalten zu gehen.

»Ich hoffe, deine Vermutung trifft zu«, seufzte Matthäus. »Eines der Waisenkinder hier im Spital zeigt dieselben Symptome wie das Mädchen.«

Olivera spürte eine böse Vorahnung in sich aufsteigen. Was, wenn sie sich irrte? Was, wenn eine neue Pest drohte? Noch war nicht klar, ob das Leiden tödlich verlief. Aber was, wenn es so war? Mit einem unguten Gefühl verließ sie die Siechenstube und kehrte in die Burgstraße zurück, um die Arznei zuzubereiten, um die Matthäus sie gebeten hatte.

# *Kapitel 7*

Eine Stunde später war der Trank fertig und Olivera wieder auf dem Weg zu Martin Groß. Als sie am Rathaus vorbeikam, sah sie Götz aus dem Gebäude treten, zusammen mit einigen anderen Mitgliedern des Größeren Rates.

Er winkte ihr zu, löste sich von der Gruppe und kam zu ihr. »Was ist los?«, fragte er nach einem Blick in ihr Gesicht.

»Ein krankes Mädchen«, erklärte sie. »Kennst du Martin Groß?«

Götz' Augen weiteten sich. »Jeder kennt Martin Groß. Wieso?«

»Seiner Tochter geht es sehr schlecht.«

»Du bist auf dem Weg zu *seiner* Tochter?«

Olivera nickte.

»Wie schlimm ist es?«

»Schlimm.«

»Was fehlt ihr?«

Olivera zuckte mit den Schultern. »Ich bin mir nicht sicher. Vermutlich leidet sie an der Fallsucht.«

»Fallsucht?«

Olivera erklärte ihm, worum es sich bei dieser Krankheit handelte.

Götz stöhnte. »Der arme Kerl! Erst seine Frau, jetzt seine Tochter …«

»Was ist mit seiner Frau?«

»Sie ist letzten Winter an einem Fieber gestorben«, erwiderte Götz. »Nach ihrem Tod hat er den Posten als Bürgermeister aufgegeben und sich fast vollständig aus dem Rat zurückgezogen. Er ist bei Sitzungen kaum mehr zu sehen. Manche sagen, er ist mehr in der Kirche als in seinem Kontor.«

»Ich hoffe, Matthäus und ich können dem Kind helfen«, sagte Olivera, verabschiedete sich von Götz und setzte ihren Weg fort. Vor dem Haus des Patriziers zögerte sie einen Augenblick und überlegte, ob sie auf den Medicus warten sollte, entschied sich jedoch dagegen. Je schneller das Mädchen die Arznei bekam, desto besser waren die Aussichten.

Es dauerte nicht lange, bis auf ihr Klopfen hin die Tür geöffnet wurde. Nachdem sie dem Bediensteten erklärt hatte, wer sie war, führte er sie durch die Eingangshalle in einen Raum, in dem sich ein großes Kruzifix und ein Altar befanden.

Martin Groß kniete vor dem Altar und betete.

»Herr?«

Der Patrizier schien ihn nicht zu hören.

»Herr? Die Salbenmacherin ist hier.«

Martin Groß hob den Kopf, bekreuzigte sich und kam mühsam auf die Beine. Sein Gesicht war bleich, die Hände zitterten.

»Wie geht es Eurer Tochter?«, fragte Olivera.

»Der Herr straft die Sündigen«, erwiderte Groß. »Warum muss Clara so furchtbar leiden? Sie ist doch nur ein unschuldiges Kind!«

»Wie geht es ihr?«, wiederholte Olivera ihre Frage.

»Ich habe ihr von Eurer Arznei gegeben«, war die Antwort. »Seitdem schläft sie.« Sein Blick wanderte zu ihrem Korb. »Habt Ihr mehr davon mitgebracht?«

»Ich glaube, Eure Tochter leidet an der Fallsucht«, erklärte Olivera.

Martin Groß sah sie verständnislos an.

»Man nennt sie auch die Heilige Krankheit.«

»Wollt Ihr damit sagen, es sei keine Strafe Gottes?«

»Es ist eine Krankheit, die durch das Stocken des Blutes verursacht wird«, gab sie zurück. »Ich habe im Auftrag des Medicus einen Trank zubereitet, der Linderung bringen sollte. Matthäus wird auch bald hier sein, um Eure Tochter zu schröpfen.«

»Warum hat er das nicht längst getan, wenn es ihr hilft?«, erboste sich Groß.

Olivera schwieg. Sie wusste, wie schwer es war, zu erklären, warum nicht jedes Heilmittel anschlug. Da sie Matthäus nicht in den Rücken fallen wollte, hielt sie es für klüger, nichts zu sagen, um keine Missverständnisse aufkommen zu lassen.

»Der Priester meinte, Clara könnte von einem bösen Geist besessen sein«, murmelte der Patrizier.

»Von einem Geist?« Olivera verkniff sich ein Stöhnen. Das hatte gerade noch gefehlt.

»Er sagt, ihr Schreien und diese furchtbaren Krämpfe wären ein untrügliches Zeichen dafür, dass ein Dämon ihr die Seele rauben will.« Er umklammerte ein großes juwelenbesetztes Kreuz, das an seinem Hals hing.

»Ich glaube nicht, dass ein Dämon etwas mit ihrem Zustand zu tun hat«, versuchte Olivera ihn zu beschwichtigen. Allerdings war in seinen Augen zu lesen, dass die

Worte des Gottesmannes auf fruchtbaren Boden gefallen waren.

»Und wenn Ihr Euch irrt?«

Darauf wusste Olivera keine Antwort. Zu oft war sie Zeugin geworden, wie abergläubisch die Nürnberger waren. Sobald ein solches Gerücht anfing, die Runde zu machen, war mit gesundem Menschenverstand kaum mehr etwas auszurichten. War es nicht auch damals so gewesen, als alle davon überzeugt waren, ein Werwolf würde sein Unwesen in der Stadt treiben? Ganz zu schweigen von dem angeblichen Stein der Weisen, den der Adept Alphonsius zu besitzen behauptet hatte. Es blieb nur zu hoffen, dass Matthäus' Behandlung anschlug und das Mädchen schnell wieder genas. Ansonsten stand das Schlimmste zu befürchten, da Angst ein Einfallstor für Eiferer und Scharlatane war.

»Ich lasse nach dem Priester schicken«, beschied Groß. »Er soll dabei sein, wenn Ihr Clara behandelt.«

Olivera verkniff sich die Antwort, die ihr auf der Zunge lag, und folgte den Männern ins Obergeschoss zum Zimmer des kranken Mädchens.

Es schlief, warf sich jedoch unruhig in den Kissen hin und her. Claras Gesicht war grau, das Haar klebte nass in der Stirn. Immer wieder zuckten ihre Beine, aber die furchtbaren Krämpfe hatten sich allem Anschein nach gelegt.

Die Magd, die schon bei Oliveras letztem Besuch in der Kammer gewesen war, saß neben dem Bett und tupfte der Kranken die Stirn ab. »Heiliger Antonius, ich bitte dich, erbarme dich der armen Seele«, hörte Olivera sie murmeln. Offensichtlich war sie immer noch der Meinung, dass es sich bei Claras Leiden um das Antoniusfeuer handelte.

»Wie lange schläft sie schon?«, erkundigte sich Olivera.

»Seit einer Stunde«, erwiderte die Magd.

Olivera beugte sich über die Kranke, um ihr die Hand auf die Stirn zu legen. Sie war immer noch viel zu heiß. Während Martin Groß sich mit vor der Brust verschränkten Armen neben der Tür aufbaute, füllte Olivera etwas von dem Helleborus und der Wolfsmilch in einen Becher ab, mischte alles mit Wein und Honig und hob den Kopf des Mädchens an, dessen Augenlider flatterten. Vorsichtig setzte sie ihm den Becher an die Lippen und flößte ihm den Trank ein.

Clara stöhnte.

Mühsam gelang es Olivera, sie zum Schlucken zu bewegen, da sie nur halb bei Bewusstsein war.

Plötzlich, Olivera hatte den Becher gerade erneut an ihre Lippen gesetzt, öffnete sie den Mund zu einem Schrei und machte eine Bewegung, mit der sie Olivera den Becher aus der Hand schlug. Auch ihre Beine fingen an, sich stärker unter der Decke zu bewegen, die zu Boden glitt.

»Tut doch etwas!« Martin Groß trat neben das Bett und sah hilflos auf seine Tochter hinab.

In diesem Moment erschien eine Magd in der Tür, gefolgt von zwei Männern: dem Medicus Matthäus und einem Mann in Priestertracht.

»Dem Herrn sei Dank! Da seid Ihr, Pater!«, begrüßte Groß den Gottesmann. Matthäus schenkte er kaum Aufmerksamkeit.

»Zieht Ihr immer noch weltliche Hilfe vor?«, fragte der Priester mit einem Blick auf Olivera und den Medicus.

»Sie sagen, sie wüssten, woran Clara erkrankt ist«, gab der Patrizier zurück.

»Das kann nur der Herr sicher wissen«, antwortete der Geistliche.

Matthäus blickte von einem zum anderen. »Soll ich Eurer Tochter helfen oder nicht?«

Der Hausherr zögerte, ehe er nickte. »Ein letztes Mal. Wenn Ihr sie wieder nicht heilen könnt, liegt ihr Schicksal in Gottes Hand.«

# Kapitel 8

JONA FÜHLTE SICH immer noch ein wenig schwindelig von Fronis Nähe, doch allmählich kehrten andere Gedanken in seinen Kopf zurück. Nachdem er ihr geholfen hatte, das Feuerholz in die Küche zu schleppen, warf er aus der Ferne einen Blick in den Schuppen, in dem Cristin damit beschäftigt war, Schafgarbe auszulegen. Einen Augenblick lang verharrte er unschlüssig auf der Stelle, ehe er tief Luft holte und beschloss, sich Gewissheit zu verschaffen. Wenn er sich irrte, waren all die Vermutungen, war der Verdacht, der an ihm fraß, haltlos. Falls er jedoch recht hatte ... *Was dann?* Er steckte die Hand in die Tasche und umklammerte den Stofffetzen, den er im Haus des Alten Endris entdeckt hatte. Es gab keine andere Möglichkeit. Er *musste* einfach in Erfahrung bringen, was dort vorgefallen war!

Selbst wenn ihm nicht wohl war bei der Vorstellung, sich durch Oliveras persönliche Dinge zu wühlen, blieb ihm keine andere Wahl. Ohne Gewissheit würde er keine Ruhe finden. Nachdem er sich im Hof umgesehen hatte, ging er zurück ins Haus und erklomm die Treppe ins Obergeschoss. Dort hielt er inne, lauschte kurz und huschte dann weiter zu der Tür, hinter der sich die Kammer befand, in der Olivera ihre Kleidertruhen aufbewahrte. Zu seiner Erleichterung war der Raum nicht abgeschlossen, weshalb es ihm ohne Schwierigkeiten gelang hineinzuschlüpfen. Mit hämmerndem Herzen lehnte er sich gegen die Tür und wartete, bis sich sein Puls etwas beruhigt hatte. Dann sah er sich in der kleinen Kammer um.

Durch ein Fensterchen am anderen Ende fiel etwas Licht auf den Dielenboden, der nach frischem Wachs roch. Links von ihm standen große Holztruhen mit schweren Deckeln, rechts befanden sich einige Körbe mit Tuch. Da er nicht wusste, wo er anfangen sollte, entschied er sich für die Truhe, die ihm am nächsten war, hob den Deckel an und blickte hinein.

»Männersachen«, murmelte er enttäuscht.

In der zweiten Truhe hatte er mehr Glück. Darin lagen, fein säuberlich zusammengelegt, Kleider in leuchtenden Farben, lange Gewänder und die dunklen Mäntel und Überwürfe, die Olivera im Herbst und Winter trug. Hastig zog Jona das Stück Stoff aus der Tasche und fing an, die Stapel zu durchwühlen. Mit jedem Kleid, das nicht zu dem Fetzen passte, wollte sich Erleichterung in ihm breitmachen, doch am Boden der Truhe wurde er schließlich fündig.

»Heiliger Johannes!«

Seine Hand zitterte, als er das Kleidungsstück hervorzog, um es mit dem Stofffetzen in seiner Hand zu vergleichen.

Das Muster war ein und dasselbe.

Obwohl er an einen Zufall glauben wollte, breitete er das Kleid aus und fand die Stelle, an der es beschädigt war. Es gab keinen Zweifel mehr: Olivera war auf dem Hof des Alten Endris gewesen. Irgendetwas musste dort vorgefallen sein, das zum Tod der vier Männer geführt hatte. Jona wurde flau im Magen, als er sich der Tragweite seiner

Entdeckung bewusst wurde. Allem Anschein nach hatten Götz und Olivera etwas mit den Toten zu tun oder deckten jemanden – ihren Bruder Markos, der wie vom Erdboden verschluckt war.

Lange Zeit blickte er auf das Kleid hinab, ehe die Erstarrung von ihm abfiel. Er legte es wieder zusammen und verstaute es in der Kiste. Niemand durfte bemerken, dass er in der Kammer gewesen war. Was er mit seinem Wissen anfangen sollte, wusste er nicht. Er konnte Götz und Olivera nicht zur Rede stellen. Was sollte er auch sagen? Was, wenn er sich irrte und es für alles eine Erklärung gab? Er steckte den Stofffetzen ein und verwünschte sich für seine Neugier. Warum musste er seine Nase immer in Angelegenheiten stecken, die ihn nichts angingen? Hatte er nicht schon oft genug bewiesen, wie töricht er war?

Mit einem Seufzen ging er zur Tür, verließ die Kammer und wandte sich dem Korridor zu. Zu spät bemerkte er Mathes, der am anderen Ende des Ganges aus der Stube kam.

Die Augen des Knechtes weiteten sich. Dann trat eine steile Falte auf seine Stirn. »Was hast du hier oben zu suchen?«, knurrte er und kam mit geballten Fäusten auf ihn zu.

Jona wich einen Schritt zurück, obwohl er Mathes inzwischen um einen halben Kopf überragte.

»Was tust du hier?«, wiederholte der Knecht die Frage. Sein Blick wanderte zu der Tür der Kammer, aus der Jona gekommen war, und seine Miene wurde noch argwöhnischer. »Wolltest du lange Finger machen?«

Jona suchte verzweifelt nach einer Lüge, aber ihm fiel keine ein.

»Antworte, du kleine Kröte!« Mathes packte ihn beim

Schlafittchen und holte aus, um ihm eine Ohrfeige zu versetzen.

Doch die Zeit, in der Jona sich vor ihm gefürchtet hatte, war vorbei. Er wich dem Schlag aus, befreite sich aus Mathes' Griff und hob abwehrend die Hände. »Lass das!«, sagte er so ruhig wie möglich.

Mathes' Gesicht färbte sich rot vor Wut. Er holte erneut aus, dieses Mal mit der Faust.

Auch dieser Schlag ging ins Leere.

»Hör auf damit!« Jona parierte einen weiteren Hieb, indem er Mathes' Arm zur Seite schlug. »Du verprügelst mich nicht mehr!«

»Das werden wir ja sehen!« Schäumend vor Wut löste Mathes seinen Gürtel, legte ihn zusammen und ließ ihn durch die Luft sausen.

Jona fing ihn mühelos ab. Mit einer blitzschnellen Bewegung verdrehte er das Leder und entwand Mathes den Gürtel.

»Du verdammter kleiner Mistkerl!«, tobte der Knecht und fing an, blindlings auf Jona einzuschlagen.

Da ihm nichts anderes übrig blieb, setzte Jona sich zur Wehr. Zwar musste er ein paar Schläge einstecken, doch schließlich gelang es ihm, Mathes zu überwältigen und mit einem Hieb ans Kinn zu Boden zu strecken. Ehe der Knecht sich aufrappeln konnte, war er bei ihm, kniete sich auf seine Brust und hob drohend die Faust. »Ich habe gesagt, du sollst aufhören«, knurrte er. »Wenn du noch einmal versuchst, mich zu verprügeln, schlage ich dir den Schädel ein. Das schwöre ich bei Gott!«

Mathes erbleichte. Sein Atem kam abgehackt und stoßweise, aus seiner Nase floss Blut.

Auch Jona hatte einige Blessuren davongetragen, eine aufgeplatzte Lippe und ein blaues Auge, doch nichts im Vergleich zu dem, was Mathes ihm früher zugefügt hatte.

»Du dreckiger kleiner Dieb!«, zischte Mathes.

»Ich bin kein Dieb! Ich weiß nicht, wie oft ich dir das noch sagen muss!« Jona verstärkte den Druck seines Knies, als Mathes versuchte, sich aufzubäumen, um ihn abzuschütteln.

»Was ist denn hier los?«

Jona erstarrte.

Mathes' Blick wanderte zum Treppenabsatz, auf dem Götz stand und mit grimmiger Miene auf das blickte, was sich seinen Augen bot.

»Was, bei allen Heiligen, soll das? Lass ihn sofort los, Jona!«

Widerwillig nahm Jona das Knie von Mathes' Brust und ballte die Fäuste, um sich zu wehren, sollte der Knecht ihn erneut angreifen.

Mathes rappelte sich mit einer Verwünschung auf.

»Der kleine Mistkerl wollte euch bestehlen«, behauptete er. »Ich habe ihn erwischt, wie er aus der Kleiderkammer kam.«

Götz' Gesicht verdunkelte sich. »Stimmt das?«, wandte er sich an Jona.

Einen Augenblick überlegte Jona, alles abzustreiten. Aber was würde das bringen? Götz würde ihm ohnehin nicht glauben, vor allem nicht, wenn er den Stofffetzen in seiner Tasche fand. Deshalb wischte er sich mit dem Handrücken das Blut vom Mund und sagte: »Ich weiß, was ihr getan habt.«

# Kapitel 9

»Nicht! Paul, lass das!« Gerlin löste sich mit einem Lachen von dem jungen Mann, der sie hinter eines der Wirtschaftsgebäude im Spital gezogen hatte, um sie zu küssen. Er war schlank, quirlig und so blond, dass sein Haar fast weiß wirkte. Seit einem halben Jahr war er der Gehilfe des Medicus Matthäus, kümmerte sich um Harngläser, Ohrenschalen und die Instrumente des Arztes und sorgte dafür, dass die Kranken sich an die Vorschriften der Schonkost hielten, die Matthäus ihnen verordnete.

»Wieso?« Seine grauen Augen blitzten schelmisch. »Gefällt es dir nicht?«

Gerlin spürte, wie sie bis an den Haaransatz errötete. Nach ihrer Befreiung aus dem Hurenhaus hatte sie sich geschworen, nie wieder zuzulassen, dass die Hände eines Mannes sie berührten. Aber Paul schien nicht zu sein wie die anderen Männer. Er war sanft, zärtlich und immer heiter. Gerlin hatte längst ihr Herz an ihn verloren. Da sie sich ihre Kammer im Spital mit einer anderen Magd teilte, hatten sie nicht oft Gelegenheit, sich unbeobachtet zu treffen. So war jeder Moment mit Paul wertvoll.

Sie fühlte das Prickeln und Brodeln in ihrer Brust, als Paul erneut ihre Lippen mit den seinen verschloss. Vorsichtig tastete er sich weiter vor, bis sich ihre Zungen in einem wilden Tanz liebkosten. Seine Berührung war so berauschend, dass Gerlin das Gefühl hatte, die Welt würde sich immer schneller um sie drehen. Obwohl sie wusste, dass ihr Verhalten sündig war, konnte sie sich nicht gegen Pauls Anziehungskraft wehren.

Seine Hände wanderten an ihrem Rücken entlang zu ihrem Gesäß.

»Nicht!« Sie wich vor ihm zurück und schüttelte den Kopf. »Wenn uns jemand sieht!«

Paul grinste. »Wer soll uns hier schon sehen? Außer den Spatzen auf den Dächern ist doch niemand in der Nähe.« Er machte Anstalten, sie erneut an sich zu ziehen.

»Ich … ich kann nicht«, stammelte Gerlin. Er wusste nichts von ihrer Vergangenheit, von dem, wozu man sie monatelang gezwungen hatte. Wenn er es herausfand …

»Ich dachte, du magst mich«, sagte er mit einem verletzten Unterton.

»Ich mag dich sogar sehr«, gab Gerlin zurück. »Aber …«

»Ich bin nicht nur auf ein Abenteuer mit dir aus«, unterbrach Paul sie. »Ich verdiene gutes Geld bei Matthäus. Genug, um eine Familie zu unterhalten.«

Gerlin sah ihn ungläubig an.

»Könntest du dir vorstellen …« Er zögerte einen Augenblick. »Würdest du …«

Gerlin hob die Hand und legte ihm einen Finger auf die Lippen. »Sag nichts, was du bereuen könntest.«

»Ich will, dass du meine Frau wirst«, platzte es aus ihm heraus.

Gerlin glaubte, nicht richtig zu hören. »Du willst, dass wir heiraten?«

Er nickte. »Ich will dich nicht zu einer unehrlichen Frau machen«, beeilte er sich zu sagen. »Das wäre nicht recht.«

In Gerlin breitete sich eine bleierne Schwere aus. Sie war es nicht wert, dass er seine Liebe an sie vergeudete. »Ich …«, hob sie an, doch die Worte wollten nicht kommen.

»Du musst dich nicht sofort entscheiden«, sagte Paul. »Aber denk darüber nach. Bitte.«

Gerlin senkte den Blick. *Du musst es ihm sagen!* Der Gedanke ließ sie einen Schritt zurückweichen.

»Gerlin?« Er sah sie mit einer Mischung aus Bangigkeit und Enttäuschung an. »Gibt es einen anderen?«

Sie schüttelte den Kopf. »Nein!«

»Dann bin ich nicht gut genug?«

Tränen stiegen in ihr auf. »*Du* bist mehr als gut genug«, flüsterte sie. »Ich …« Die Worte wollten nicht über ihre Lippen.

»Gerlin?« Er griff nach ihrer Hand.

Sie wagte nicht, ihn anzusehen. Zu groß war die Scham, zu gewaltig die Angst, dass er die Schande in ihren Augen lesen könnte.

Ein Rascheln und das Geräusch von Schritten, die sich näherten, retteten sie. Wäre sie doch bloß nie auf Pauls Werben eingegangen! Wenn sie ihn von Anfang an zurückgewiesen hätte, müsste sie ihn jetzt nicht so verletzen.

Paul ließ ihre Hand los. Zwei Mägde näherten sich und rissen erstaunt die Augen auf, als sie die beiden sahen.

Hastig strich Gerlin sich die Röcke glatt, mied Pauls Blick und eilte an den Mägden vorbei zurück in Richtung Hanselhof. Wie hatte sie nur so töricht sein können? Wusste sie es nicht besser? Sie war eine Hure, und nichts, absolut nichts, konnte daran etwas ändern! Welcher anständige Mann würde eine wie sie zur Frau haben wollen? Sie musste ihr Herz verhärten. Paul hatte etwas Besseres verdient als sie. Mit einer heftigen Bewegung wischte sie sich über die Augen und floh in die Siechenstube.

# Kapitel 10

Götz starrte Jona fassungslos an. Was zum Henker meinte der Bengel? »Du weißt, was wir getan haben?«, fragte er gefährlich ruhig.

Jona brachte Abstand zwischen sich und Mathes, der inzwischen wieder auf die Beine gekommen war.

Der Knecht zog wütend ein Tuch aus der Tasche und drückte es auf seine blutende Nase. »Das zahle ich dir heim!«, knurrte er.

»Hier wird gar nichts heimgezahlt!« Götz verschränkte die Arme vor der Brust. »Was hattest du hier oben zu suchen?« Er sah Jona scharf an.

»Ich war heute beim Hof des Alten Endris«, erwiderte der Junge.

Götz stockte der Atem. »Wieso …«

»Ich habe damals den Zettel gesehen, den ihr in den Kamin geworfen habt«, erklärte Jona. »Darauf war zwar nicht mehr viel zu erkennen, aber irgendwann habe ich eins und eins zusammengezählt.«

Götz erstarrte. Wie war es möglich, dass ihnen jemand auf die Schliche gekommen war? Hatten sie nicht alles getan, um jene unglückselige Nacht zu begraben wie die Leichen von Paumgartner und seinen Gehilfen? Seit dem Vorfall hatten Olivera und er kaum darüber gesprochen. Zwar hatte sie kurz nach Markos' Verschwinden eine

Weile befürchtet, er könnte wieder auftauchen, doch diese Furcht hatte sich im Lauf der Zeit gelegt. Ihr verdammter Bruder war über alle Berge und würde es mit Sicherheit nie wieder wagen, in ihre Nähe zu kommen. Falls doch, würde Götz ihn eigenhändig umbringen!

Jona zog etwas aus der Tasche und hielt es ihm hin: einen Ring und ein schmutziges Stück Stoff.

»Was soll das sein? Woher hast du das?«

»Das habe ich im Haus des Alten Endris gefunden.« Jona hielt den Stofffetzen hoch. »Und den Ring habe ich in dem Grab gefunden. Er gehört Paumgartner.«

Mathes sog hörbar die Luft ein. Er warf Götz einen fragenden Blick zu, während seine Hand zu dem Messer an seinem Gürtel wanderte, den er wieder angezogen hatte.

Götz schüttelte den Kopf.

»Der Stoff gehört zu einem von Oliveras Kleidern«, fuhr Jona fort. »Ihr wart dort. Was ist passiert?«

»Das geht dich einen Scheißdreck an, du kleine Made!« Mathes machte Anstalten, sich erneut auf Jona zu stürzen.

»Lass ihn in Ruhe!«, befahl Götz. Es hatte keinen Zweck zu leugnen, dass sie auf dem Hof des Alten Endris gewesen waren. Er kannte Jona inzwischen gut genug, um zu wissen, dass der Bengel nicht locker lassen würde. Wäre er nicht gewesen, würde sein Sohn Lukas nicht mehr leben. Auch Olivera verdankte Jona ihr Leben, folglich gab es nur einen Ausweg. Er musste ihm die Wahrheit sagen. »Komm mit in die Stube«, seufzte er.

»Was?«, erboste sich Mathes. »Du willst ihm doch hoffentlich nicht …«

»Er weiß es ohnehin schon«, fiel Götz ihm ins Wort. An Jona gewandt sagte er: »Wir haben Paumgartner nicht getötet. Das war Markos.« Er kehrte den beiden Streithähnen den Rücken und ging in die Stube. Sie folgten ihm. Dort ließ er sich auf einen Stuhl fallen und erzählte Jona alles, was in der Nacht geschehen war.

»Er hat euch in den Keller eingesperrt?« Jona sah ihn fassungslos an. »Aber er muss doch gewusst haben, dass er damit Lukas zum Tod verurteilt!«

»Das war ihm gleichgültig«, seufzte Götz. »Er hatte es einzig und allein auf den Stein der Weisen abgesehen.« Er spürte die altbekannte Wut in sich aufsteigen.

»Ich habe das Grab wieder zugeschaufelt«, sagte Jona. »Aber wenn ich es entdeckt habe, findet es früher oder später ein anderer. Ich habe gehört, dort soll eine neue Straße gebaut werden.«

Götz stöhnte. »Dann müssen wir die Leichen dort wegschaffen.«

Mathes ließ das blutige Tuch sinken. »Wie stellst du dir das vor? Willst du einfach hinfahren, sie ausbuddeln und … *was*? In den Fluss werfen?«

»Ohne den Ring wird niemand wissen, dass es sich bei einem der Toten um Paumgartner handelt«, sagte Jona. Er legte das Schmuckstück auf den Tisch.

Götz griff danach und drehte es nachdenklich zwischen den Fingern. »Ich muss mit Olivera reden.« Er steckte den Ring ein. »Vielleicht hat sie einen besseren Einfall.«

»Und *er*?« Mathes zeigte mit dem Kinn auf Jona. »Du kannst doch nicht zulassen, dass er ohne Erlaubnis im Haus herumschnüffelt!«

Götz bedachte Jona mit einem Blick, den dieser furchtlos erwiderte. Aus dem unsicheren Bettelknaben, den er und Olivera in ihrem Haus aufgenommen hatten, war ein junger Mann geworden, der das Herz am rechten Fleck hatte. Götz verdankte ihm viel. »Ich hätte an deiner Stelle vermutlich genauso gehandelt«, gestand er.

»Soll das heißen, du lässt ihm das einfach durchgehen?«, empörte sich Mathes.

Götz zuckte mit den Schultern. »Jetzt haben wir wenigstens den Ring.«

Mathes war anzusehen, dass er nur mit Mühe eine Verwünschung schluckte.

Götz wusste, wie schlecht er auf Jona zu sprechen war, auch wenn der Junge ihm nach seiner Genesung fast alle Arbeit im Hof und in den Ställen abgenommen hatte. Die beiden teilten sich seit Jahren den Heuboden in einem der Schuppen. Vielleicht war es an der Zeit, Jona eine eigene Kammer zu geben. Er beschloss, auch das mit Olivera zu besprechen. Die Tragweite der Geschehnisse wurde ihm immer mehr bewusst.

»Was hast du mit dem Ring vor?«, fragte Jona.

»Auf keinen Fall werde ich ihn behalten.«

»Du hättest ihn in die Pegnitz werfen sollen«, brummte Mathes.

»Dafür ist es noch nicht zu spät.« Götz erhob sich. »Kein Wort darüber!«, warnte er. »Zu niemandem.«

# *Kapitel 11*

Olivera verfolgte, wie Matthäus die Schröpfköpfe vom Rücken der kranken Clara entfernte und zurück in seine Tasche legte. Das Mädchen hatte immer noch Krämpfe, die sich inzwischen darin äußerten, dass es Arme und Beine nicht mehr ausstrecken konnte. Die Schmerzen, die es litt, mussten unvorstellbar sein, die Schreie wurden immer schlimmer.

Der Priester verfolgte das Schröpfen mit gerunzelter Stirn und trat ans Bett, sobald Matthäus den letzten Schröpfkopf gelöst hatte. »Der Herr lasse sein Angesicht leuchten über dir«, sagte er salbungsvoll, legte ein schweres Kruzifix zu dem kranken Mädchen ins Bett und griff nach einer Flasche voller Weihwasser. Damit benetzte er die Stirn und fing an, lateinische Gebete zu sprechen.

»Und es *ist* das Feuer des heiligen Antonius«, hörte Olivera die Magd murmeln.

Sie winkte die junge Frau zu sich und bedeutete ihr, ihr aus der Kammer in den Korridor zu folgen. »Wieso bist du so sicher, dass es sich um das Antoniusfeuer handelt?«, fragte sie.

»Weil die Mönche in meinem Dorf es so genannt haben«, war die Antwort.

Olivera runzelte die Stirn. »Aber es äußert sich nicht auf diese Art.«

Die Magd zuckte mit den Schultern. »Bei uns hatten viele solche Krämpfe. Die Mönche haben sie mit Gebeten und Antoniusbrot geheilt.«

»Antoniusbrot?« Davon hatte Olivera noch nie etwas gehört.

»Es hat nur diejenigen geheilt, bei denen die Krankheit nicht so weit fortgeschritten war«, sagte die Magd. »Die anderen sind elendig zugrunde gegangen.« Sie schlug ein Kreuz vor der Brust. »Die arme Clara. Wenn der Priester ihr nicht helfen kann …« Sie errötete. »Ich meine … Ich wollte nicht sagen, dass …«

»Schon gut.« Olivera winkte ab. Sie schickte die Magd zurück in das Krankenzimmer und ließ sich ihre Worte durch den Kopf gehen. Was, wenn sie recht hatte? Alle bisher verabreichten Arzneien zeigten kaum Wirkung, und ob das Schröpfen half, die Krämpfe zu lindern, blieb abzuwarten. Sie beschloss, nach Hause zu gehen und noch einmal die Bücher und Traktate der gelehrten Ärzte zu Rate zu ziehen. Als Matthäus wenig später ebenfalls auf den Gang hinaustrat, schüttelte er mit einem traurigen Ausdruck den Kopf. »Ich fürchte, all unsere Heilkunst ist vergebens. Vielleicht kann ihr wirklich nur Gott helfen.«

»Ich gebe nicht auf«, widersprach Olivera. Sie erzählte ihm, was die Magd behauptet hatte.

»Das Feuer des heiligen Antonius?« Matthäus schüttelte den Kopf. »Bei dieser Krankheit bilden sich Blasen auf der Haut und die Glieder sterben durch Fäulnis ab. Diejenigen, die ich an diesem Leiden habe sterben sehen, sind zu Fetzen verfault. Sie muss sich irren.«

Olivera gab ihm insgeheim recht, dennoch wollte sie nichts unversucht lassen. Sie verabschiedete sich von ihm, verließ das Gebäude und begab sich zurück in die Burgstraße. Dort ging sie ohne Umwege in die Salbenküche, holte erneut die Bücher hervor und fing an, darin zu blättern.

Was sie fand, bestätigte ihre Annahme. In einem der Bücher stand ein Bericht aus einem Dorf, das vom Antoniusfeuer heimgesucht wurde. Die Aufzeichnungen besagten, dass die Krankheit die Eingeweide auffraß. Die Glieder, nach und nach zernagt, wurden schwarz wie Kohle und die Kranken starben schnell und unter grauenvollen Schmerzen. Ihr Gebrüll war weithin zu hören und ein unbeschreiblicher Gestank verpestete die Häuser, in denen sie dahinsiechten. Nach langem Suchen stieß sie auf eine Erwähnung des Antoniusbrotes, allerdings war die Beschreibung der Zutaten ungenau.

Sie wollte die Bücher schon zurück ins Regal stellen, als ihr Blick auf eine Abschrift der Lehren eines arabischen Alchemisten fiel, dessen Arzneien sie schon oft verwendet hatte. Dort entdeckte sie einen Eintrag über ein Gift, das dem Alchemisten zufolge stark heiß war und das zu einer Krankheit führte, die sich auf zweierlei Arten äußerte. Die erste Beschreibung entsprach dem, was Olivera als Antoniusfeuer kannte, die zweite schilderte ziemlich genau Claras Leiden. Neben Krämpfen, Dauerkontrakturen der Muskeln und Ohnmachten führte die Krankheit, wie der Alchemist angab, auch zum Irrsinn. Linderung konnten Umschläge von kalten Arzneien wie Mohnsaft, Sandelholz, Kampfer und Endivienwasser bringen. Zudem wurden Breitwegerich zur Schmerzlinderung, Bleiweiß, Rautensaft und Rosenöl empfohlen.

*Es ist nicht bekannt, worin das Leiden seinen Ursprung nimmt,* schrieb der Alchemist. *Wenn jedoch rechtzeitig mit der Behandlung begonnen wird, kann der Kranke gerettet werden.*

Olivera schob das Buch grübelnd beiseite. Hatte die Magd am Ende doch recht? Und falls ja, würde Martin Groß ihr erlauben, seiner Tochter erneut eine Arznei einzuflößen?

»Wenn Ihr sie wieder nicht heilen könnt, liegt ihr Schicksal in Gottes Hand«, hatte er gesagt.

Olivera nahm an, dass er nichts unversucht lassen würde, um seiner Tochter das Leben zu retten. Sie beschloss, die Arzneien zuzubereiten und mit Matthäus über die Schrift des Alchemisten zu sprechen.

Sie war gerade dabei, die Zutaten zusammenzusuchen, als Götz in der Offizin erschien. Hinter ihm tauchten Jona und Mathes auf. Ohne ein Wort zu sagen, trat Götz auf den Tisch zu, an dem sie arbeitete, und legte einen Ring darauf.

Olivera sah von einem zum anderen. »Was ist denn mit euch passiert?«, fragte sie mit Blick auf Jonas und Mathes' Gesichter.

»Nichts«, murmelte der Knecht.

»Götz?« Sie wandte sich ihm fragend zu. »Was ist das für ein Ring?«

»Sieh ihn dir an«, forderte er sie tonlos auf.

Zögernd nahm sie ihn und betrachtete das Wappen. »Ein Siegelring?«

»Nicht irgendein Siegelring«, entgegnete Götz. »Paumgartners Siegelring.«

Olivera glaubte, nicht richtig gehört zu haben. »Paumgartner?«

»Jona hat ihn gefunden.«

»Den Ring?«

»Paumgartner.«

Oliveras Herz setzte einen Schlag aus. Sie sah Jona fassungslos an.

»Er war beim Hof des Alten Endris«, erklärte Götz und erzählte ihr, was Jona berichtet hatte.

Sie spürte, wie ihr die Knie weich wurden. Seit Markos' Verschwinden hatte sie versucht, sich einzureden, dass es vorbei war; dass die Vergangenheit begraben und vergessen war; dass sie nie wieder über ihren Bruder reden oder an ihn denken musste. Sie hielt sich an der Tischkante fest, da der Raum sich plötzlich um sie drehte. »Wieso?«, murmelte sie. Warum jetzt? Kurz nach der Rettung ihres Sohnes hatte sie sich häufig gefragt, wo Markos wohl sein mochte, ob er irgendwann wieder auftauchen würde. Mit der Zeit hatte sie sich erlaubt, die furchtbare Nacht zu vergessen.

»Ich wollte wissen, was es mit dem Hof auf sich hat«, sagte Jona.

»Es muss ein Wink des Schicksals sein, dass ausgerechnet Cristin über die Leichen gestolpert ist«, seufzte Götz.

»Oh mein Gott!« Olivera schlug die Hand vor den Mund. »Weiß sie, was …«

Jona schüttelte den Kopf. »Sie denkt, es sei ein totes Pferd gewesen.«

»Und was jetzt?« Allein die Vorstellung, noch mal zum Hof des Alten Endris zu gehen, ließ Olivera schaudern.

»Ich werde versuchen, im Rat in Erfahrung zu bringen, wo genau die neue Straße gebaut wird«, sagte Götz. »Falls der Hof des Alten Endris abgerissen werden soll, müssen wir die Toten verschwinden lassen.«

»*Wir* haben niemanden ermordet«, brummte Mathes.

»Das wird sich nach all der Zeit nicht mehr beweisen lassen«, hielt Götz entgegen.

»Ich denke, wir sollten alles so lassen, wie es ist.« Mathes verzog das Gesicht. »Es ist viel zu gefährlich, sich an dem Grab zu schaffen zu machen. Was, wenn uns jemand dabei erwischt? Wie wollt ihr das erklären?«

»Darüber sprechen wir später«, beschied Götz. »Zuerst erkundige ich mich über die neue Straße.«

»Was sollen wir bis dahin tun?«, wollte Olivera wissen.

»Ihr macht weiter, als ob nichts Ungewöhnliches passiert wäre.«

# Kapitel 12

»Es tut mir leid«, sagte Jona, sobald Mathes und Götz die Offizin verlassen hatten. Er trat unsicher von einem Fuß auf den anderen und schien nicht recht zu wissen, was er sagen sollte. »Ich hätte nie mit Cristin dorthin gehen sollen.«

»Vielleicht war es wirklich ein Wink des Schicksals«, beruhigte Olivera ihn. »Man kann sich nicht vor dem verstecken, was man getan hat.«

»Aber euch trifft keine Schuld! Ich weiß, dass dein Bruder Paumgartner getötet und euch in den Keller gesperrt hat.«

»Wir hätten der Wache sagen können, was wirklich vorgefallen ist.«

»Dann hätte man euch bestimmt ins Loch geworfen und peinlich befragt!«

Olivera seufzte. Was geschehen war, ließ sich nicht ändern. Die Umstände von Paumgartners Tod hätten Götz und sie vielleicht nicht aufs Schafott gebracht, aber falls jemand herausgefunden hätte, dass Markos ihr Bruder war … Sie wagte nicht, den Gedanken weiterzuspinnen.

»Glaubst du, er hat den Stein der Weisen immer noch?«, wollte Jona wissen.

Sie nickte. »Ich hoffe, er bringt ihm genauso wenig Glück wie Alphonsius«, sagte sie bitter. Die Wut auf ihren

Bruder kehrte zurück. Warum hatten er und ihr Vater nicht auf ehrliche Art und Weise ihr Geld verdienen können? Wie viel Leid mussten sie noch über andere bringen? Sie biss die Zähne aufeinander, um den Strudel der Gefühle im Zaum zu halten, der drohte, sie in die Tiefe zu reißen.

»Ihr könnt euch auf mich verlassen«, versprach Jona. »Ich werde niemandem etwas sagen.«

»Was willst du niemandem sagen?« Plötzlich stand Cristin im Raum. Sie wirkte erhitzt und sah Jona vorwurfsvoll an.

»Nichts«, beeilte er sich zu antworten.

Cristin war anzusehen, dass sie ihm nicht glaubte. »Ich bin fertig mit der Schafgarbe«, sagte sie. »Du hättest mir ruhig helfen können!«

Olivera war froh über die Ablenkung, da die Gedanken in ihrem Kopf wild durcheinanderwirbelten. Wäre es klüger gewesen, die Stadt zu verlassen? Götz hatte sie gedrängt, woanders neu anzufangen. Hatte er recht gehabt? Hätte sie auf ihn hören sollen? Seit ihrer Ankunft in Nürnberg gerieten sie immer wieder in Schwierigkeiten. Es schien beinahe, als wolle Gott ihnen Zeichen geben, dass die Stadt nicht gut für sie war. Zuerst der Brand ihres Hauses, dann der Mordanschlag auf den Burggrafen, ihre Gefangennahme und schließlich die Entführung ihres Sohnes. Welche Unbill hielt Nürnberg noch für sie bereit? Sie beschloss, mit Götz darüber zu reden, sobald sie allein waren.

»Was ist mit deinem Gesicht passiert?«, hörte sie Cristin fragen.

Jona zuckte mit den Schultern. »Nichts«, log er erneut.

Cristin verschränkte schmollend die Arme.

»Ihr könnt mir helfen, ein paar Arzneien zuzubereiten«, sagte Olivera, um einen Streit zwischen den beiden abzuwenden. Bevor Götz nicht etwas über die neue Straße in Erfahrung gebracht hatte, konnten sie ohnehin nichts anderes unternehmen. Und selbst dann war fraglich, ob es klug war, sich der Gefahr einer Entdeckung auszusetzen. Ohne seinen Ring würde man Paumgartner womöglich nicht erkennen. Die Stadtsoldaten würden annehmen, es handle sich um die Opfer von Wegelagerern oder um Männer, die der Alte Endris getötet hatte. Im Moment war sie machtlos. Folglich blieb ihr nur die Arbeit, um dem Abgrund zu entgehen, der sich vor ihr aufgetan hatte. Vielleicht gelang es ihr, Clara Groß und die anderen kranken Kinder von den furchtbaren Schmerzen zu befreien, die sie litten.

Mit einem Seufzen wandte sie sich wieder der Arbeit zu und verbrachte die nächste Stunde damit, die Tränke herzustellen und in Flaschen abzufüllen.

All die Zeit über wechselten Cristin und Jona kaum ein Wort und Olivera hoffte, dass das Mädchen wirklich nicht begriffen hatte, worüber es gestolpert war. Sollte es sich verplappern, würde das die ganze Familie in Gefahr bringen.

Nachdem sie die Flaschen in ihren Korb gestellt hatte, trug sie den beiden auf, während ihrer Abwesenheit Galgantwurzelwein und Thymiansalbe herzustellen, die genauso wie ein Bad mit Pappelrinde gegen Rücken- und Gliederschmerzen halfen. Dann verließ sie die Offizin, um mit Matthäus über das Traktat des arabischen Alchemisten zu reden.

»Du glaubst also wirklich, dass es sich um das Antoniusfeuer handelt?«, fragte der Medicus, als sie ihn in der spitaleigenen Kräuterküche aufsuchte.

»Es scheint zwei unterschiedliche Ausprägungen der Krankheit zu geben«, sagte sie. »Ich habe die Arzneien zubereitet.«

»Ich glaube nicht, dass Groß dich noch mal zu seiner Tochter lässt«, wandte Matthäus ein. »Er scheint der Meinung zu sein, dass Gott ihr besser helfen kann als wir. Es wäre ratsam, die Tränke erst an dem Waisenknaben hier im Spital auszuprobieren.«

»Aber er ist später erkrankt als Clara.«

»Wenn deine Arzneien bei ihm Wirkung zeigen, wäre Groß ein Narr, uns nicht mehr zu seiner Tochter zu lassen.« Matthäus seufzte. »Ich will keinen Ärger mit dem Rat. Groß hat gewaltigen Einfluss. Sollte er der Meinung sein, die Kur schadet mehr, als sie nützt ...«

Er brauchte nicht weiterreden, denn Olivera hatte genügend Erfahrung mit der Feindseligkeit einiger Ratsmitglieder. »Wo ist der Junge?«, fragte sie.

Matthäus stellte das Gefäß ab, mit dem er hantiert hatte, säuberte sich die Hände und führte sie zu einem Bett, in dem ein etwa achtjähriger Knabe lag. Er schien zu schlafen, doch seine Arme und Beine zuckten so heftig, dass er seine Decke abgeworfen hatte. Sein Gesicht glänzte vor Schweiß und er schien vor Kurzem die Kontrolle über seine Blase verloren zu haben.

Olivera winkte eine der Mägde herbei und trug ihr auf, Wasser für kühle Wickel zu holen. Dann setzte sie sich neben das Bett, fühlte dem Jungen die Stirn und holte die Arzneien aus ihrem Korb.

Als habe er ihre Gegenwart gespürt, öffnete der Junge die Augen und gab ein Stöhnen von sich.

»Keine Angst«, sagte Olivera sanft. Sie half ihm, sich aufzurichten und flößte ihm den Trank aus Sandelholz, Mohn und Kampfer ein. Obwohl er heftig zitterte und einiges an seinem Kinn hinabrann, gelang es ihm, das meiste zu schlucken.

»Muss ich sterben?«, flüsterte er, nachdem Olivera seinen Kopf wieder auf die Kissen gebettet hatte.

Ihr Herz zog sich zusammen. Sie begegnete dem Tod jeden Tag, doch würde sie sich nie an die Angst in den Augen der Sterbenden gewöhnen. »Bete zu Gott, dann wirst du bald wieder gesund«, versprach sie und hoffte, dass der Junge ihr nicht ansah, wie sehr sie daran zweifelte. Er war so mager, dass es wirkte, als würden seine Rippen die Haut durchstoßen wollen, und seine Augen hatten jeglichen Glanz verloren. Als die Magd mit dem Wasser zurückkam, machte sie ihm Wadenwickel, rieb ihn mit Rosenöl ein und hoffte, dass der Alchemist sich nicht getäuscht hatte.

»Und?« Matthäus, der sich in der Zwischenzeit um einen anderen Kranken gekümmert hatte, gesellte sich zu ihr.

Olivera zuckte mit den Schultern. »Ich bin mir nicht sicher, aber ich habe den Eindruck, das Zucken lässt nach.«

Tatsächlich schien die Arznei den Jungen zu beruhigen und ihm das Atmen zu erleichtern.

»Ich hoffe, es hilft.« Matthäus rieb sich das Gesicht. »Offenbar sind noch zwei Kinder erkrankt. Wenn das so weitergeht …« Er schüttelte den Kopf. »Die ersten reden schon von einem Fluch des Teufels.«

# Kapitel 13

Auf dem Weg zum Rathaus hatte Götz Mühe, nicht dauernd die Hand in die Tasche zu stecken, in der sich Paumgartners Siegelring befand. Er konnte das Gefühl nicht abschütteln, dass der Ring ein Loch in den Stoff brannte, und fragte sich, warum er ihn nicht zu Hause gelassen hatte. Sollte man ihn aus irgendeinem Grund bei ihm finden, würde er wohl kaum erklären können, wie er in seinen Besitz gekommen war. Immer wieder ertappte er sich dabei, wie er das kühle Metall betastete, nur um hastig die Hand zurückzuziehen und sich schuldbewusst umzusehen.

*Du hast niemanden getötet,* sagte er sich immer wieder, allerdings war diese Tatsache weniger beruhigend, als sie sein sollte. Aus Erfahrung wusste er, dass es oft niemanden interessierte, was wirklich vorgefallen war. Viel wichtiger war, wie die Dinge zu sein *schienen*. Und vor diesem Hintergrund würden Olivera, Mathes und er so schuldig wirken wie Adam und Eva.

Als das Rathaus vor ihm auftauchte, atmete er ein paar Mal tief ein und aus. Auf keinen Fall durfte er sich durch seine Fragen verdächtig machen oder so viel Neugier erwecken, dass jemand anfing, sich für den Hof des Alten Endris zu interessieren. Größte Vorsicht war geboten. Er warf einen Blick zum Himmel, der sich bewölkt hatte. Von Norden her schoben sich dunkle Wolken zusammen und ein auffrischender Wind blies durch die Stadt. Während man am Morgen den Eindruck gehabt hatte, der Sommer würde noch einige Wochen andauern, ließen die kalten Böen keinen Zweifel am nahenden Herbst.

Obwohl er versuchte, sich einzureden, dass nichts schiefgehen konnte, beschleunigte sich sein Herzschlag, als er vor dem prächtigen Gebäude anlangte. Mit einem Gefühl, als laste ein Zentnergewicht auf seiner Brust, betrat er die Eingangshalle, in der mehrere vornehm gekleidete Männer zusammenstanden und heftig diskutierten. Er näherte sich ihnen und hörte, worüber sie sich so aufregten.

»Es ist ein Fluch, das sage ich euch, so wahr ich Markus Holzschuher heiße!«

»Woher willst du das wissen?«

»Habt ihr nicht gehört, dass Martin Groß einen Priester ins Haus geholt hat?«, fragte der, der zuerst gesprochen hatte. Er war wie Götz ein Ratsmitglied und entstammte einem alten Nürnberger Patriziergeschlecht.

»Er hat recht«, pflichtete ihm ein anderer Mann bei, den Götz als einen der Widersacher erkannte, deren Intrige Olivera und ihn beinahe das Leben gekostet hatte. »Inzwischen sind zwei Dutzend Kinder erkrankt und es scheint kein Ende zu nehmen.«

»Nicht nur Kinder«, wusste ein jüngerer Kaufmann. »Auch unter den Bettlern grassiert die Seuche.«

»Ihr seid Heiden, wenn ihr glaubt, dass es ein Fluch des Teufels ist«, brummte ein älterer Mann. »Es ist die Geißel Gottes.«

Holzschuher winkte ab. »Warum sollte Gott die Nürnberger strafen wollen? Hier leben fromme Leute.«

Diese Feststellung erntete Hüsteln und das eine oder andere unverhohlene Lachen.

»Soso, fromme Leute?« Der Alte schüttelte den Kopf. »Meinst du damit die abergläubischen Narren, die auf diesen Betrüger hereingefallen sind, der behauptet hat, unedle Metalle in Gold verwandeln zu können?«

Götz verzog das Gesicht. Es konnte kein gutes Omen sein, dass ausgerechnet jetzt die Sprache auf Alphonsius kam.

»Das ist doch Jahre her.«

Der Alte schnaubte. »Wenn ihr wollt, dass das Leiden aufhört, geht in die Kirche und betet, bis euch die Knie wehtun«, riet er, ehe er sich von der Gruppe abwandte und auf den Ausgang zusteuerte.

»So ein Unsinn!«, erboste sich jemand, den Götz nicht kannte.

»Ich weiß nicht, ob es Unsinn ist.« Eines der Mitglieder des Größeren Rates wiegte den Kopf hin und her. »Vielleicht hat er recht, vielleicht nicht. Ich befolge seinen Rat lieber, sonst trifft es am Ende auch meine Familie.« Er löste sich von der Gruppe und kam auf Götz zu. Als er ihn sah, zog er die Brauen hoch. »Bringst du Neuigkeiten?«

Götz schüttelte bedauernd den Kopf.

»Deine Frau kennt sich doch mit derlei Dingen aus. Warum kann denn niemand etwas gegen diesen Fluch ausrichten?«

Götz wusste nicht, was er darauf erwidern sollte. Es fehlte noch, dass die Nürnberger schon wieder die

Schuld bei Olivera suchten. »Deshalb bin ich nicht hier«, erwiderte er und beschloss, alle Vorsicht in den Wind zu schlagen. »Ich bin wegen der neuen Straße etwas verwirrt.«

Der Ratsherr runzelte die Stirn. »Welche neue Straße?«

»Die im Westen der Stadt. Weißt du, wo genau sie gebaut werden soll?«

»Wieso? Gehört dir Land dort?«

»Ich bin mir nicht sicher.«

Der Mann beschrieb ihm den Weg, den die Straße nehmen sollte.

Vor Erleichterung hätte Götz beinahe etwas Unbedachtes gesagt.

»Und?«

Götz blinzelte verwirrt.

»Führt sie über dein Land?«

»Nein.«

»Das ist schade. Du hättest sicher einen ordentlichen Batzen dafür verlangen können.« Mit diesen Worten ließ der Ratsherr ihn stehen, überquerte die Straße und verschwand in der gegenüberliegenden Kirche. Zweifelsohne, um eine Kerze für jedes Mitglied seiner Familie zu entzünden und Gott um Schonung für sie zu bitten.

»Wir sollten eine Sitzung einberufen, um über die Maßnahmen zu entscheiden, die getroffen werden müssen«, hörte er einen der Männer sagen, die sich immer noch über die Seuche unterhielten. »Die Bürger müssen geschützt werden. Falls nötig, sollen die Leute in ihren Häusern bleiben und Räucherungen vornehmen, um die Miasmen zu vertreiben. Dieser Fluch wird bestimmt durch üble Dünste verbreitet.«

»Wenn es ein Fluch ist, braucht es keine üblen Dünste, um Schaden anzurichten«, widersprach Markus Holzschuher.

»Das haben sie auch bei der Pest gesagt«, brummte der, der neben ihm stand.

»*Ich* werde jedenfalls meine Türschwelle mit Weihwasser bespritzen und dafür sorgen, dass einer der Pfaffen mein Haus mit Weihrauch segnet«, beschied Holzschuher.

Als daraufhin mehrere Männer durcheinanderredeten, kehrte Götz der Gruppe den Rücken und verließ das Rathaus. Er überlegte einen Moment, bevor er sich in Richtung Flussufer aufmachte. Je länger er den Ring bei sich trug, desto größer war die Gefahr, dass man ihn entdeckte. Zielstrebig bahnte er sich einen Weg durch die vielen Menschen auf dem Marktplatz und erreichte schließlich den schmalen Pfad, der zum Henkerturm führte. Dahinter erhob sich eine Gruppe von alten Weiden, deren tief hängende Äste ausreichend Sichtschutz boten. Vorsichtig, um an der steilen Böschung nicht abzurutschen, kletterte Götz zum Ufer hinab und sah sich um. Außer einem Fischerkahn, der etwa einen Steinwurf flussabwärts vor sich hin dümpelte, war nichts zu sehen. Während sich sein Herzschlag erneut beschleunigte, holte er den Ring aus der Tasche und schleuderte ihn ohne zu zögern ins Wasser.

Er versank in der Mitte des Flusses.

Als ob er befürchtete, dass er wie durch Zauberhand zurück an die Oberfläche gelangen könnte, starrte Götz eine Weile auf die Stelle, an der er versunken war. Schließlich wandte er sich ab und kletterte zurück nach oben.

»Das wäre erledigt«, murmelte er und spürte, wie sich Erleichterung in ihm ausbreitete. Der Beweis für Paumgartners Identität war beseitigt, ebenso die Angst, dass der Bau der neuen Straße das Grab zum Vorschein bringen könnte. Fast schien es, als ob sich doch wieder alles zum Guten wenden würde. *Wenn bloß diese vermaledeite Seuche nicht wäre!*

# Kapitel 14

»DER HERR SAGT, ich soll Euch fortschicken.« Die Magd, die Olivera und Matthäus die Tür geöffnet hatte, wich ihrem Blick aus und sah errötend zu Boden.

Die Kirchturmuhr hatte gerade die volle Stunde geschlagen und bis zur Dämmerung war es nicht mehr lange. Seit Olivera dem Waisenknaben die Arzneien verabreicht hatte, war genug Zeit verstrichen, um festzustellen, dass es dem Jungen besser ging. Die Krämpfe hatten sich gelegt und die Schmerzen schienen abzuklingen. Ermutigt von dieser Entwicklung, hatte Olivera ihn ein weiteres Mal mit Rosenöl eingerieben und ihm zusätzlich einen Umschlag mit gestampftem Schierling bereitet.

»Sag deinem Herrn, dass wir eine Arznei gefunden haben, die seiner Tochter das Leben retten kann«, trug Matthäus der Magd auf. »Wir müssen uns beeilen, sonst könnte es zu spät sein.«

Die junge Frau trat unschlüssig von einem Fuß auf den anderen. »Aber er hat gesagt …«

»Geh schon!«, fiel Matthäus ihr ins Wort. »Wenn wir Clara nicht helfen, stirbt sie!«

Die Magd sah ihn erschrocken an. Dann nickte sie, lehnte die Tür an und verschwand.

Wenig später näherten sich schwere Schritte. Martin Groß erschien auf der Schwelle und blickte mit düsterer Miene auf sie hinab. »Was wollt Ihr?«, fragte er unwirsch.

»Es gibt vielleicht eine Arznei, die Eure Tochter retten kann«, erwiderte Matthäus.

»Dafür ist es zu spät. Gott hat entschieden, meine Tochter von ihrem Leid zu erlösen.«

»Ist sie …«

»Es kann nicht mehr lange dauern. Der Priester ist bei ihr. Er hat ihr die Beichte abgenommen.«

»Die Arznei wirkt. Ihr müsst uns zu ihr lassen!«, drängte Matthäus.

»So wie Eure anderen Tränke und Diäten?«, fragte Groß bitter.

»Einer der Insassen des Spitals zeigt deutliche Besserung.«

»Für Clara kommt jede Hilfe zu spät.«

»Wollt Ihr sie aufgeben?«, fragte Olivera fassungslos.

»Ich will ihre Qualen nicht unnötig verlängern«, war die Antwort.

»Aber sie kann womöglich gerettet werden!«, verlor Matthäus die Geduld. »Wenn Ihr uns nicht zu ihr lasst, seid Ihr für ihren Tod verantwortlich!«

Die Augen des Ratsherrn verengten sich. »Ich wäre an Eurer Stelle vorsichtig mit solchen Äußerungen«, knurrte er. »Wer hat denn all diese nutzlosen Salben und Tränke an meinem Kind erprobt? Woher soll ich wissen, dass nicht *Ihr* verantwortlich seid für ihren Zustand?«

Olivera traute ihren Ohren nicht. »Wollt Ihr dem Medicus die Schuld an der Seuche geben?«

»Das habe ich nicht gesagt. Aber warum, denkt Ihr, bin ich zu Euch gekommen? Weil *seine* Kur nicht anschlägt!«

Er zeigte auf Matthäus. »Woher sollte ich wissen, dass Eure Mittel genauso wenig Wirkung zeigen?«

»Es ist eine kaum bekannte Krankheit«, entgegnete Olivera, um eine ruhige Stimme bemüht. »Ich habe in vielen Büchern nachschlagen müssen, um …«

»Eure Bücher interessieren mich nicht!«, unterbrach Groß sie barsch. »Meine Tochter hat nie an einer Krankheit gelitten. Ein Dämon hatte Besitz von ihr ergriffen! Hätte der Priester ihn nicht ausgetrieben, könnte sie nicht in Frieden gehen. Ich lasse nicht zu, dass Ihr sie weiter mit Euren wertlosen Arzneien quält!«

»Aber *Ihr* seid doch zu *mir* gekommen«, protestierte Olivera.

»Ein Fehler, den ich ganz sicher nie wieder machen werde!« Mit diesen Worten ließ Groß sie stehen und schlug ihnen die Tür vor der Nase zu.

»Ein Dämon?«, empörte sich Olivera. »Meint er das ernst?«

Matthäus seufzte. »Das war zu erwarten«, sagte er. »Immer wenn sich eine Krankheit nicht erklären lässt, entstehen früher oder später solche Gerüchte.«

»Aber das ist vollkommener Unsinn!«

»Ich stimme dir zu. Clara wird das allerdings nicht das Leben retten.«

»Wir können sie doch nicht einfach sterben lassen!« Olivera sah an der Front des Gebäudes empor.

»Wir können nichts ausrichten.«

»Aber …«

»Geh nach Hause«, riet Matthäus. »Wenn der Junge im Spital sich weiterhin gut erholt, können wir wenigstens die anderen Kranken heilen.«

Olivera spürte Wut in sich aufsteigen. Wieso ließ dieser verbohrte Patrizier sie nicht zu seiner Tochter? Wie konnte man nur so dumm sein? Selbst wenn die Krankheit schon zu weit fortgeschritten war, würde ihr die Medizin Linderung verschaffen. Die Ohnmacht machte sie noch wütender. Einen Augenblick spielte sie mit dem Gedanken, sich durch das Hoftor aufs Grundstück zu schleichen und abzuwarten, bis der Hausherr beim Essen war. Allerdings vermutete sie, dass der Priester nicht von der Seite des kranken Mädchens weichen würde. Alles, was sie sich mit einer solchen Aktion einhandeln würde, war gewaltiger Ärger.

Mit einer Verwünschung auf den Lippen tat sie es Matthäus gleich, machte kehrt und beschloss, nach Hause zu gehen.

»Was ist passiert?«, fragte Götz sie, als sie das Haus betrat. Er stand im Verkaufsraum hinter dem Tresen und räumte einen großen Topf zurück ins Regal.

Sie sagte es ihm.

»Diese Seuche beschäftigt inzwischen fast jeden in der Stadt«, stellte Götz fest. »Ich war im Rathaus. Die anderen wollen eine Sitzung einberufen, um über die Maßnahmen zu entscheiden, die getroffen werden müssen. Anscheinend reden die Leute von einem Fluch des Teufels.« Er kam hinter dem Tresen hervor. »Ich war außerdem beim Fluss.«

Olivera runzelte die Stirn, dann begriff sie. »Der Ring?«

Er nickte.

»Gott sei Dank!« Die Furcht vor Entdeckung vertrieb die Gedanken an Clara und die anderen Kranken. »Was ist mit der Straße?«

Götz schüttelte den Kopf. »Die führt meilenweit am Hof des Alten Endris vorbei. Was auch immer Jona aufgeschnappt hat, war nichts als dummes Gerede.«

Olivera atmete durch. »Dann hat Mathes vermutlich recht. Wir sollten alles so lassen, wie es ist. Alles andere wäre zu gefährlich. Wir müssen uns vom Hof des Alten Endris fernhalten.«

»Ich bin mir nicht sicher.« Götz lehnte sich an den Tresen. »Was, wenn noch mal jemand über das Grab stolpert?«

»Ohne den Ring wird niemand wissen, um wen es sich bei den Toten handelt.«

»Und wenn doch?«

»Sollten wir Nürnberg endlich verlassen«, sprach Olivera aus, was sie beschäftigt hatte. »Wie oft werden wir uns noch auf unseren Schutzengel verlassen können? Diese Seuche …« Sie hob die Hände. »Was, wenn man wieder uns die Schuld geben will?«

»Das kann ich mir nicht vorstellen«, erwiderte Götz. »Die Leute glauben, der Teufel hätte seine Hände im Spiel.«

»Und wenn sich das ändert? Wenn wir jetzt unsere Sachen packen und fortgehen, wird uns niemand aufhalten.«

»Es ist Herbst. Der Winter steht vor der Tür«, gab Götz zu bedenken. »Wir sollten in aller Ruhe darüber nachdenken. Falls du im Frühjahr immer noch fort willst, suchen wir uns eine neue Bleibe. Einverstanden?«

Olivera nickte. Hoffentlich war es bis dahin nicht zu spät.

# *Kapitel 15*

Der nächste Morgen begrüßte die Nürnberger mit einem Unwetter. Ein Blitz jagte den nächsten, das Donnergrollen schien kaum mehr abzureißen. Die ganze Nacht über hatte der Sturm an den Läden gerüttelt, und als Götz das Haus verließ, um zur Ratssitzung zu gehen, peitschte ihm der Wind den Regen ins Gesicht. Das Wasser floss in breiten Bächen die steile Burgstraße hinab, wusch die Fugen zwischen den Kopfsteinen aus und trug allerlei Unrat in Richtung Rathaus. Die Kapuze seines Mantels tief heruntergezogen, eilte Götz den Hang hinab. Als er die Eingangshalle erreichte, war er bis auf die Haut durchnässt.

»Was für ein Mistwetter!«, schimpfte er und trat über die Schwelle des Rathauses.

»Das kannst du laut sagen«, pflichtete ihm ein anderes Mitglied des Größeren Rates bei. »Man könnte meinen, Gott hat eine zweite Sintflut geschickt.«

»Wenn das so weitergeht, tritt die Pegnitz über die Ufer«, mischte sich ein Dritter ein.

»Vielleicht haben wir Glück.«

»So wie vor fünf Jahren? Als es so schlimm war, dass die Armen in ihren Katen ersoffen sind wie die Ratten?« Ein Älterer gesellte sich zu ihnen. »Schon der Sommer hat viel zu viel Regen gebracht.« Er schüttelte den Kopf. »Vielleicht ist was dran an dem Gerede vom Fluch.«

»Lasst uns in die Ratsstube gehen«, schlug Götz vor. Da die Türen der Halle offen standen, fröstelte er im kalten Luftzug.

Gefolgt von den anderen, machte er sich auf den Weg ins Obergeschoss, wo sich die Stube befand. Der Raum war bereits zur Hälfte gefüllt und wie jedes Mal musste Götz beim Anblick des Prunks kurz innehalten. Sämtliche Fenster des großen Saales waren verglast, die Decke mit teurem Holz getäfelt. Selbst die Wände waren bis in Brusthöhe mit Holz verkleidet und mit den Wappen der einflussreichsten Ratsfamilien geschmückt. In einem der Kamine prasselte ein Feuer. Die Mitglieder des Kleineren Rates saßen auf den Bänken, die die Wände entlangliefen, das Gremium der Sieben Älteren Herren am Kopfende der Stube. Den Vorsitz führte der »Frager«, einer der älteren Bürgermeister. Zusammen mit einem jüngeren Bürgermeister leitete er für vier Wochen die laufenden Geschäfte der Stadt. Dann war die Reihe an zwei anderen der insgesamt sechsundzwanzig Bürgermeister.

Götz und die anderen Mitglieder des Größeren Rates nahmen auf den Bänken weiter hinten im Raum Platz und warteten darauf, dass die Sitzung eröffnet wurde.

Auch Hans Tucher war anwesend – seit mehreren Jahren bekleidete er das Amt des Vorderen Losungers, dem obersten Aufseher über die städtischen Einnahmen. Als sein Blick auf Götz fiel, nickte er ihm kurz zu.

Sobald alle Plätze besetzt waren, schloss einer der Ratsknechte die Tür und der Frager hob die Hände, um die Versammelten zur Ruhe zu bringen. »Wir sind heute hier zusammengekommen, um über Maßnahmen zu entscheiden, die wegen der seit einiger Zeit grassierenden Seuche getroffen werden sollten«, hob er an.

»Es ist keine Seuche!«, fiel ihm einer der anderen Bürgermeister ins Wort. »Es ist ein Fluch!«

»Martin Groß, bitte warte, bis dir das Wort erteilt wird«, rief ihn der Frager zur Ordnung.

»Dann erteile mir das Wort!«, forderte Groß. »Meine Tochter ist an deiner angeblichen Seuche gestorben!«

Ein Raunen ging durch die Reihen.

»Das tut mir leid.« Der Frager tauschte einen Blick mit dem jüngeren Bürgermeister, der kaum wahrnehmbar nickte. »Du hast das Wort«, sagte er dann an Martin Groß gewandt.

»Vor einigen Tagen ist meine Tochter an einem Leiden erkrankt, das der Medicus für etwas gehalten hat, das man mit einfacher Schonkost heilen kann«, sagte Groß. Seine Miene war hart. »Allerdings ging es ihr mit jeder Stunde, die verstrich, schlechter, sodass ich mir schließlich nicht mehr zu helfen wusste. Also bin ich zur Salbenmacherin gegangen und habe sie um Hilfe gebeten.«

Götz spürte Besorgnis in sich aufsteigen.

»Aber auch ihre Arzneien haben meinem Kind nicht geholfen!«, erboste sich Martin Groß. »Schröpfen, Aderlass, Tränke … Nichts konnte Claras Schmerzen lindern. Bis ich einen Priester gerufen habe.«

»Hat er sie gesundgebetet?«, fragte jemand hinter Götz.

»Nein!« Martin Groß sah denjenigen, der gesprochen hatte, zornig an. »Er hat sie von der Besessenheit befreit! Sie hat nicht an einer Krankheit gelitten! Sie war von einem bösen Geist besessen, der ihre Seele rauben wollte!«

Das Raunen wurde lauter.

»Es ist ein Fluch! Keine Krankheit! Nur ein Mann Gottes kann uns helfen, diese Geißel loszuwerden!«

»Willst du etwa einen Teufelsaustreiber kommen lassen?«, fragte Hans Tucher.

»Genau das sollten wir tun!«

»Das ist doch Unsinn!«, mischte sich Conz Vorchtel ein, der neben Götz saß. Er war wie Götz ein Mitglied des Größeren Rates.

»Ach ja?«, hielt Markus Holzschuher dagegen.

»Ich bin der Meinung, dass die Leute in ihren Häusern bleiben und Räucherungen vornehmen sollten«, sagte ein anderer.

»Du mit deinen Miasmen!«, schnaubte Holzschuher. »Ein Fluch braucht keine üblen Dünste. Den Teufel hält man mit Räucherungen nicht auf!« Er bekreuzigte sich.

»Was sagt unser Stadtapothecarius dazu?«, hörte Götz einen der Bürgermeister fragen.

Alle Blicke im Saal richteten sich auf ihn.

»Ich bin kein Arzt«, entgegnete er. »Ich stelle nur die Arzneien her, die der Medicus verlangt.«

»Dann sollten wir den Medicus befragen!«

»Wollt Ihr behaupten, er sei ein Kurpfuscher?«, meldete sich der neue Spitalpfleger zu Wort.

»Das hat niemand behauptet.«

»Doch! *Ich* behaupte das!«, widersprach Martin Groß. »Und seine Gemahlin«, er zeigte auf Götz, »ist auch nicht besser! Wenn es nach ihr gegangen wäre, hätte meine Tochter noch mehr unnütze Behandlungen über sich ergehen lassen müssen, bevor Gott sie endlich von ihrem Leiden erlöst hat!« Seine Stimme bebte.

»Ihr könnt unmöglich meine Frau für diese Seuche verantwortlich machen wollen!«, empörte sich Götz. Er sprang auf und ballte die Fäuste. Hatte Olivera recht mit ihrer Befürchtung? Wollte man ihr wieder die Schuld an allem geben? Die Wut trieb ihm das Blut in die Wangen. Das würde er nicht zulassen!

»Niemand will Olivera für irgendetwas verantwortlich machen«, beruhigte Hans Tucher ihn. »Aber es wäre gewiss sinnvoll, wenn sie und der Medicus Auskunft darüber geben würden, was sie über diese Krankheit wissen.«

Götz setzte sich wieder und verkniff sich eine Verwünschung.

»Das finde ich auch«, meldete sich Holzschuher erneut zu Wort.

»Ich auch!«

»Ich bin auch dafür!«

Immer mehr Mitglieder hoben die Hände, um zu signalisieren, dass sie dem Vorschlag Hans Tuchers zustimmten.

»Dann ladet aber auch den Pfaffen vor!«, forderte ein jüngeres Mitglied. »Wenn all diese Leute wirklich mit einem Fluch belegt sind …«

»Aberglaube!«, brummte Conz Vorchtel.

Doch die anderen im Raum schienen anderer Meinung zu sein.

Der Ratsschreiber hielt den Beschluss auf ein Zeichen des Fragers hin in seinem Buch fest, dann wurden drei Knechte gerufen, um Olivera, den Medicus und den Priester ins Rathaus zu bringen.

»Das wird deiner Gemahlin einen gehörigen Schrecken einjagen. In ihrer Haut möchte ich nicht stecken«, bemerkte Conz Vorchtel. Er bedachte Götz mit einem mitleidigen Blick.

»Sie hat nichts damit zu tun!«, brauste er auf.

»Das glaube ich dir«, beruhigte Vorchtel ihn. »Die meisten dieser abergläubischen Narren sicher auch.«

»Warum willst du dann nicht in Oliveras Haut stecken?«

»Weil, ganz gleich, was bei der Befragung herauskommt, irgendwann ein Sündenbock gefunden werden muss. Und dem Medicus wird keiner am Kittel flicken wollen.«

»Was ist mit dem Priester?«

»Der ist ein Gottesmann. Glaubst du ernsthaft, jemand wird ihm die Schuld geben, falls er sich irrt?«

Götz biss die Zähne aufeinander. Er wusste, dass Vorchtel recht hatte. Wieder einmal steckten Olivera und er zwischen den Fronten. Was, wenn ihre Feinde die Gelegenheit beim Schopf packten, um sich endlich zu rächen? Ein dumpfes Gefühl der Angst breitete sich in ihm aus.

# Kapitel 16

Olivera hob überrascht den Kopf, als ein tropfnasser Mann in der Uniform der Stadtknechte in ihrer Offizin auftauchte. Sie war damit beschäftigt, *Trifera saracenica* herzustellen, ein Mittel gegen Gelbsucht und Leberprobleme, das bei den reichen Pfründnern reißenden Absatz fand. Das Gespräch mit Götz ging ihr nicht aus dem Kopf, und obwohl das Prasseln des Regens beruhigend sein sollte, schien es sie noch mehr aufzuwühlen. Der Anblick des Stadtknechtes bestätigte ihre schlimmsten Befürchtungen. Mit zitternden Händen legte sie Mörser und Pistill beiseite und fragte: »Ja?«

»Ich soll dich zur Ratsstube bringen.«

Olivera schloss einen Moment lang die Augen. »Warum?«

»Der Rat will dich befragen.«

*Das hättest du dir denken können,* fuhr es ihr durch den Kopf. Götz hatte gesagt, dass der Rat sich an diesem Tag wegen der neuen Krankheit beraten wollte. War es da nicht zu erwarten gewesen, dass man ihre Meinung dazu hören wollte? Sie versuchte, sich ihre Unruhe nicht anmerken zu lassen, ging zu einem Haken, an dem ihr Mantel hing, und warf sich das Kleidungsstück über. Nur mit Mühe verdrängte sie all die schlimmen Gedanken, die in ihr aufsteigen wollten, und hoffte, dass die Vorladung sich als harmlos erwies.

Wortlos ging der Ratsknecht voran ins Freie, wo Olivera sofort der Regen ins Gesicht klatschte. Es goss immer noch in Strömen und auf dem Hof hatten sich bereits große Pfützen gebildet. Wenn es so weiterregnete, würden Jona und Mathes nachsehen müssen, ob die Dächer der Schuppen und Stallgebäude dicht blieben. Hoffentlich ließ der Regen nach, bis Cristin und Uli aus der Schule kamen, die sie an vier Tagen der Woche besuchten. Darauf bedacht, nicht mit den Schuhen im Schlamm stecken zu bleiben, folgte sie dem Knecht den Burgberg hinab zum Rathaus. Obwohl auch an diesem Tag ein Markt stattfand, waren kaum Nürnberger auf der Straße. Die wenigen Bauern, die sich trotz der Witterung in die Stadt gewagt hatten, standen verloren hinter ihren Karren, notdürftig geschützt von hastig aufgespannten Planen.

Oliveras Herzschlag beschleunigte sich, als der Knecht sie in die Eingangshalle führte, wo zwei weitere Männer mit dem Medicus und einem Priester warteten. Erst auf den zweiten Blick erkannte Olivera den Gottesmann, den sie bei Martin Groß getroffen hatte. Ihr Mut sank. Die Anwesenheit des Priesters konnte nichts Gutes bedeuten.

»Ihr werdet in der Ratsstube erwartet«, sagte der Knecht und zeigte zur Treppe.

Olivera zögerte, auch Matthäus schien es nicht eilig zu haben, vor den Rat zu treten.

Der Priester hingegen setzte eine ernste Miene auf, murmelte etwas und durchmaß die Halle mit federnden Schritten. Beinahe schien es, als ob ihm die Vorladung Genugtuung bereitete.

*Das tut sie vermutlich,* dachte Olivera. Ihm konnten weder der Rat noch ein weltliches Gericht etwas anhaben.

Was auch immer man ihm vorwerfen mochte, im Schoß der Kirche war er sicher.

Ihre Knie waren weich wie Butter, als sie es dem Priester gleichtat und zur Treppe ging. Der Weg nach oben kam ihr viel zu kurz vor, zu schnell langten sie vor der Tür der Ratsstube an.

Nachdem einer der Knechte einen Flügel geöffnet hatte, ging er in den Saal, um sie anzukündigen. »Der Medicus, der Priester und die Salbenmacherin«, hörte Olivera ihn sagen.

»Bringt sie herein!«

Zahllose schlimme Erinnerungen stürmten auf Olivera ein, als sie den Saal betrat. Er war bis auf den letzten Platz besetzt. Die Gesichter, die sich ihnen zuwandten, spiegelten Neugier, Unmut, Misstrauen und Hass. Sie wusste nicht, wie viele ihrer Feinde unter den Versammelten waren, doch das war nicht wichtig. Ein einziger genügte, um Unheil anzurichten, das hatte ihr die Vergangenheit oft genug gezeigt.

Um eine ausdruckslose Miene bemüht, trat sie mit Matthäus und dem Priester vor den Tisch am Kopfende des Raumes, an dem die Sieben Älteren Herren saßen. Hans Tucher schenkte ihr ein aufmunterndes Lächeln, die anderen betrachteten die kleine Gruppe kühl.

»Warum hat man uns vorgeladen?«, forderte Matthäus zu wissen.

»Wir verlangen Auskunft über die Seuche, die Ihr und die Salbenmacherin für eine Krankheit haltet«, entgegnete der Frager.

»Für eine Krankheit *haltet?* Es *ist* eine Krankheit«, gab Matthäus zurück.

»Martin Groß und dieser Gottesmann behaupten etwas anderes.« Der Frager bedachte den Priester mit einem auffordernden Blick.

»In der Tat«, ließ sich dieser vernehmen. »Es ist mitnichten eine einfache Krankheit, die in der Stadt umgeht«, dröhnte er mit mahnend erhobenem Finger. »Es ist eine Geißel des Herrn, eine Mahnung zur Abkehr vom sündigen Leben.«

»Ihr seid hier nicht in der Kirche«, ermahnte der Frager ihn.

Der Priester verzog keine Miene.

»Seid Ihr ein gelehrter Arzt?«, fragte Matthäus schneidend.

Der Priester schüttelte den Kopf. »Natürlich bin ich das nicht.«

»Wieso glaubt Ihr dann, Euch besser mit der Heilung von Krankheiten auszukennen als ich?«

»Gib acht, was du sagst, mein Sohn. Der Herr ist mein Hirte …«

»Pater, bitte!«, fiel ihm der Frager ins Wort. »Beantwortet die Frage!«

Der Gottesmann senkte den Kopf, bekreuzigte sich und sah schließlich mit einem düsteren Ausdruck im Gesicht wieder auf. »Ist es nicht so, dass all Eure Bemühungen, Clara Groß zu heilen, fehlgeschlagen sind?«, fragte er Matthäus. »Entspricht es nicht der Wahrheit, dass Martin Groß in seiner Verzweiflung zu *Euch* gekommen ist, in der Hoffnung auf Hilfe?« Er blickte zu Olivera.

»Das stimmt, aber …«, hob Matthäus an.

»Zuerst habt Ihr behauptet, sie litte an einer Heiligen Krankheit«, ereiferte sich Martin Groß. »Aber Eure Arzneien haben ihr nicht geholfen! Und dann wolltet Ihr sie plötzlich mit einem anderen Gebräu retten!«

»Die Kranken leiden am Antoniusfeuer!«, brauste Olivera auf.

»Am Antoniusfeuer?« Hans Tucher sah sie stirnrunzelnd an.

»Normalerweise äußert es sich darin, dass den Kranken die Gliedmaßen absterben«, sprang Matthäus ihr bei. »Aber in den alten Schriften …«

»Was für alte Schriften?«, unterbrach ihn der Priester. »Heidnische Schriften?«

Olivera und Matthäus tauschten einen Blick.

»Antike Schriften«, erklärte Matthäus.

»Von Heiden verfasst!«

»Die Arznei hilft!« Olivera starrte den Pfaffen herausfordernd an. »Einer der Kranken im Spital zeigt deutliche Besserung.«

»Ein Zufall«, winkte der Priester ab.

»Ich frage Euch noch mal«, knurrte Matthäus. »Wieso glaubt Ihr, Euch mit der Heilung von Krankheiten besser auszukennen als ein studierter Medicus?«

»Es ist keine Krankheit! Es ist der Fluch des Teufels!«, ereiferte sich Martin Groß.

Matthäus seufzte. »Ich kann Euren Schmerz verstehen.«

»Könnt Ihr das?« Eine Ader auf Groß' Stirn fing an zu pochen. »Vielleicht hätte meine Tochter gerettet werden können, wenn ich gleich einen Priester zu Rate gezogen hätte!«

»Bezichtigt Ihr den Medicus eines Verbrechens?«, wollte der Frager wissen.

»Ich bezichtige ihn der Unfähigkeit!«

Die Anwesenden fingen an, unruhig zu werden.

»Wir müssen einen Teufelsaustreiber in die Stadt holen, wenn wir nicht wollen, dass mehr Nürnberger ein Opfer dieses Fluches werden!«, forderte Martin Groß.

»Wozu einen Teufelsaustreiber?«, fragte einer der Ratsherren in der vordersten Reihe. »Ihr behauptet, der Pfaffe hätte Eure Tochter von der Besessenheit befreit.«

Der Priester bedachte den Mann mit einem strengen Blick. »Das habe ich mit Gottes Hilfe und seiner Gnade getan. Aber ich bin ein einfacher Kirchenmann. Für derlei Dinge gibt es Männer, die viel mehr Erfahrung haben als ich. In Bamberg …«

»Wir sollen einen Pfaffen aus Bamberg kommen lassen?«

»Ruhe!« Der Frager ließ den kleinen Holzhammer, der vor ihm auf dem Tisch lag, aufs Holz fallen. »So kommen wir nicht weiter. Wir sollten abstimmen. Wer ist dafür, dem Vorschlag von Martin Groß zu folgen?«

Olivera sah ohnmächtig dabei zu, wie sich über drei Viertel der Hände im Saal hoben.

»Damit ist die Angelegenheit klar«, stellte der Frager fest. »Die Sitzung ist beendet.«

# Kapitel 17

Götz konnte Oliveras Wut spüren, als der Priester mit einem zufriedenen Lächeln auf den Lippen den Kopf vor den Sieben Älteren Herren neigte und sich zum Gehen wandte. Das Gesuch, einen gelehrten Geistlichen aus Bamberg nach Nürnberg zu schicken, musste mit den Oberen der Kirche besprochen werden – eine Gelegenheit für den Priester, auf sich aufmerksam zu machen.

Matthäus und Olivera standen reglos da und schienen nicht zu begreifen, was um sie herum geschah.

Ohne auf die bösen Blicke seiner Sitznachbarn zu achten, bahnte Götz sich rüde einen Weg durch die Ratsherren und kämpfte sich an Oliveras Seite vor.

»Was für Narren!«, hörte er Matthäus leise schimpfen. »Sie werden die Kranken umbringen.«

»Was hast du jetzt vor?«, fragte Olivera.

»Sie trotzdem mit deiner Arznei behandeln.«

»Und wenn du Ärger mit dem Pfleger bekommst?«

Matthäus zuckte mit den Schultern. »Ich werde sicher nicht dabei zusehen, wie sie elendig zugrunde gehen.«

»Man könnte dich der Ketzerei bezichtigen«, warnte Götz.

»Das wird der Rat nicht zulassen!«

Götz fasste Olivera beim Arm und bedeutete ihr, ihm aus der Stube zu folgen. »Du darfst dich in dieser Angelegenheit auf keinen Fall gegen den Rat stellen«, sagte er leise, sobald sie den Korridor erreicht hatten.

»Was soll ich denn sonst tun? Die Kinder sterben lassen? Wenn die Arznei hilft, überlegen sie es sich womöglich anders.«

Matthäus trat zu ihnen. »Es ist unglaublich«, knurrte er. »Man sollte meinen, es gäbe mehr kluge Köpfe in der Stadt.« Er verzog das Gesicht und sagte an Olivera gewandt: »Sieh nach, ob du noch mehr zu dieser Ausprägung des Antoniusfeuers in den alten Schriften findest. Vielleicht gelingt es uns dann, diese Narren zu überzeugen.«

»Ihr solltet vorsichtig sein.« Götz warf dem Priester einen Blick zu, der sie aus einiger Entfernung argwöhnisch beäugte. »Mit der Kirche ist nicht zu spaßen.«

»Mit dem Antoniusfeuer auch nicht«, konterte Matthäus.

»Lass uns nach Hause gehen«, drängte Götz, da allmählich die anderen Ratsmitglieder aus der Stube kamen.

»Ich sollte nach dem Jungen sehen«, sagte Olivera. »Wenn es ihm besser geht, ist das ein gutes Zeichen.«

»Ich kümmere mich um ihn«, versprach Matthäus. »Dein Gemahl hat recht. Wir sollten hier verschwinden.« Mit diesen Worten machte er sich auf zur Treppe und eilte hinab ins Erdgeschoss.

»Ich bin immer wieder aufs Neue überrascht von der Leichtgläubigkeit der Leute«, stellte Olivera fest, als sie das Rathaus verlassen hatten. »Als ob sie sich nicht schon oft genug geirrt hätten. Erst der Werwolf, dann Alphonsius und sein fauler Zauber …« Sie schüttelte den Kopf. »Wann werden sie endlich begreifen, dass eine Krankheit keine Strafe Gottes ist?«

Götz blieb eine Antwort schuldig, da er sich nicht so sicher war wie sie.

Durch den immer noch in Strömen fallenden Regen gingen sie nach Hause, wo sie sich trockene Kleider anzogen, bevor sie sich in die Salbenküche begaben. Mit grimmigem Gesicht holte Olivera die dicken Folianten aus dem Regal und legte sie auf den Tisch. »Hilfst du mir?«, fragte sie Götz.

»Wonach soll ich suchen?«

»Nach allem, was mit dem Feuer des heiligen Antonius zu tun hat.«

Es dauerte fast zwei Stunden – in der Zwischenzeit war Jona in die Offizin gekommen – bis Götz auf etwas stieß, das ihn innehalten ließ. In dem Heilkräuterbuch eines gelehrten Mönches war von etwas die Rede, das der Verfasser »Brotseuche« nannte. Diese führte zu den Beschwerden, die Olivera beschrieben hatte. Zur Behandlung empfahl der Mönch unter anderem die Anwendung kühlender und trocknender Pflanzen, den Saft von Breitwegerich, eine Salbe aus Rautensaft, Bleiweiß, Rosenöl und Essig und Pflaster mit gestampftem Sauerampfer. »Ich habe hier was gefunden«, sagte Götz und schob Olivera das Kräuterbuch hin. »Da.« Er zeigte auf die entsprechende Stelle.

»Brotseuche«, murmelte Olivera, nachdem sie den Text gelesen hatte. »Davon habe ich schon mal gelesen.« Sie fing an, in den anderen Büchern zu blättern, bis sie fündig wurde. »Brotseuche, auch *ignis martialis* genannt«, las sie vor. »Die Krankheit rührt von verdorbenem Korn her, meist vom Korn des Roggens.« Sie hob den Kopf und sah Götz nachdenklich an.

»Es ist auf jeden Fall eine bessere Erklärung als ein Fluch«, stellte er fest. »Vielleicht haben alle Kranken dasselbe verdorbene Brot zu sich genommen.«

»Die reiche Clara Groß und ein Waisenknabe im Spital?«, fragte sie mit Zweifel in der Stimme.

»Möglich ist alles.«

»Aber wie sollen wir herausfinden, ob es wirklich so ist?«

Götz zuckte mit den Schultern.

»Ich könnte mich umhören«, meldete sich Jona zu Wort. Er war damit beschäftigt, Insekten in einem Mörser zu zerstoßen und das Pulver in kleine Säckchen abzufüllen. »Vor ein paar Tagen habe ich einen Zuckerbäcker in der Stadt gesehen«, sagte er. »Da sind alle Kinder Schlange gestanden.«

»Die Waisenjungen haben kein Geld für Zuckerwerk«, wandte Olivera ein.

»Der Bäcker hat Bruchstücke verschenkt.« Jona legte den Stößel zur Seite.

»Hast du auch was davon gegessen?«, fragte Olivera.

Er schüttelte den Kopf. »Das ist Zeug für kleine Kinder.«

»Gütiger Gott, Cristin und Uli!« Götz erbleichte. »Was, wenn sie auf dem Heimweg von der Schule bei dem Zuckerbäcker vorbeigekommen sind?«

»Der Stand lag nicht an ihrem Schulweg«, beruhigte Jona ihn.

»Trotzdem sollten wir sichergehen, dass sie sich nichts bei ihm gekauft haben.« Die Vorstellung, eines seiner Kinder an das Antoniusfeuer zu verlieren, war unerträglich für Götz.

»Das werden wir«, versprach Olivera, dann sah sie Jona nachdenklich an. »Was Jona sagt, klingt einleuchtend. Vielleicht ist verdorbenes Backwerk von diesem Zuckerbäcker der Grund dafür, dass vor allem Kinder an der Seuche leiden.«

»Wo ist dieser Zuckerbäcker?«, erkundigte sich Götz.

»Beim Schönen Brunnen.«

»Ist er immer noch in der Stadt?«

Jona hob eine Schulter. »Ich weiß nicht. Aber ich kann es rausfinden.« Er machte Anstalten, die Arbeit liegen zu lassen und nach seinem Kapuzenumhang zu greifen, der an einem Haken hing.

»Jetzt?« Olivera warf einen Blick aus dem Fenster. »Es schüttet wie aus Kübeln. Auf dem Marktplatz sind kaum Buden aufgebaut.«

»Mir macht der Regen nichts aus.« Jona warf sich den Umhang über.

Götz nickte, holte ein paar Münzen aus seiner Geldkatze und drückte sie Jona in die Hand. »Bring was von seinem Gebäck mit!«

Jona steckte das Geld ein, zog die Kapuze über den Kopf und verließ die Salbenküche.

»Denkst du, man wird uns glauben, falls sich herausstellt, dass Jonas Vermutung richtig ist?«, fragte Olivera.

Götz seufzte. »Das kann ich dir nicht sagen. Seit das Gerede mit dem Fluch angefangen hat …«

»Aber das ist doch dummer Aberglaube!« Olivera stützte sich mit den Händen auf dem Tisch ab. »Die Kinder sind krank, nicht verflucht oder besessen. Wann werden diese Narren endlich begreifen, dass sie sich mit ihrer Leichtgläubigkeit nur selbst im Weg stehen?«

Die Antwort, die Götz auf der Zunge lag, würde ihr nicht gefallen, weshalb er sie schluckte. Wie er die Nürnberger kannte, würden sie sich nicht mit einer so einfachen Erklärung wie verdorbenem Zuckerwerk zufriedengeben. Nicht jetzt, wo der Ruf nach einem Teufelsaustreiber laut geworden war. Ein Teil von ihm hoffte, dass die Antwort auf die Frage nach dem Grund für die Seuche tatsächlich so einfach war, wohingegen ein anderer Teil von ihm Sorge hatte, dass Olivera erneut ins Visier der Mächtigen geraten könnte.

# *Kapitel 18*

Jona zögerte einen Moment, ehe er unter dem Vordach hervortrat und über den Hof rannte, wobei das Wasser unter seinen Schuhen spritzte. Der Graben der Burgstraße hatte sich inzwischen in einen Sturzbach verwandelt und die Wasserspeier auf den Dächern spuckten den Regen so weit, dass es kaum möglich war auszuweichen. Innerhalb weniger Augenblicke lief ihm das Wasser vom Gesicht in den Kragen und durchweichte sein Hemd und seine Schecke.

Sein blaues Auge und der geprellte Wangenknochen, die er sich bei der Prügelei mit Mathes zugezogen hatte, pochten bei jedem Schritt, doch er achtete kaum darauf. Seit dem Streit ging Mathes ihm aus dem Weg. Anstatt ihn wie sonst bei jeder Gelegenheit zu schikanieren, sah der Knecht zu, dass er Jona nur beim Essen und auf dem Heuboden begegnete. Sie hatten seither kaum ein Wort gewechselt, was Jona nicht besonders störte. Er wusste nicht, wie viele Striemen und blaue Flecken er Mathes verdankte, aber damit war jetzt Schluss. Sollte Mathes noch einmal die Hand gegen ihn erheben …

Er trat in eine besonders tiefe Pfütze, die Brühe durchweichte seine Hose bis zum Knie.

»Mist!«, schimpfte er, schüttelte seinen Schuh aus und beeilte sich, den Marktplatz zu erreichen.

Dort stand eine klägliche Ansammlung von kleinen Buden, die im Regen kaum zu sehen waren. Von dem Häuschen des Zuckerbäckers war keine Spur zu entdecken. Nachdem er den gesamten Marktplatz abgesucht hatte, flüchtete Jona unter die Plane eines Brezelverkäufers, der ihn missfällig beäugte.

»Willst du was kaufen?«

Jona schüttelte den Kopf.

»Dann verschwinde!«

Jona ignorierte die Feindseligkeit. »Weißt du, wo der Zuckerbäcker ist?«

»Was interessieren mich andere?«, war die barsche Antwort. »Hau ab! Du vertreibst meine Kunden!«

Jona lachte. »Welche Kunden? Bei diesem Sauwetter sind nicht mal streunende Katzen unterwegs.« Er wiederholte seine Frage.

»Er ist weg«, brummte der Brezelverkäufer. »Hat gestern seinen klapprigen Karren genommen und ist verschwunden.«

»Weißt du, wo er hin ist?«

»Es gibt auch Zuckerbäcker, die ihre Waren nicht verschenken!«, erwiderte der Mann bissig.

»Seine Süßigkeiten interessieren mich nicht. Ich will nur wissen, wo er ist.«

Der Brezelverkäufer schnaubte. »Vermutlich längst im nächsten Dorf. Was hat der, was andere nicht haben?«

Jona öffnete den Mund, um etwas zu entgegnen, doch die Worte blieben ihm im Hals stecken, da in diesem Moment ein Junge auf den Marktplatz gelaufen kam, der lauthals nach der Wache rief.

»Was für ein Kobold ist dem denn in den Arsch gekrochen?«, machte sich der Brezelverkäufer über den wild winkenden Burschen lustig.

»Hilfe! Wache!«, brüllte der Junge und rannte über den Platz zur Wachstube beim Rathaus.

Jona runzelte die Stirn. Obwohl es ihn nichts anging, trat er unter der Plane des Brezelverkäufers hervor und folgte dem Burschen, da seine Neugier stärker war als seine Vernunft. Was immer den Jungen so aufregte, führte ihn vielleicht zu dem verschwundenen Zuckerbäcker. Auch wenn er wusste, dass er sich etwas vormachte, eilte er über den Marktplatz und wartete gegenüber der Wachstube auf den Treppen der Sankt-Sebaldus-Kirche, bis der Junge mit einem halben Dutzend Stadtsoldaten wieder auftauchte.

»Wo?«

»Bist du sicher?«

»Wie lange liegt er da schon?«

Alle redeten durcheinander, als sie an der Kirche vorbei in Richtung Fluss liefen, der an mehreren Stellen über das Ufer trat. Der sonst eher behäbig fließende Wasserlauf hatte sich in reißende Fluten verwandelt, trug Äste, losgerissene Kähne und den einen oder anderen Tierkadaver heran.

Ohne lange darüber nachzudenken, heftete Jona sich in sicherem Abstand an die Fersen der Stadtsoldaten und folgte ihnen nach Süden. Beim Flussufer angekommen, wandte sich die Gruppe nach Westen und steuerte auf das Hallertürlein zu.

Es dauerte nicht lange, bis sich trotz des strömenden Regens andere Schaulustige anschlossen.

»Was ist passiert?«, fragte ein vierschrötiger Kerl in der Tracht eines Zimmermanns.

»Keine Ahnung«, gestand Jona.

»Warum die Aufregung?«

»Das werden wir wohl gleich rausfinden«, meldete sich ein anderer zu Wort.

Tatsächlich machten die Wachen und der Junge nach einigen Augenblicken auf der Hallerwiese halt, wo sich etwas im Ufergestrüpp verfangen hatte.

»Ist das ein Toter?«, keuchte eine Frau hinter Jona. Sie raffte ihre Röcke, damit sie sich nicht mit dem Wasser vollsaugten, das knöcheltief auf der Wiese stand.

Jonas Herz setzte einen Schlag aus, als die Wachen das, was wie ein alter Kleidersack aussah, mit ihren Spießen an Land zogen. Zwar war er nicht nah genug, um alles genau erkennen zu können, doch die zerfetzte Kleidung und die leeren Augenhöhlen, die ihn selbst aus der Entfernung anzuglotzen schienen, ließen keinen Zweifel zu.

Es war einer der Toten aus dem Grab vom Hof des Alten Endris!

Jona wich einen Schritt zurück und unterdrückte mit Mühe einen Schreckenslaut. Wie war das möglich? Er hatte das Grab eigenhändig wieder verschlossen, die Erde festgeklopft. Waren die Geister der Toten zurückgekehrt und in ihre leeren Hüllen geschlüpft? Ein Schauer ließ ihn frösteln. Der Drang davonzulaufen war gewaltig, aber er zwang sich, stehen zu bleiben und zu verfolgen, wie die Soldaten den Toten auf den Rücken drehten.

»Der ist nicht erst vor Kurzem gestorben«, hörte er einen der Wachmänner sagen. »Den muss es aus einem Grab gespült haben. Kein Grund zur Aufregung.«

Jona atmete tief durch, allerdings zerschlugen die nächsten Worte die schüchtern aufkeimende Zuversicht.

»Da bin ich mir nicht sicher«, widersprach ein anderer Soldat. Er ging in die Hocke, um den Leichnam genauer in Augenschein zu nehmen. »Siehst du das?« Er zeigte auf den Hals des Toten. »Jemand hat ihm die Kehle durchgeschnitten.«

»Ja, und? Das muss schon ewig her sein. Was geht's uns an? Den hat der Fluss womöglich von sonst wo angespült.«

»Und wenn nicht?«

»Ich denke, wir sollten den Hauptmann und den Henker holen«, schlug ein Soldat vor, der bisher auf Abstand zu der Leiche geblieben war.

»Du glaubst doch nicht im Ernst, dass der Rat eine Leichenschau anordnet?«

»Wenn ich mir die Kleider so anschaue, war das kein armer Schlucker«, entgegnete der Angesprochene.

Jona stöhnte leise.

»Seht nur! Da drüben!« Einer der Schaulustigen zeigte auf eine Stelle etwas weiter oben am Flussufer. »Da ist noch einer!«

Jona wurden die Knie weich, als die Wachen auch diesen Leichnam an Land zogen. Es handelte sich um Paumgartner.

»Und? Glaubst du immer noch, das würde den Rat nicht interessieren?«, fragte der, der vorgeschlagen hatte, Hauptmann und Henker zu holen.

»Hast ja recht«, brummte der Soldat, der zuvor gezweifelt hatte. »Lauf zur Wachstube!«, trug er dem Burschen auf, der sie zu dem ersten Leichnam geführt hatte. »Beeil dich!«

Obwohl es Jona zur Flucht drängte, zwang er sich zu bleiben und auf die Ankunft des Hauptmanns zu warten, der für den kurzen Weg nicht lange brauchte.

Begleitet von weiteren Soldaten, dem Henker und zwei Männern, bei denen es sich dem Anschein nach um Ratsmitglieder handelte, betrachtete er die Toten einige Augenblicke lang, ehe er den Wachen einen Befehl erteilte.

Als sich einige der Wächter den Schaulustigen zuwandten, machte Jona kehrt, zwängte sich durch die Menge und lief, so schnell er konnte, davon. Er musste Götz und Olivera berichten, was sich zugetragen hatte. Falls Götz Paumgartners Ring noch nicht losgeworden war, musste er schleunigst dafür sorgen, dass dieser Beweis ihrer Schuld vernichtet wurde.

# Kapitel 19

»Der Regen wird bald den ganzen Hof aufweichen.«

Gerlin starrte blicklos aus dem Fenster der Wäschestube und hörte die Worte der anderen Magd kaum. Ihr Herz fühlte sich an, als würde eine eiserne Faust es zerquetschen. Seit Pauls Antrag hatte sie kaum an etwas anderes denken können. Geschlafen hatte sie überhaupt nicht. Sie war ihm, wo immer möglich, ausgewichen, doch lange würde sie ihn nicht mehr hinhalten können. Sie verdiente seine Liebe nicht, aber sie brachte einfach nicht den Mut auf, ihm zu sagen, dass eine Verbindung mit ihm unmöglich für sie war.

Warum hatte sie überhaupt zugelassen, dass sie sich zu ihm hingezogen fühlte? Wusste sie nicht genau, was geschah, wenn man seinen Gefühlen freien Lauf ließ? War das nicht der Grund gewesen, weshalb ihr Vater sie vom Hof gejagt hatte? Sie merkte kaum, dass sie ein und dasselbe Laken mehrmals zusammenlegte und wieder ausschüttelte.

»Was ist denn mit dir los?«, fragte die andere Magd. Sie war jünger als Gerlin, kaum vierzehn Jahre alt. Ihre vollen Wangen waren rosig, die Unschuld in ihren Augen ehrlich.

»Nichts«, log Gerlin.

»Macht dir der Regen Angst?«

Gerlin schüttelte den Kopf.

»Aber was ist, wenn die Pegnitz noch weiter anschwillt? Wird hier dann alles überschwemmt?«

»So lange regnet es noch nicht«, gab Gerlin geistesabwesend zurück.

»Aber es wird immer schlimmer, finde ich.«

Gerlin seufzte. Sie war nicht in der Stimmung, mit dem Mädchen über den Regen oder die Pegnitz zu reden. Auch wenn es gefährlich werden konnte, war ihr eine mögliche Überschwemmung im Moment gleichgültig. Ihre Gedanken drehten sich nur um Paul und darum, wie sehr sie sich wünschte, seinen Antrag annehmen zu können. Er war so anders als die Männer, die sie aus dem Hurenhaus kannte. Er war anständig und ein lustiger Kerl, mit dem man scherzen und Spaß haben konnte.

Und genau das war der Grund, warum sie ehrlich zu ihm sein musste. Es war feige von ihr, ihn in Ungewissheit zu belassen, nur weil sie sich etwas wünschte, was nie sein konnte. Wenn sie sein Herz freigab, fand er bestimmt bald eine andere, die seiner Liebe würdig war. Mit einem erneuten Seufzen legte sie das Laken erneut zusammen, warf es in einen der Körbe und beschloss, das Unausweichliche zu tun.

»Wo gehst du hin?«, fragte die andere Magd.

»Ich bin gleich wieder da, mach so lange weiter«, trug Gerlin ihr auf. Dann verließ sie die Wäschekammer, verharrte einige Augenblicke auf dem überdachten Gang, der das Gebäude umspannte, und machte sich schließlich mit einem dumpfen Gefühl im Bauch auf den Weg nach unten. Im Hof angekommen, prasselte ihr der Regen entgegen, doch sie spürte die Nässe kaum.

Der Weg zur Siechenstube erschien ihr viel zu kurz. Vor der offen stehenden Tür holte sie ein paar Mal tief Atem, ehe sie genug Mut gesammelt hatte, um den lang gestreckten Raum zu betreten.

Der Medicus saß am Bett eines kranken Waisenjungen, von Paul war keine Spur zu entdecken.

»Gerlin!« Der Medicus winkte sie zu sich, als er sie erblickte. »Bleib bei ihm, bis er aufwacht«, bat er sie, sobald sie beim Bett ankam. »Die Umschläge müssen alle halbe Stunde gewechselt werden.« Er zeigte auf eine Schüssel und einen Stapel Stoffbandagen, ehe er sich erhob und Gerlin mit dem Kind allein ließ.

Halb erleichtert, halb enttäuscht setzte sie sich auf den Schemel neben dem Bett und betrachtete den kranken Jungen. Er war etwa acht Jahre alt und vollkommen abgemagert. Unter seinen geschlossenen Augen lagen dunkle Schatten, die aussahen wie blaue Flecken. Sein Atem war flach und schnell, doch schien er tief zu schlafen.

Nach der angegebenen Zeit wechselte Gerlin ihm die Umschläge. Sie hatte die alten Binden gerade zusammengelegt, um sie später in die Waschstube zu bringen, als jemand hinter sie trat.

»Gerlin.«

Ihr Herz stockte. *So* hatte sie sich ihr Zusammentreffen mit Paul nicht vorgestellt. Um den Jungen nicht zu wecken, erhob sie sich von ihrem Schemel, drehte sich um und sah zu Paul auf.

In seinem Blick spiegelten sich so viele Gefühle wider, dass Gerlin die Kehle eng wurde. »Ich muss mit dir reden«, presste sie mühsam hervor.

Paul erbleichte.

»Nicht hier«, sagte Gerlin und bedeutete ihm, ihr zum hinteren Teil der Siechenstube zu folgen, wo sich die Badestuben befanden. Nachdem sie sich vergewissert hatte, dass niemand sie beachtete, zog sie ihn in eine der leeren Kammern und schloss die Tür.

»Es gibt *doch* einen anderen«, murmelte Paul.

»Nein!« Gerlin hob hilflos die Hände. »Aber ich kann nicht deine Frau werden!«

»Wieso nicht?« Er sah sie verzweifelt an. »Ich liebe dich!«

»Das bildest du dir nur ein.«

»Wie kannst du so etwas sagen?« Er packte sie bei den Oberarmen und zog sie an sich. »Was ist plötzlich los? Ich dachte, du und ich …« Er verstummte, als Gerlin Tränen in die Augen schossen.

»Ich bin eine Hure«, wisperte sie.

Er ließ sie los, als ob er sich an ihr verbrannt hätte. »Was?«

»Ich bin eine Hure«, wiederholte sie tonlos. »Ich bin ein unehrliches Weib. Du kannst mich nicht zu deiner Frau machen.«

Paul schüttelte den Kopf. »Was redest du da?«

»Du darfst deine Liebe nicht an mich verschwenden«, sagte Gerlin erstickt. »Ich bin es nicht wert.« Sie wollte aus der Badestube fliehen, aber Paul vertrat ihr den Weg.

»Warum sagst du nicht einfach, dass ich nicht gut genug bin?«, fragte er mit zitternder Stimme.

»Du bist *zu* gut für mich! Warum willst du das nicht begreifen?« Sie wischte sich wütend die Augen. »Ich bin eine Hure!« Sie stieß ihn beiseite, stürmte zur Tür und eilte blind vor Tränen zurück in die Siechenstube.

# Kapitel 20

Olivera schrak zusammen, als Jona in die Offizin platzte und um Atem rang. Er war so nass, dass seine Kleider Pfützen auf dem Steinboden hinterließen, das Wasser rann in kleinen Bächen an ihm hinab.

»Wo warst du denn so lange?«, fragte sie besorgt. Sein Gesichtsausdruck war der von jemandem, der etwas Schlimmes gesehen hatte.

»Da bist du ja endlich wieder.« Götz kam mit einer Salzplatte aus dem Keller zurück, hievte sie auf den Tisch und sah Jona fragend an. »Hast du den Zuckerbäcker gefunden?«

Jona schüttelte den Kopf. »Die Wachen haben Paumgartners Leiche entdeckt!«

»Was?« Olivera hätte beinahe ein Fläschchen voller Theriak fallen lassen.

»Was redest du da?«, fragte Götz.

»Der Regen … Das Wasser hat die Toten aus den Gräbern gespült.«

»Wie ist das möglich?« Olivera sah fragend zu Götz auf.

Er hatte sichtlich Mühe, die Ruhe zu bewahren. »Erzähl alles ganz von vorn!«, befahl er. Sobald Jona berichtet hatte, was vorgefallen war, fuhr er sich durch die Haare. »Das darf doch nicht wahr sein! Wissen die Wachen, wer die Toten sind?«

Jona zuckte mit den Schultern. »Ich weiß nicht.«

»Was sollen wir jetzt tun?«, fragte Olivera. Furcht stieg in ihr auf. Was, wenn jemand Paumgartner erkannte? Würden die Wachen dann nicht sofort zu ihnen kommen, um Fragen zu stellen? Der Hauptmann wusste, dass Paumgartner Oliveras Sohn entführt hatte. Zwar hatten sie und Götz behauptet, Paumgartner sei mit dem Lösegeld verschwunden. Aber was würde passieren, wenn jemand nachhakte? Fragte, von wem sie damals überfallen worden waren? Und wo? Die Vorstellung bereitete Olivera Übelkeit. Vergessen waren der Zuckerbäcker und die rätselhafte Seuche, die noch vor Kurzem alles gewesen waren, was sie interessiert hatte.

»Wir tun gar nichts«, sagte Götz. »Niemand wird die Toten erkennen, das ist nach all der Zeit vollkommen unmöglich. Und Paumgartners Ring liegt am Grund der Pegnitz.« Er schob die Salzplatte beiseite und stemmte die Fäuste auf den Tisch. »Es muss ein Wink des Schicksals gewesen sein, dass Jona das Grab gefunden hat. Hätte er nicht den Ring mitgenommen …« Er verstummte, als das Glockenspiel über dem Eingang zum Verkaufsraum ertönte.

Olivera versteifte sich, als ein triefnasser Bursche auf der Schwelle erschien.

»Seid Ihr der Apothecarius?«, fragte er Götz.

Götz nickte.

»Der Bürgermeister beruft eine Ratssitzung ein. In einer Stunde.« Mit diesen Worten tippte er sich an die Kappe und verschwand wieder im Regen.

»Das kann kein Zufall sein«, flüsterte Olivera.

»Natürlich ist das kein Zufall«, entgegnete Götz. »Zwei Tote sind aus dem Fluss gefischt worden. Jetzt muss der

Rat entscheiden, wie weiter vorzugehen ist. Mach dir keine Sorgen, das ist vollkommen normal.«

Olivera hoffte inständig, dass er recht hatte.

Obwohl Götz sich bemühte, sich vor Olivera und Jona nichts anmerken zu lassen, brodelte es in seinem Inneren wie in einem Kessel. Die Lage war weitaus gefährlicher, als er sich eingestehen wollte, doch ihm blieb nichts anderes übrig, als gute Miene zum bösen Spiel zu machen. Wenn er keinen Verdacht erregen wollte, musste er sich in der Ratsstube einfinden und mit den Ratsherren darüber abstimmen, welche Maßnahmen ergriffen werden sollten. Vielleicht gelang es ihm, die anderen davon zu überzeugen, dass es sich bei den Toten um Fremde handelte, immerhin waren sie vom Fluss angespült worden.

Mit einem Gefühl, als hätte er einen Bleiklumpen in seinem Magen, verließ er das Haus, um vor der Sitzung so viel wie möglich in Erfahrung zu bringen. Den Regen nahm er kaum wahr, als er die Burgstraße hinabging und sich zu einer kleinen Gruppe gesellte, die in der Eingangshalle des Rathauses zusammenstand.

»Weißt du, was los ist?«, wurde er von einem Mitglied des Größeren Rates empfangen.

Er bemühte sich um eine ausdruckslose Miene. »Man hat Leichen im Fluss gefunden«, erwiderte er. »Bei der Hallerwiese.«

»Mehrere?«

»Zwei.«

»Stimmt nicht«, mischte sich ein Mann ein, der in diesem Moment das Gebäude betrat. »Vier.«

»Vier?«

Er nickte. »Zwei weitere hingen in einem Mühlrad fest.«

»Heiliger Strohsack!«

»Was ist mit ihnen passiert? Sind sie ersoffen?«

»Wer sind sie?«

»Sind es Nürnberger?«

Alle redeten durcheinander.

Götz trat in den Hintergrund und versuchte, seinen rasenden Herzschlag unter Kontrolle zu bringen. Hatte er sich bis jetzt noch leidlich vorgemacht, dass Jona sich getäuscht haben könnte, beseitigten diese Neuigkeiten jeglichen Zweifel. Bei den Toten musste es sich um die Männer handeln, die Olivera und er auf Markos' Befehl hin verscharrt hatten.

Der Bleiklumpen in seinem Magen schien größer zu werden.

»Lasst uns in die Ratsstube gehen«, schlug einer der Männer fröstelnd vor und machte sich auf zur Treppe.

Götz folgte der Gruppe, während er Markos in Gedanken verwünschte. Er hätte den Kerl für immer im Keller einsperren sollen! Dann wäre nichts von alledem passiert! *Wäre, hätte, sollte,* dachte er bitter. Die Vergangenheit konnte man nicht ändern. Aber vielleicht konnte er dafür sorgen, dass die Zukunft nicht allzu düster aussah.

In der Ratsstube angekommen, suchte er sich einen Platz in der Nähe des Kamins und zog den nassen Mantel aus.

Es dauerte nicht lange, bis sich der Saal füllte, und als die Kirchturmuhr die Dreiviertelstunde schlug, erschienen auch die Sieben Älteren Herren und die beiden regierenden Bürgermeister.

Sobald der Frager am Kopfende des Saales Platz genommen hatte, verstummte das Gemurmel und alle sahen gespannt zur Tür, durch die der Hauptmann der Wache und der Henker die Ratsstube betraten.

»Die Sitzung ist eröffnet«, verkündete der Frager und erklärte in wenigen Worten, was vorgefallen war. »Was könnt ihr uns zu den Toten sagen?«, erkundigte er sich beim Hauptmann.

Der verneigte sich leicht. »Noch nicht viel. Es sind vier Männer, die allem Anschein nach schon längere Zeit nicht mehr am Leben sind. Auf den ersten Blick würde ich schätzen, dass sie aus einem nicht besonders tiefen Grab gespült worden sind.«

»Und deshalb machen alle so einen Aufstand?«, erboste sich ein Ratsherr.

Der Frager hob die Hand, um ihn zum Schweigen zu bringen. »Das ist nicht alles, oder?«, wandte er sich erneut an den Hauptmann.

Der schüttelte den Kopf. »Alle vier weisen Spuren von Gewalt auf, einem von ihnen ist die Kehle durchgeschnitten worden.«

»Gibt es Anzeichen, um wen es sich handelt?«

»Sie haben ordentliche Kleider getragen, auch wenn davon nicht mehr viel übrig ist. Der, dem die Kehle durchgeschnitten wurde, muss ein reicher Mann gewesen sein, er hatte eine Goldkette um den Hals.«

Götz stockte der Atem.

»Dann sind sie offensichtlich nicht von Wegelagerern überfallen worden«, stellte der Frager fest.

»Vielleicht hat das auch was mit dem Fluch zu tun«, unkte ein Ratsherr in der ersten Reihe.

»Wir sollten bei der Sache bleiben«, ermahnte ihn der Frager, ehe er sich wieder an den Hauptmann wandte. »Hast du die Kette dabei?«

Der Hauptmann zog etwas aus der Tasche, ging zu dem Tisch, an dem die Sieben Älteren Herren und die Bürgermeister saßen, und legte es vor sie.

Götz musste an sich halten, um nicht aufzuspringen und ebenfalls einen Blick darauf zu werfen.

»Ein Vogel«, brummte der Frager. »Der könnte jedem gehört haben.« Er winkte einen Knecht herbei. »Mach eine Zeichnung davon und lass sie herumzeigen. Vielleicht erkennt jemand die Kette.«

»Wollt Ihr eine Leichenschau anordnen?«, meldete sich Jacob, der Henker, zu Wort.

»Darüber müssen wir abstimmen.«

# *Kapitel 21*

Obwohl Olivera es ihm verboten hatte, schlich Jona sich aus der Offizin, als sie so in die Arbeit vertieft war, dass sie nicht mehr auf ihn achtete. Im Verkaufsraum zögerte er einen Moment und überlegte, ob er sich einen von Götz' Umhängen leihen sollte. Seinen eigenen hatte er an einen Haken beim Kamin gehängt, um ihn zu trocknen. Allerdings befürchtete er, dass Olivera ihn aufhalten könnte, falls sie erriet, was er vorhatte. Deshalb zog er vorsichtig die Tür auf, um das Glockenspiel nicht zu berühren, und drückte sich durch den engen Spalt. Auf dem Hof zog er den Kopf ein, rannte zum Schuppen und kletterte auf den Heuboden, auf dem er schlief. Zu seiner Erleichterung war von Mathes nichts zu sehen. Auch wenn er sich nicht mehr vor dem Knecht fürchtete, hatte er im Moment keine Zeit für eine Auseinandersetzung. Hastig zog er das Bündel hervor, das ihm als Kissen diente, kramte darin herum und fand das dicke Hemd, nach dem er gesucht hatte. Zwar war es nicht so warm wie sein Umhang, aber es musste genügen.

Nachdem er hineingeschlüpft war, setzte er eine trockene Kappe auf und kletterte zurück nach unten. Wenig später war er wieder im Freien und rannte zum Hoftor. Beim Hühnerstall prallte er fast mit Cristin zusammen, die vor Schreck ein paar der Eier aus ihrem Korb fallen ließ.

»Jona!« Sie sah ihn mit großen Augen an. »Bist du verrückt?«

Er achtete nicht auf sie, ließ sie stehen und lief weiter durch den Regen, der inzwischen etwas nachgelassen hatte. Seine Angst, er könnte die Aufmerksamkeit der Wachen auf sich ziehen, löste sich in Luft auf, als er die Menschentraube sah, die sich beim Henkerturm gebildet hatte. Dorthin waren die Toten offenbar geschafft worden, bis der Rat über eine Leichenschau entschied. Jona wusste, dass es unklug war, dennoch beschloss er, so viel wie möglich in Erfahrung zu bringen.

»Weiß man schon, wer die beiden sind?«, fragte er einen Mann, der an seiner Tracht als Böttcher zu erkennen war.

»Wieso die *beiden*?«

Jona blinzelte verwirrt.

»Es sind vier. Man hat noch zwei gefunden.«

»Oh.« Jona wusste nicht, ob die Gänsehaut vom Regen herrührte, der allmählich sein Hemd durchnässte.

»Die sind bestimmt Wegelagerern in die Hände gefallen«, mutmaßte ein weiterer Böttcher.

»So frisch sahen sie aber nicht mehr aus«, witzelte ein Fuhrknecht.

Einige der Umstehenden lachten.

»Vielleicht ist das eine Warnung«, ließ sich ein altes Reisigweib vernehmen.

»Wovor?«

»Vor dem Leibhaftigen«, erwiderte sie und bekreuzigte sich.

»Du glaubst, der Teufel schickt vier Tote, um … *was?* Uns Angst zu machen?« Der Böttcher, der näher bei

Jona stand, schnaubte. »Ihr seid allesamt Narren. Erst das Gerede von diesem Fluch, jetzt das.« Er schüttelte den Kopf. »Die armen Teufel muss der Regen aus ihren Gräbern gespült haben. Das ist alles. Der Leibhaftige hat damit ganz gewiss nichts zu tun.«

»Rede nicht so gotteslästerlich daher!«, warnte das Reisigweib.

»Ach, geh doch weiter!«, winkte der Böttcher ab. »Wenn du dich fürchtest, solltest du dich in der Kirche verkriechen.«

»Es stünde jedem Christenmenschen gut zu Gesicht, sich in Zeiten der Not an den Allmächtigen zu wenden«, erhielt er von dem Weib zur Antwort.

Der Böttcher verdrehte die Augen und kehrte der Alten den Rücken.

»Wie lange sollen wir hier noch rumstehen?«, nörgelte eine Frau, deren Haube so nass war, dass sie wie eine zweite Haut an ihrem Kopf klebte.

»Niemand zwingt dich dazu«, sagte ihre Begleiterin, deren Kleider noch nicht ganz so durchweicht waren.

»Bis der Rat entscheidet, was zu tun ist, können ein paar Stunden vergehen«, wusste ein Kerl, der sich für wichtiger zu halten schien als alle anderen. Er gestikulierte in Richtung Henkerturm. »Wollt ihr ewig hier im Regen warten? Wenn ihr nicht dumm seid, geht nach Hause.«

»Er hat recht«, pflichtete ihm ein Mann bei, dem anzusehen war, dass er fror. »Ich haue ab.«

»Und die Toten?«

»Sind auch morgen noch da.«

»Aber wollt ihr denn gar nicht wissen, wer sie sind und warum sie im Fluss treiben?«

Einige der Umstehenden taten es dem Wichtigen gleich, wandten sich vom Henkerturm ab und verschwanden im Regen. Andere traten unschlüssig von einem Fuß auf den anderen. Jona, der nicht vorhatte zu gehen, verkroch sich unter einer Weide mit tief hängenden Zweigen und lehnte sich an den Stamm. Auch wenn er nichts ausrichten konnte, war es für ihn unvorstellbar, wieder nach Hause zu gehen, um dort zu warten, bis eine Nachricht kam, die für Götz und Olivera eine Katastrophe bedeuten konnte.

»Wo ist Jona denn schon wieder hin?«

Olivera schrak zusammen, als Cristin mit einem Korb in der Hand die Offizin betrat. Das Gesicht des Mädchens war ernst, in ihrer Stimme schwang ein vorwurfsvoller Ton mit.

»Jona? Wieso?« Erst jetzt bemerkte Olivera, dass der Junge nicht mehr in der Salbenküche war.

»Er hat mich im Hof fast umgestoßen«, beschwerte sich Cristin. »Muss er wieder Froni helfen?« Sie stellte den Korb ab und kam näher.

»Ich weiß nicht, wo er ist«, sagte Olivera. »Hast du im Schuppen nachgesehen?«

»Er ist zum Tor gerannt«, erklärte Cristin.

Olivera unterdrückte ein Stöhnen, da ihr klar war, was das bedeutete. Obwohl sie es ihm verboten hatte, musste Jona zurück in die Stadt gelaufen sein, um mehr über die Toten in Erfahrung zu bringen. Warum konnte er nicht wenigstens einmal tun, was sie sagte?

»Er benimmt sich komisch«, stellte Cristin fest.

*Kein Wunder,* dachte Olivera. Da Cristin nicht wissen sollte, was passiert war, wechselte sie das Thema. »Hast du in letzter Zeit was bei einem Zuckerbäcker gekauft?«

Cristin erstarrte, dann schüttelte sie den Kopf.

»Und Uli?«

»Auch nicht.«

»Bist du sicher?« Olivera musterte sie forschend.

Das Mädchen senkte den Blick.

»Hat euch jemand was geschenkt?«, hakte Olivera nach.

Cristin fuhr sich mit der Zungenspitze über die Lippen. »Es war nur ein Stück von einem ganz kleinen Kuchen«, sagte sie schließlich.

»Habt ihr davon gegessen?«

»Es ist in den Dreck gefallen«, murmelte das Mädchen.

Olivera atmete erleichtert auf. »Ihr dürft auf keinen Fall noch mal was von Fremden annehmen«, warnte sie. »Ein paar Kinder in der Stadt sind krank geworden.«

»Von Süßigkeiten?«

Olivera bejahte. »Das Gebäck ist verdorben.«

Cristin riss die Augen auf. »Und die Kinder sind krank geworden, weil sie es gegessen haben?«

»Furchtbar krank.« Auch wenn Olivera ihr keine Angst machen wollte, musste sie begreifen, dass sie das Naschwerk nicht essen durfte. »Sie könnten daran sterben.«

Cristin wurde bleich.

»Hast du doch was davon genascht?«

»Nur einen ganz kleinen Bissen«, flüsterte Cristin. Sie sah ängstlich zu Olivera auf. »Muss ich jetzt sterben?«

Olivera spürte Sorge in sich aufsteigen. »Wann hast du davon gegessen?«

»Vor ein paar Tagen.« Cristins Stimme zitterte. »Muss ich sterben?«, wiederholte sie die Frage.

Wenn das Gebäck verdorben gewesen wäre, würde es Cristin inzwischen schlecht gehen. Olivera kam hinter dem Tisch hervor und legte dem Mädchen die Hand auf die Stirn.

Sie war kühl.

»Du bist gesund«, sagte sie. »Aber es ist wichtig, dass du in nächster Zeit gut auf Uli aufpasst.«

»Ich wollte nichts falsch machen«, sagte Cristin leise. Ihre Augen füllten sich mit Tränen.

»Du musst nicht sterben«, beruhigte Olivera sie, zog sie an sich und strich ihr über die wilden Locken. »Alles ist gut.«

Wenn sie das für sich und Götz doch nur auch behaupten könnte!

# Kapitel 22

»Ich brauche Hilfe bei der Leichenschau«, sagte der Henker Jacob, nachdem der Rat fast einstimmig beschlossen hatte, die Toten zu untersuchen. »Es wäre möglich, dass ich sie schon mal auf dem Tisch hatte. Wenn der Regen sie aus ihren Gräbern gespült hat, waren sie womöglich vor ein paar Monaten oder Jahren Opfer von Verbrechen. Dann sind ihre Wunden in einem meiner Wundenbücher eingetragen.«

»Der Medicus kann dir zur Hand gehen«, bot der Spitalpfleger an.

Jacob schüttelte den Kopf. »Mir wäre es lieber, die Salbenmacherin würde mir helfen. Sie hat mehr Erfahrung als Matthäus.«

»Das wird er nicht gern hören«, bemerkte einer der Bürgermeister.

»Er kann meinetwegen auch dabei sein«, lenkte Jacob ein. »Aber Olivera hat ein gutes Auge. Sie hat schon öfter Dinge entdeckt, die mir entgangen sind. Wegen der Verwesung wird es nicht leicht sein, die Verletzungen zu untersuchen.«

»Aber sie hat alle Hände voll zu tun mit den Kranken«, sagte Götz. Auf keinen Fall durfte er zulassen, dass Olivera dabei sein musste, wenn die Leichen der Männer untersucht wurden, die ihr Bruder umgebracht hatte. Was, wenn sie sich durch irgendetwas verriet?

»Meinst du die, die an der Seuche leiden? Dafür haben wir eigens nach einem Teufelsaustreiber schicken lassen«, widersprach der Frager. »Wenn Jacob die Anwesenheit deiner Gemahlin wünscht, wird sie ihm helfen!«

Götz biss sich auf die Zunge, um nichts Unbedachtes zu sagen.

»Wir sollten rausfinden, aus welchen Gräbern sie gespült worden sind«, meldete sich Hans Tucher zu Wort. »Viele Gottesäcker kommen nicht infrage, die Gräber müssen in der Nähe des Flusses gelegen haben.«

»Das ist ebenso wichtig, wie herauszufinden, wer sie sind und was sie das Leben gekostet hat«, pflichtete der Frager ihm bei.

»Die Leichen sind bereits im Henkerturm«, sagte der Hauptmann. »Einer sofortigen Leichenschau steht nichts im Wege.«

»Dann sollten wir keine Zeit verschwenden.« Der Frager winkte einen Ratsknecht zu sich und trug ihm auf, Olivera zu holen.

»Das kann ich machen.« Götz erhob sich.

»Wir sind hier noch nicht fertig.« Der Frager warf einen Blick auf die Goldkette mit dem Vogelanhänger. »Ich will, dass sich jeder von euch diese Kette ganz genau ansieht. Vielleicht hilft sie uns dabei, wenigstens einen der Toten zu identifizieren.«

Götz zwängte sich aus der Reihe, in der er gesessen hatte, trat an den Tisch am Kopfende des Saales und warf einen Blick auf das Schmuckstück. Zu seinem Entsetzen sah er, dass der Vogel dieselbe Form hatte wie der im Wappen der Paumgartners. Wenn jemand das Tier erkannte … Er schüttelte den Kopf. »Das habe ich noch nie gesehen.«

Er wandte sich zum Gehen. »Ich sage meiner Gemahlin Bescheid.« Auch wenn es klüger gewesen wäre, in der Ratsstube zu bleiben und zu beobachten, wie die anderen Ratsherren auf den goldenen Anhänger reagierten, musste er Olivera warnen. Bevor ihn einer der Bürgermeister zurückhalten konnte, war er auf dem Weg zur Tür und verließ die Ratsstube. Draußen fing er an zu rennen. Je eher er Olivera alles erzählte, desto mehr Zeit hatte sie, sich auf die bevorstehende Leichenschau vorzubereiten.

Der Regen hatte etwas nachgelassen, und als Götz den Burgberg erklomm, rissen die dichten Wolken auf. Ein schüchterner Sonnenstrahl ließ die Tropfen an den Ästen der Bäume funkeln und blendete ihn einen Moment lang. Im Norden türmten sich immer noch bleigraue Wolken, allerdings schien der auffrischende Wind sie allmählich davonzublasen. Wenn die Nürnberger Glück hatten, drohte den Bewohnern der ufernahen Häuser in diesem Jahr keine Überschwemmung.

Als er wenig später die Offizin betrat, fand er Olivera und Cristin darin vor. Olivera schien damit beschäftigt zu sein, Cristin zu trösten, da sie dem Mädchen das Gesicht trocknete und ihm das Haar aus der Stirn strich.

»Geh die Hühner füttern«, sagte sie, als sie Götz bemerkte. »Du brauchst keine Angst zu haben, alles ist gut.«

Cristin zog die Nase hoch und löste sich von Olivera. Dann drückte sie sich an ihrem Vater vorbei aus dem Raum und verschwand in den Hof.

»Was ist passiert?«, wollte Götz wissen.

»Der Zuckerbäcker.« Olivera berichtete ihm, was Cristin erzählt hatte.

»Und ihr fehlt sicher nichts?«

»Sie ist gesund wie ein Fisch im Wasser«, beruhigte Olivera ihn. »Und sie weiß, dass sie und Uli in Zukunft auf keinen Fall Süßigkeiten annehmen dürfen.«

»Gott sei Dank!«, murmelte Götz.

»Ich dachte, du bist im Rathaus«, stellte Olivera mit hochgezogenen Brauen fest.

»Der Rat hat eine Leichenschau angeordnet«, erwiderte Götz. »Und du sollst Jacob dabei helfen.«

»Das kann doch nicht dein Ernst sein!«

»Ich konnte nichts dagegen tun. Jacob hat darauf bestanden. Er sagt, du hättest ein besseres Auge als er.«

Olivera stöhnte. »Glaubst du, sie wissen, dass wir was damit zu tun haben?«

Götz schüttelte den Kopf. »Jacob denkt, die Wunden der Toten könnten bereits in seinem Wundenbuch verzeichnet sein. Er glaubt, es handelt sich um Opfer, die er schon mal untersucht hat.«

»Dann bleibt mir wohl nichts anderes übrig, als zu tun, was der Rat verlangt«, murmelte Olivera.

»Ich kann mitkommen, wenn du willst«, bot Götz an.

»Es ist besser, wenn ich allein gehe.« Olivera zog sich ihren Mantel an und band ihre Haube fester. »Es wird schon alles gut«, sagte sie, doch Götz sah ihr an, dass sie selbst nicht daran glaubte. »Geh zurück ins Rathaus«, bat sie ihn. »Falls jemand den Vogel erkennt …« Sie brauchte nicht weiterzusprechen.

# Kapitel 23

Mit einem Gefühl der Enge in der Brust machte Olivera sich auf den Weg zum Henkerturm. Tief in Gedanken versunken ging sie hinter der Sankt-Sebaldus-Kirche entlang in Richtung Weinmarkt, wo ihr außer einer Gruppe von Mönchen keine Menschenseele begegnete. Das Wetter schien die meisten Nürnberger von der Straße vertrieben zu haben, auch wenn Olivera annahm, dass sie beim Henkerturm von Schaulustigen erwartet werden würde. Obwohl es kühl war und von der Hitze des Sommers nur eine ferne Erinnerung blieb, konnte man die vollen Sickergruben nach dem Regenguss an jeder Ecke riechen. Immer wieder musste sie sich unter tief hängenden Zweigen hindurchducken, bis sie den Weinmarkt und schließlich das Flussufer erreichte. Von dort war es nicht mehr weit bis zum Henkerturm, der wie erwartet von Gaffern belagert wurde. Zwar waren es nicht so viele, wie es bei schönem Wetter sicherlich der Fall gewesen wäre, dennoch war Olivera froh, als ein halbes Dutzend Stadtknechte auftauchte, um die Menge zu zerstreuen.

Als ihr Blick zum Ufer fiel, entdeckte sie Jona, der sich unter einem Baum verkrochen hatte. Die Wachen hatten ihn nicht gesehen, und da sie keine Aufmerksamkeit auf ihn lenken wollte, hielt sie sich davon ab, seinen Namen zu rufen. Es wunderte sie nicht, dass er versuchte, so viel wie möglich in Erfahrung zu bringen, schließlich war er es gewesen, der die Toten zuerst entdeckt hatte. Wie sie ihn kannte, machte er sich Vorwürfe, obwohl er der Einzige war, der keinerlei Verantwortung für das trug, was passiert war.

Als sie den Henkerturm erreichte, sah sie weitere Soldaten auftauchen, gefolgt von Jacob und zwei Schöffen. Olivera nahm an, dass die beiden Männer die Leichenschau bezeugen sollten – eine Aufgabe, um die sie sich bestimmt nicht gerissen hatten.

»Du bist schon da!«, begrüßte Jacob sie.

»Götz hat mir gesagt, dass du meine Hilfe brauchst«, erwiderte Olivera.

Er nickte, schloss die Tür auf und ging voran die schmale Stiege hinauf. Die Toten waren in den Turm geschafft worden, der direkt ans Henkerhaus anschloss. Oben gab es eine weitere Tür, die in einen Vorraum führte, der Jacob für die Untersuchung der Leichen diente.

Olivera hielt die Luft an, als sie den Raum betrat. Der Gestank der Toten schlug ihr mit aller Macht entgegen, der Anblick, der sich ihr bot, war grauenhaft. Keineswegs waren die Leichen zu Skeletten verrottet, wie nach so langer Zeit zu erwarten gewesen wäre. Stattdessen schimmerten die vier toten Körper weiß und schmierig, selbst Gesichtszüge schienen noch erkennbar zu sein. Ihre Kleider hingen in Fetzen an ihnen, ihre Haut war mit einer krümeligen Substanz bedeckt.

Einer der Schöffen keuchte: »Gütiger Himmel!« Er holte hastig ein Tuch aus der Tasche, um es sich vor Mund und Nase zu pressen.

Jacob verzog das Gesicht, ging zum Fenster und öffnete es. Dann holte er seine Wundenbücher hervor und legte sie auf einen kleineren Tisch in der Nähe des Fensters. »Wir müssen sie nach Wunden absuchen«, erklärte er. »So können wir eventuell feststellen, ob und mit welchen Waffen sie verletzt worden sind.« Das war nötig, damit der Rat in der Lage war, den Täter entsprechend dem Hoch- oder dem Niedergericht zur Aburteilung zu überstellen. In einem der Wundenbücher wurde unterschieden zwischen trockenen Verletzungen und blutenden Wunden, Hohlwunden, lähmenden Verletzungen und »beinschrötigen« Wunden mit Knochenverletzungen. Zudem gab es die Einteilung in »Blut oder Blau«, ob Wunde oder Schlag. Am Ende des Buches waren Waffen aufgelistet und Bilder der Verletzungen, die durch sie hervorgerufen werden konnten.

Olivera biss sich auf die Zunge, um nicht zu fragen, warum die Leichen so gut erhalten waren. Außer ihr wusste niemand, wie lange ihr Tod zurücklag. Durch solch unbedachte Fragen konnte sie sich und Götz an den Galgen bringen. Es fiel ihr schwer, nicht dauernd zu Paumgartners Leichnam zu schielen, an dessen Hals die Schnittwunde deutlich zu erkennen war.

Jacob ging einmal um den langen Tisch herum, auf dem die Toten lagen, ehe er sich über einen von ihnen beugte. »Das hier sieht eindeutig nach Messerstichen aus«, stellte er fest und zeigte auf die Brust. »Ich würde sagen, er ist erstochen worden.«

Olivera überwand ihre Abscheu und trat neben ihn.

»Was denkst du?«, fragte er.

»Du hast recht.« Sie bemühte sich um eine feste Stimme.

»Dieser hier weist ebenfalls Stichwunden auf«, brummte er, nachdem er den zweiten Toten in Augenschein genommen hatte. »Und der hier auch.« Er ging zu dem Tisch mit den Wundenbüchern, bedeutete Olivera, es ihm gleichzutun, und blätterte darin herum. Nach einer Weile, die Olivera vorkam wie eine Ewigkeit, schüttelte er den Kopf. »Nichts.« Er sah Olivera fragend an.

»Ich kann auch nichts finden«, log sie. Sie hatte nur vorgegeben, die Einträge zu überprüfen.

»Was ist mit dem vierten?«, fragte einer der Schöffen. Im Gegensatz zu dem anderen Zeugen lehnte er nicht mit kreidebleichem Gesicht am Fenster.

»Der ist anders zu Tode gekommen«, brummte Jacob und beugte sich über Paumgartners Leiche.

Erneut hielt Olivera die Luft an. Was, wenn er ihn erkannte? Obwohl die Gesichtszüge aufgedunsen und entstellt waren, konnte man einige Merkmale gut erkennen. Selbst die Nase war erhalten, ebenso die Lippen und die Ohren. Fast hatte es den Anschein, als ob er sie aus seinen leeren Augenhöhlen anglotzen würde. Einen verrückten Augenblick lang fürchtete sie, er könnte den Mund öffnen, um allen zu sagen, wie er gestorben war.

Ohne Vorwarnung war die Erinnerung an die Nacht, in der ihr Sohn fast ums Leben gekommen wäre, vor ihrem inneren Auge. Sie befand sich in Gedanken auf dem Hof des Alten Endris, sah, wie Markos Paumgartner die Faust in den Bauch rammte, ihm die Waffen entwand und ihm die Kehle durchschnitt. Fröstelnd zog sie den Kopf zwischen die Schultern, als sie sich an das Entsetzen und die Furcht erinnerte, die sie empfunden hatte. Ihr Bruder war ein Verbrecher, ein Dieb und ein Mörder. Wenn die Nürnberger herausfanden, dass *er* für den Tod der vier Männer verantwortlich war, würde man keine Sekunde zögern, ihr seine Taten mit zur Last zu legen.

Niemand durfte jemals die Wahrheit erfahren.

»Kannst du uns sagen, mit wem wir es zu tun haben? Oder wie lange er schon tot ist?«, erkundigte sich der Schöffe.

Jacob wiegte den Kopf hin und her. »Das ist schwer zu sagen. Sie könnten seit Monaten oder auch Jahren begraben gewesen sein. Ich habe so etwas schon mal gesehen.« Er kratzte mit einem Schaber an der wächsernen Schicht, die die Leichen bedeckte.

»Das heißt, wir sind genauso schlau wie vorher?«

Jacob schüttelte den Kopf. »Immerhin wissen wir jetzt, dass sie keines natürlichen Todes gestorben sind. Wenn wir wüssten, woher die Leichen kamen ...« Er zuckte mit den Schultern. »Die Wachen sollten sich umhören, ob in letzter Zeit jemand verschwunden ist. Wenn sie von hier sind, muss sie irgendjemand vermissen.«

»Es verschwinden ständig Leute«, versetzte der Schöffe. »Wer weiß, ob sie gleichzeitig verschwunden sind. Was, wenn man sie zu unterschiedlichen Zeitpunkten getötet hat?«

»Das wäre möglich«, gab Jacob zu.

»Dann ist jetzt das Wichtigste, herauszufinden, wo sie begraben waren!«

# Kapitel 24

Jona war froh, als die Stadtknechte dem Flussufer den Rücken zukehrten, um unter dem vorspringenden Dach des Henkerhauses Schutz vor dem wieder stärker werdenden Regen zu suchen. Einer der Männer lehnte mit dem Rücken an einem rot-weißen Fensterladen, doch zu Jonas Erleichterung sah er nicht in seine Richtung. Einen Augenblick überlegte er, ob er noch bleiben und auf Olivera warten sollte, entschied sich dann allerdings dazu, unter dem Baum hervorzuschlüpfen und sich auf den Heimweg zu machen.

Er hatte nicht den Eindruck, dass Olivera unter Zwang zum Henkerturm gebracht worden war. Vielmehr sah es so aus, als ob sie dem Henker bei der Leichenschau zur Hand gehen sollte. Was auch immer Jona von den Gaffern erfuhr, war gewiss nicht näher an der Wahrheit als das, was Olivera zu berichten haben würde. Es hatte keinen Zweck, sich länger zu verstecken, damit zog er höchstens unerwünschte Aufmerksamkeit auf sich, sollte er entdeckt werden.

So unauffällig wie möglich schob er die Zweige beiseite und trat auf die Straße. Nach einem kurzen Blick über die Schulter zog er seinen Hemdkragen hoch und machte sich auf in Richtung Kirche. Sobald die Soldaten außer Sichtweite waren, fing er an zu laufen. Beim Haus in der Burgstraße angekommen, wurde er von Mathes abgepasst, als er zum Schuppen ging, um das nasse Hemd loszuwerden.

»Wo hast du dich denn schon wieder rumgetrieben?«, knurrte der Knecht. An seinem Kinn prangte ein veritabler Bluterguss. Er musterte Jona mit zusammengekniffenen Augen, während sich seine Hände zu Fäusten ballten.

»Das geht dich nichts an!«

»Und ob es mich was angeht!« Mit zwei langen Schritten war Mathes bei ihm und griff nach seinem Kragen.

Jona befreite sich, indem er das Handgelenk des Knechtes packte und es verdrehte. »Ich habe gesagt, du sollst mich nie wieder anfassen!«, zischte er.

Mathes' Wangenmuskeln traten deutlich hervor, als er die Zähne zusammenbiss. Einen Moment lang sah es so aus, als wolle er ausholen und Jona schlagen, doch er besann sich eines Besseren. »Wenn du dich um deine Arbeit drückst, bekommst du keinen Lohn.«

»Das hast nicht du zu bestimmen!«

»Ich bin sicher, Götz wird wissen wollen, wo du warst.«

»Dann soll er mich fragen!« Jona funkelte Mathes wütend an. »Wir hätten die Toten wegschaffen sollen, dann wäre das alles nicht passiert!«

»Was willst du damit sagen?«

»Dass die Leichen nie im Fluss aufgetaucht wären, wenn wir getan hätten, was Götz vorgeschlagen hat!«

»Du kleiner Mistkäfer!« Mathes starrte ihn hasserfüllt an. »Wer war denn überhaupt schuld daran, dass Lukas entführt worden ist? Hättest du besser auf die beiden aufgepasst …« Er versetzte Jona einen Stoß, der ihn fast zu Fall gebracht hätte. »*Du* bist schuld an allem!«

Jona sah rot. Ohne zu überlegen, stürzte er sich auf Mathes und fing an, rasend auf ihn einzuschlagen.

Mathes stieß einen Wutschrei aus. Er bekam Jona zu fassen, trieb ihm die Faust in den Magen und knurrte: »Du willst Prügel? Kannst du haben!« Er holte erneut aus und versetzte Jona einen weiteren gewaltigen Hieb in den Bauch.

Jona sackte mit einem Grunzen zusammen. Ehe er sich von den Schlägen erholen konnte, fegte Mathes ihm die Beine unter dem Körper weg, sodass er lang hinschlug. Keuchend rang er um Atem, während der Knecht seinen Gürtel löste und anfing, mit der schweren Schnalle auf ihn einzudreschen. »Du willst mir den Schädel einschlagen?«, brüllte er. »Du Rotzbengel? Dir werde ich's zeigen!«

Die Schläge wurden immer härter und Jona spürte, wie ihm die Haut aufplatzte. Als die Schnalle seinen Kopf um Haaresbreite verfehlte, rollte er sich zur Seite, trat nach Mathes' Beinen und brachte ihn damit zu Fall.

Mit einem Fluch fiel der Knecht in den Schlamm, wo Jona sich augenblicklich auf ihn stürzte.

»Ich bring dich um!«, tobte Mathes, packte seine Haare und versetzte ihm einen Stoß mit dem Kopf.

Jona hörte seine Nase brechen, dann kam der Schmerz. Glühend heiß und stechend fuhr er ihm bis ins Gehirn und machte ihn für einen Moment unachtsam.

Diesen Moment nutzte Mathes, um sich rittlings auf ihn zu setzen. Er wollte ihm gerade mit der Faust ins Gesicht schlagen, als ein spitzer Schrei über den Hof gellte.

»Jona!«

Mathes erstarrte mitten in der Bewegung.

»Bei allen Heiligen! Was tut ihr da?« Froni kam mit gerafften Röcken auf sie zugerannt und blieb heftig atmend in sicherem Abstand stehen. »Mathes!« Ihre Augen weiteten sich entsetzt. »Du blutest!« Ihr Blick blieb an Jonas zerschlagenem Gesicht hängen, das von Blut und Schlamm besudelt war. »Gütiger Jesus!« Sie sah sich Hilfe suchend um.

»Hau ab!«, knurrte Mathes.

Froni rührte sich nicht von der Stelle.

Jona nutzte die Ablenkung, um sich aufzurappeln und sein Messer zu zücken.

Als Froni sah, dass Mathes es ihm gleichtat, schlug sie die Hand vor den Mund, ehe sie davonrannte.

»Die Kleine kann dir nicht helfen«, zischte Mathes. Er hielt das Messer mit der Klinge parallel zu seinem Unterarm.

»Ich brauche keine Hilfe.« Jona ignorierte den Schmerz, der ihn beim Sprechen durchzuckte. Seine Nase blutete heftig, aber es war zu spät, um daran zu denken, was noch alles passieren konnte. Die Mordlust in Mathes' Augen war nicht zu übersehen.

»Du bist ein verdammter Nichtsnutz! Götz hätte dich schon längst vom Hof jagen sollen!« Mathes umschlich Jona wie ein Wolf, der darauf wartete, dass seine Beute ein Zeichen der Schwäche zeigte.

»Ich hab dir nie was getan.« Jona spuckte Blut in den Schlamm. »Was hast du für ein Problem?«

»Dich!« Mathes' Arm schoss vor.

Die Klinge verfehlte Jona knapp.

»Hört sofort auf damit!« Die Köchin Irmla kam mit einem Schürhaken in der Hand über den Hof gestürmt, gefolgt von Froni. »Seid ihr taub?« Sie stieß Mathes mit dem Schürhaken in den Rücken. »Legt sofort die Messer weg!«

»Hau ab, Weib!«, herrschte Mathes sie an.

»Wollt ihr, dass Froni die Wachen holt?«, drohte Irmla.

Jonas Wut ebbte ab, als er die Angst in Fronis Augen sah. Er machte einen Schritt zurück und senkte die Hand mit dem Messer.

»Du auch!«, forderte Irmla an Mathes gewandt.

»Du hast mir gar nichts zu sagen!«, knurrte er.

»Leg es ruhig drauf an!« Sie hielt den Schürhaken wie eine Waffe vor sich.

Einen Moment lang sah es so aus, als ob Mathes sie ignorieren wollte, dann steckte er das Messer zurück in die Tasche. »Glaub nicht, dass ich fertig bin mit dir!« Er bedachte Jona mit einem Blick, der jedem anderen Angst gemacht hätte.

Aber die Zeiten waren vorbei.

Er verfolgte mit grimmiger Miene, wie Mathes in Richtung Schuppen davonstapfte und darin verschwand.

»Was war hier los?«, forderte Irmla zu wissen.

»Nichts«, log Jona.

»Komm mir nicht mit Ausreden!« Sie schwang drohend den Schürhaken.

Jona schwieg.

Nachdem Irmla ihn eine Weile wütend angestarrt hatte, schüttelte sie den Kopf. »Du siehst aus wie ein Schwein. Geh und wasch dich! Olivera und Götz solltest du so besser nicht unter die Augen treten.« Sie machte auf dem Absatz kehrt.

Froni blieb stehen. »Ist es schlimm?«, fragte sie mit zitternder Stimme.

Er schüttelte den Kopf, obwohl sich der Schmerz allmählich über seinen ganzen Körper ausbreitete. Die Prügelei hatte ihm ein paar weitere Prellungen beschert, aber wenigstens hatte Mathes auch etwas abbekommen. Sein Blick wanderte zum Schuppen. Er würde sich einen anderen Schlafplatz suchen müssen. Denn nach diesem Vorfall war es ausgeschlossen, dass er eine weitere Nacht unter einem Dach mit Mathes zubringen würde.

# *Kapitel 25*

GERLINS HÄNDE ZITTERTEN immer noch, als sie einer der alten Frauen in der Siechenstube einen Kräuteraufguss einflößte, der ihre Gallensäfte anregen sollte. Seit ihrer Begegnung mit Paul fühlte sie sich noch schlimmer, da sie den Schmerz in seinen Augen gesehen hatte. Wie konnte er nur denken, er sei nicht gut genug für sie? Warum wollte er nicht begreifen, dass sie die Falsche für ihn war? Am Anfang, als er neu im Spital gewesen war, hatte sie befürchtet, er könnte Gerüchte über sie gehört haben. Allerdings war der Medicus nicht lange im Dienst der Stadt und die anderen Mägde kannten ihre Vergangenheit nicht. Pater Clemens war in der Zwischenzeit in eine andere Einrichtung versetzt worden, sodass von dieser Seite ebenfalls keine Gefahr drohte. Sie stellte den Becher ab und wischte der Kranken den Mund.

Wieso hatte sie zugelassen, dass Paul sich falsche Hoffnungen machte? Sie schloss einen Moment lang die Augen, da sie nicht wollte, dass jemand die Tränen darin sah. Sie war eine dumme Gans. Wer mit dem Feuer spielte, verbrannte sich daran. Waren nicht das die Worte ihres Vaters gewesen, bevor er sie aus dem Haus gejagt hatte? Sie erhob sich vom Lager der alten Frau und ging weiter zu einem Zimmermann mit einem zerschmetterten Bein. Dort blieb sie, bis die Glocke der Spitalkirche zum Stundengebet rief und Leben in die Insassen kam. Wer nicht zu krank war, um zu gehen, stützte sich auf Krücken oder ließ sich von anderen helfen. Selbst der Zimmermann wollte sein Bett verlassen, aber Gerlin hielt ihn davon ab.

»Dein Bein braucht Ruhe«, ermahnte sie ihn.

»Das wird den Herrgott nicht scheren«, erwiderte er und stemmte sich hoch. »Wenn ich meiner Christenpflicht nicht nachkomme, straft er mich mit Fäulnis.«

»Mit Fäulnis straft er nur die Sturheit«, erwiderte Gerlin und drückte ihn zurück in die Kissen.

»Und die Unehrlichkeit«, ertönte eine Stimme hinter ihr.

Sie wirbelte herum.

Paul stand mit verschränkten Armen hinter ihr und musterte sie mit einem Ausdruck auf dem Gesicht, den sie nicht zu deuten vermochte.

Der Zimmermann nutzte die Ablenkung, griff nach den Krücken neben seinem Bett und kämpfte sich mit zusammengebissenen Zähnen auf sein gesundes Bein. Das andere zog er nach, als er sich mühsam auf den Weg zum Ausgang machte.

Gerlin achtete nicht auf ihn. Auch das Läuten der Glocke trat in den Hintergrund.

»Komm mit!« Paul fasste sie beim Arm und zog sie in Richtung Waschstube, in der sich nichts außer stapelweise schmutziger Wäsche befand.

»Lass das!«, protestierte Gerlin, als er die Tür hinter sich schloss und sie an sich zog. »Paul!«

Er hörte nicht auf sie. Stattdessen drückte er seine Lippen auf die ihren und küsste sie mit so viel Leidenschaft, dass Gerlin die Luft wegblieb.

Zuerst wollte sie sich wehren, ihn von sich stoßen und aus der Stube laufen. Doch seine Berührung verwandelte ihre Knie in Butter. Obwohl ihr Verstand ihr sagte, dass es töricht war, öffnete sie die Lippen und gab sich dem Kuss hin. Als er schließlich von ihr abließ, war ihr gesamter Körper von einer Gänsehaut überzogen.

»Warum denkst du dir so furchtbare Lügen aus?«, fragte er leise. »Ich liebe dich und du liebst mich. Bestreite es nicht!«

Sie wusste nicht, was sie darauf antworten sollte.

»Ich glaube keinen Moment lang, dass du eine Hure bist!«

»Aber ich *war* eine.«

»Das meinst du nicht ernst.«

»Doch.« Gerlin schluckte trocken. Das Hochgefühl löste sich auf und wurde ersetzt durch Furcht und Leere. »Ich war im Frauenhaus.«

Paul schüttelte den Kopf.

»Wenn du mir nicht glaubst, frag Olivera.« Sie brachte Abstand zwischen sich und ihn. »Fast ein halbes Jahr musste ich …« Ihre Stimme versagte, da die Erinnerung an den brutalen Frauenwirt, die Freier und den grausamen Tod ihrer Freundin Eva sie immer noch verfolgten. Da Paul nichts sagte, sie lediglich stumm ansah, setzte sie sich auf einen umgedrehten Eimer und erzählte ihm alles, beginnend mit dem Tag, an dem ihr Vater sie aus dem Haus geworfen hatte.

Als sie geendet hatte, war er wie vom Donner gerührt. Sein ohnehin bleiches Gesicht wirkte in der dunklen Kammer noch weißer, seine Hände bebten. Lange Zeit sagte er kein Wort, starrte sie nur schweigend an. Dann machte er auf dem Absatz kehrt, verließ die Waschstube und knallte die Tür hinter sich zu.

Gerlin vergrub das Gesicht in den Händen. Während die aufs Neue aus ihr herausbrechenden Tränen ihre Wangen hinabliefen, fühlte sie sich hundeelend und erleichtert zugleich. Was immer Paul für sie empfunden hatte, jetzt würde er sich mit Sicherheit eine andere suchen, eine, die seiner Liebe würdiger war als sie. Er war zu gut für sie. Kein ehrlicher Mann verdiente es, sein Herz an sie zu verschwenden. Sie fuhr sich mit dem Ärmel über die Augen, erhob sich und wartete, bis sie sich ein wenig beruhigt hatte, ehe auch sie die Kammer verließ, um wenigstens noch einem Teil des Stundengebetes beizuwohnen.

# *Kapitel 26*

Als Olivera sich endlich auf den Heimweg machte, dämmerte es bereits. Die Regenwolken hatten sich weiter nach Süden verzogen und am Himmel war ein bleicher Mond zu sehen. Nach der Leichenschau hatten sie und Jacob erneut dem Rat Auskunft erteilen müssen, weshalb sich Götz an ihrer Seite befand.

Er schien genauso erschöpft zu sein wie sie, auch wenn der Tag für sie beide bisher glimpflich verlaufen war.

»Niemand hat den Vogel an Paumgartners Kette erkannt«, sagte er auf dem Weg die Burgstraße hinauf. »Es waren aber auch nicht alle Mitglieder anwesend.«

»Das kann sich schnell ändern, wenn die Wache die Zeichnung herumzeigt«, entgegnete Olivera. »Wir sollten darüber reden, was wir tun, *falls* jemand die richtigen Schlüsse zieht.«

»Dann werden wir die Geschichte wiederholen, die wir damals dem Hauptmann erzählt haben. Davon dürfen wir auf keinen Fall abweichen. Selbst wenn die Wachen herausfinden, dass es sich um Paumgartner und seine Knechte handelt, wird uns hoffentlich niemand mit dem Mord an ihnen in Verbindung bringen.« Götz senkte die Stimme. »Die Soldaten werden das Grab sicher nicht finden. Davon kann nicht mehr viel übrig sein, sonst hätte es die Leichen nicht in den Fluss geschwemmt.«

Olivera wünschte sich nichts mehr, als seine Zuversicht zu teilen. Allerdings sah sie ihm an, dass er seine Worte selbst nicht glaubte. Die Sorge stand ihm deutlich ins Gesicht geschrieben.

Den Rest des Weges legten sie schweigend zurück, da ihnen eine Gruppe von Reitern entgegenkam. Beim Haus angekommen, verriegelte Götz das Tor für die Nacht und runzelte verwundert die Stirn.

»Warum ist der Hund noch an der Kette?«

Olivera kam nicht dazu, etwas zu erwidern, da in diesem Moment die Köchin Irmla aus dem Haus gelaufen kam. Sie hatte sie offenbar kommen sehen.

»Gott sei Dank, seid ihr endlich da!«

»Was ist denn los? Wo sind Jona und Mathes? Warum ist der Hund noch nicht losgemacht?«, erkundigte sich Götz.

»Die beiden haben sich fast umgebracht!«, stieß Irmla hervor. »Sie sind mit Messern aufeinander losgegangen!«

»Was?« Olivera traute ihren Ohren nicht. »Jona und Mathes?«

Die Köchin nickte. »Ich habe sie getrennt. Aber ich bin mir sicher, bei nächster Gelegenheit bringen sie sich um.«

»Wo sind sie?«, fragte Götz.

»Jona ist in der Küche, Mathes im Schuppen. Ich musste mit der Wache drohen!«

»Das gibt's doch nicht!«, schimpfte Götz.

»Wir müssen mit ihnen reden. Geh du Mathes holen«, schlug Olivera vor. »Ich bringe Jona in die Stube.«

»Was ist nur los mit den beiden?« Irmla schüttelte den Kopf. »Wie gut, dass die Kinder den Streit nicht gesehen haben.«

Olivera seufzte. Es machte immer mehr den Eindruck,

als wäre die Zeit der Ruhe endgültig vorbei. Die Schuld und das Unrecht der vergangenen Jahre schienen sie mit aller Macht einzuholen. Mit einem unguten Gefühl machte sie sich auf in die Küche, wo ihr ein völlig zerschundener Jona entgegenblickte. Unter beiden Augen hatte er Blutergüsse, die Nase war auf das Doppelte ihrer normalen Größe angeschwollen. Er sah auf, als sie den Raum betrat, und verzog vor Schmerz das Gesicht.

Sein Anblick erschreckte Olivera. Zwar hatte der Junge schon früher Prügel von Mathes eingesteckt, doch so war er noch nie zugerichtet gewesen.

»Mathes ist schuld!«, platzte es aus Froni heraus, bevor Olivera etwas sagen konnte. »Er wollte Jona umbringen!«

»Du brauchst mich nicht zu verteidigen«, sagte Jona. Er saß am Tisch und schien versucht zu haben, seine Nase mit einem nassen Lappen zu kühlen.

Olivera blieb vor ihm stehen und sah auf ihn hinab.

Er senkte den Blick.

»Was habt ihr euch nur dabei gedacht?«

Jona schwieg.

»Götz wird Antworten wollen.« Olivera fasste ihn beim Kinn und hob seinen Kopf.

»Das wird jetzt kurz wehtun«, sagte sie. Dann legte sie die Hände an seine Nase und schob sie mit einem Ruck zurecht.

Jona gab einen gepressten Laut von sich und blinzelte die Tränen beiseite, die ihm in die Augen schossen. Einen Moment lang sah es so aus, als ob er sich übergeben müsste, dann rang er den Schmerz nieder.

»Komm mit!« Olivera bedeutete ihm aufzustehen, sobald Farbe in sein Gesicht zurückgekehrt war.

Er warf Froni einen kurzen Blick zu, ehe er auf die Beine kam und Olivera aus der Küche folgte. Den Weg ins Obergeschoss legten sie schweigend zurück, auch wenn Olivera zahllose Fragen auf der Zunge lagen. In der Stube drückte sie Jona auf einen Schemel und setzte sich auf die Eckbank. Während sie auf Götz und Mathes warteten, betrachtete sie ihn forschend. Von dem dürren Bettelknaben, den sie vor fast vier Jahren in ihr Haus aufgenommen hatten, war nicht mehr viel übrig. Der junge Mann, dessen Kinn auf seinen blutigen Knöcheln ruhte, hatte nichts gemein mit dem verängstigten Jungen, der mit eingeschlagenem Schädel vor ihrem Haus gelegen hatte. Er überragte sie inzwischen um einen Kopf und konnte schwerere Säcke heben als Götz. Seine Schultern waren breit, sein Kinn eckiger geworden. Die Blicke, die Froni ihm zugeworfen hatte, waren nicht zu übersehen gewesen.

Schwere Schritte näherten sich und die Tür ging auf. Jona versteifte sich. Mit geballten Fäusten funkelte er Mathes an, der hinter Götz die Stube betrat.

Dem Knecht war anzusehen, dass er sich am liebsten auf Jona gestürzt hätte. Allerdings schob Götz ihn in die andere Ecke des Raumes, wo sich die Ofenbank befand.

»Ich will eine Erklärung!«, herrschte Götz die beiden an. »Warum geht ihr euch gegenseitig an die Kehle wie wilde Tiere?«

Jona biss die Zähne aufeinander.

Mathes schürzte die Lippen, als wolle er ausspucken. »Die kleine Kröte hat sich wieder rumgetrieben«, sagte er schließlich.

»Nenn ihn nicht so!«, ermahnte ihn Olivera.

Mathes verzog verächtlich das Gesicht.

»Und deshalb habt ihr euch halb tot geschlagen?« Götz verschränkte die Arme.

Mathes warf Jona einen hasserfüllten Blick zu. »Er hat behauptet, es sei meine Schuld, dass die Toten gefunden worden sind«, zischte er.

Götz hob die Brauen.

»Dabei wäre all das nicht passiert, wenn er besser auf Barba und Lukas aufgepasst hätte!«

»Mathes!«, rief Olivera erschrocken aus. »Wie kannst du so etwas sagen?«

»Es stimmt doch!«

»Du kannst nicht Jona die Schuld geben für das, was passiert ist.« Oliveras Wut auf Markos kehrte zurück. »Mein Bruder hat den Stein der Weisen gestohlen. Hätte er Paumgartner nicht betrogen, wären Barba und Lukas nie in Gefahr geraten!«

»Kann sein«, brummte Mathes. »Aber *er* war dabei, als sie entführt worden sind.« Er sah Jona voller Verachtung an.

»Er ist niedergeschlagen worden.«

Mathes schnaubte. »Dann hätte er sich wehren sollen wie ein Mann!«

Jonas Hände zuckten.

»Genug!« Götz sah von einem zum anderen. »Ihr werdet euch vertragen!«, befahl er. »Ich will nie wieder erleben, dass ihr euch prügelt!«

Weder Jona noch Mathes sahen ihn an.

»Gebt euch die Hände!«

Keiner der beiden rührte sich.

»Sofort!«

Widerwillig kam Jona auf die Beine und ging auf Mathes zu. Bei ihm angekommen, streckte er ihm die Hand entgegen.

Mathes zögerte, dann schlug er ein. In seinen Augen stand blanker Hass.

»Und jetzt geht zurück an die Arbeit!« Götz öffnete die Tür und wartete, bis die beiden Streithähne den Raum verlassen hatten. Dann sank er auf einen Stuhl und schüttelte den Kopf. »Das hat uns gerade noch gefehlt!«

# *Kapitel 27*

Die nächsten Tage brachten den Sonnenschein zurück, doch das schöne Wetter konnte nicht über die drohende Gefahr hinwegtäuschen. Obwohl die Furcht vor Entdeckung mit jeder Stunde, die verstrich, heftiger an ihr nagte, blieb Olivera nichts anderes übrig, als zu hoffen und ihrer Arbeit in der Salbenküche und im Spital nachzugehen. Nachdem sie dafür gesorgt hatte, dass Jona in eine Kammer neben der Küche umzog, herrschte wenigstens im Haus Frieden. Allerdings verbreitete sich die Seuche in der Stadt immer schneller. Der Zuckerbäcker war nicht mehr aufzufinden, allerdings erhärtete sich ihr Verdacht gegen den Mann, da sie von weiteren Kindern erfuhr, die nach dem Genuss von Naschwerk erkrankt waren. Nachdem sich der Waisenknabe dank ihrer Arznei jeden Tag ein wenig mehr erholt hatte, beschloss sie an einem strahlenden Morgen, mit Matthäus zu reden. Götz zufolge würde der Teufelsaustreiber bald in Nürnberg eintreffen, aber Olivera war sicher, die Kranken auf herkömmliche Art und Weise heilen zu können.

Sie fand den Medicus am Lager eines Greises, dem er den zahnlosen Gaumen mit Honig einrieb.

»Olivera«, begrüßte er sie. »Du siehst müde aus.«

»Ich schlafe im Moment nicht besonders gut«, erwiderte sie.

»Die Seuche?«

Sie nickte, auch wenn es nur zum Teil der Wahrheit entsprach.

»Dem Jungen ging es heute Morgen so gut, dass er seinen Brei bei sich behalten und einen halben Becher verdünntes Bier getrunken hat«, informierte Matthäus sie. »Deine Arznei wirkt, auch den anderen Kindern im Spital geht es besser. Hast du den Zuckerbäcker inzwischen ausfindig gemacht?« Sie hatte ihm von ihrem Verdacht erzählt.

»Leider nicht, er scheint nicht mehr in der Stadt zu sein. Aber wenn es uns gelingt, die anderen zu heilen, wird der Rat auf uns hören und zur Vernunft kommen.«

»Dein Wort in Gottes Ohr«, seufzte Matthäus. »Ich bin mir nicht sicher, ob es dafür nicht zu spät ist. Seit dem Tod von Clara Groß ...« Er brauchte nicht weiterzureden, da Olivera die abergläubische Furcht jeden Tag spürte. Die Leute klammerten sich an ihren Kruzifixen fest, als ob sie fürchteten, der Leibhaftige würde jeden Moment in sie fahren. Vielerorts hing der Gestank von Räucherungen über den Dächern und die Kirchen waren so voll wie schon lange nicht mehr. Der Fund der Leichen hatte sein Übriges getan, um dem Gerede von einem Fluch Vorschub zu leisten.

»Die Menschen müssen gewarnt werden«, sagte Olivera. »Wer weiß, wie viele Leute Kuchen oder Plätzchen bei dem Bäcker gekauft haben. Wenn der Rat verkündet, dass davon eine Gefahr ausgeht ...«

»Ich glaube kaum, dass er das tun wird«, unterbrach Matthäus sie.

»Deshalb wollte ich mit dir reden. Wir sollten versuchen, die Ratsherren davon zu überzeugen, dass wir recht haben.«

»Damit würden wir uns offen gegen sie stellen.« Matthäus schüttelte den Kopf. »Ich habe keine Bedenken, die Kranken ohne viel Aufhebens zu behandeln. Aber die meisten Ratsmitglieder sind der Meinung, dass es sich um einen Fluch handelt.«

»Aber neulich hast du gesagt ...«

»Ich habe immer noch keine Angst, dass man mich der Ketzerei bezichtigen könnte«, fiel er ihr ins Wort. »Dennoch sollten wir kein Öl ins Feuer gießen. Ich habe meinen Gehilfen ausgeschickt, bei den Familien nachzufragen, wer eine Behandlung wünscht. Die meisten wollen nicht auf den Teufelsaustreiber warten.«

»Und die anderen?«

Matthäus seufzte. »Wir können sie nicht dazu zwingen.«

»Dann sterben die Kranken womöglich unter furchtbaren Qualen.«

Er sah sie mit einem resignierten Blick an. »Mehr können wir nicht tun.«

Olivera schluckte die Erwiderung, die ihr auf der Zunge lag, weil sie wusste, dass er recht hatte. Sich offen gegen den Rat zu stellen, gerade jetzt, wo von anderer Seite ebenfalls Gefahr drohte, wäre töricht. Vielleicht überlegten es sich die Sturen anders, wenn es ihnen gelang, die Kranken von ihren Krämpfen zu heilen.

»Bereite mehr von der Arznei zu«, bat Matthäus sie. »Dann wird die Anwesenheit dieses Teufelsaustreibers hoffentlich überflüssig.«

»Das habe ich bereits getan«, antwortete Olivera.

Matthäus wusch sich die Hände und trocknete sie ab. »Hast du sie dabei?«

Olivera zeigte auf ihren Korb.

»Dann sollten wir sie so schnell wie möglich verteilen.«

Gerlin beobachtete vom anderen Ende der Siechenstube aus, wie Olivera und Matthäus die Köpfe zusammensteckten. Sie hatte lange nicht mehr mit Olivera allein gesprochen und sehnte sich danach, jemandem ihr Herz auszuschütten. Seit ihrem letzten Gespräch mit Paul ging er ihr aus dem Weg. Es war nicht schwer, sich vorzustellen, was in seinem Kopf vorging. Der Gedanke an ihn schmerzte so sehr, dass Gerlin ihn am liebsten aus ihrem Kopf verbannt hätte. Immer war das allerdings nicht möglich, da Paul sich genauso häufig in der Siechenstube aufhielt wie sie.

Selbst aus der Entfernung konnte sie erkennen, dass Olivera müde und niedergeschlagen aussah, was, so vermutete sie, mit den vielen Kranken zu tun hatte, die ins Spital eingeliefert worden waren. Außerdem griff die seltsame Seuche immer weiter um sich und das Gerede von einem Fluch ließ sich selbst im Spital nicht mehr unterbinden.

»Es ist lästerlich zu glauben, dass man diese Besessenheit heilen kann«, hatte sie unlängst eine Hebmagd tuscheln hören. »Nur Gott hat die Macht, die armen Seelen von bösen Geistern zu befreien.«

»Die Kranken zeigen aber Besserung«, hatte eine andere Magd entgegengehalten.

»Das liegt gewiss nur an den Gebeten, die für sie gesprochen werden.«

Gerlin, die oft erlebt hatte, dass böse Mächte für Dinge verantwortlich gemacht worden waren, die ganz und gar menschlich waren, hatte sich ermahnt, den Mund zu halten. Es war nicht klug, die Aufmerksamkeit der anderen Angestellten im Spital auf sich zu ziehen, da sie stets fürchtete, ihre Vergangenheit könnte sie einholen.

*So wie mit Paul,* dachte sie bitter. Sie hoffte inständig, dass es kein Fehler gewesen war, ihm die Wahrheit zu sagen. Denn wie schnell man wieder ins Gerede kommen konnte, wusste sie nur zu gut. Als die Erinnerung an ihre Begegnungen mit Pater Clemens sich in ihren Kopf drängte, schüttelte sie sie hastig ab und verfolgte, wie Olivera und Matthäus sich auf den Weg zum Ausgang machten. Dann wandte sie sich wieder ihrer Arbeit zu und ging zur Badestube der armen Pfründner, um zwei Insassen beim Baden zu helfen.

Eine Stunde später waren die Frauen rot wie Krebse und Gerlin fast genauso nass wie sie. Da die Fülligere der beiden beim Versuch, aus dem Bottich zu klettern, mehrmals zurück ins Wasser gefallen war, hatten sich Gerlins Röcke vollgesogen. Sobald sie die Frauen abgetrocknet hatte, überließ sie die beiden sich selbst und ging in ihre Kammer, um sich trockene Sachen anzuziehen. Auf dem Weg die Treppe hinauf kam ihr Paul entgegen.

Gerlin hielt mitten im Schritt inne. Sie spürte, wie ihr das Blut in die Wangen schoss.

Ohne ein Wort zu sagen, machte er kehrt und floh den überdachten Gang entlang.

Gerlin unterdrückte den Schmerz, der ihr Herz zusammenzog, straffte die Schultern und setzte ihren Weg fort. Ihre Kehle war eng, als sie die Tür ihrer Kammer öffnete und hineinschlüpfte. *Du musst ihn vergessen,* schärfte sie sich ein, aber ihr Herz war stärker als ihr Verstand. Wenn sie ihm doch nur nie begegnet wäre! Mit einem Seufzen ließ sie sich auf ihr Bett fallen und wischte sich die Tränen ab. Es brachte nichts zu heulen. Tränen hatten ihr noch nie geholfen, ihre Probleme zu lösen. Sie durfte sich nicht weiter mit ihren Gefühlen für Paul martern. Irgendwann würde sie vergessen, wie es sich angefühlt hatte, als er seine Lippen auf die ihren gedrückt hatte.

Ein Geräusch ließ sie aufhorchen. Was war das? Sie kam hastig auf die Beine und ging zur Tür, um nachzusehen. Ehe sie den Knauf zu fassen bekam, drehte er sich und Paul erschien auf der Schwelle.

Sie erstarrte.

Nach einem kurzen Blick über die Schulter drückte er die Tür zu und stand einen Moment lang unschlüssig da. Dann fuhr er sich mit der Zunge über die Lippen und machte einen Schritt auf sie zu. »Ich bin ein Feigling«, sagte er so leise, dass sie es kaum hören konnte. »Was du erzählt hast …« Er suchte nach Worten. »Es ist mir gleichgültig. Gott hat dir vergeben. Ich …« Er schluckte mühsam.

Gerlin wagte kaum zu atmen.

»Ich liebe dich immer noch.« Er sah sie halb verzweifelt, halb flehend an, ehe er sich einen Ruck gab und auf sie zutrat. Ohne auf eine Antwort zu warten, zog er sie an sich und vergrub das Gesicht in ihrem Haar.

# *Kapitel 28*

Zwei weitere Tage verstrichen, bis der von vielen sehnlich erwartete Gottesmann aus Bamberg endlich in Nürnberg eintraf. Er hielt mit viel Pomp und einem halben Dutzend Begleitern Einzug in die Stadt, wo er mit Trommeln und Fanfaren empfangen wurde. Olivera, die gerade mit Matthäus das Haus eines Böttchers verlassen hatte, verfolgte die Gruppe mit einem Gefühl der Ohnmacht. Ihre Arznei linderte die Qualen der meisten Kranken, bei einigen war die Seuche jedoch schon zu weit fortgeschritten. Diejenigen, die sprechen konnten, bestätigten, süßes Gebäck gekauft zu haben, was Oliveras Verdacht untermauerte. Inzwischen hatte sie keinen Zweifel daran, dass der Zuckerbäcker für die Krankheit verantwortlich war, da er schlechtes Mehl in seinen Backwaren verarbeitet haben musste.

»Ich bin gespannt, was der Kerl vorhat«, sagte Matthäus.

»Ich auch«, gestand Olivera, auch wenn es nicht viele Möglichkeiten gab. Entweder heftete der Teufelsaustreiber sich ihren Erfolg an und behauptete, Gott hätte die Kranken geheilt. Oder, was die schlimmere Vorstellung war, er sorgte dafür, dass Olivera und Matthäus ihre Arbeit nicht mehr tun konnten. Sie war immer noch der Meinung, dass man die Nürnberger warnen sollte, das verdorbene

Naschwerk nicht zu essen. Aber gemeinsam mit Matthäus vertrat auch Götz die Ansicht, dass sie sich damit noch mehr Feinde im Rat machen würde.

»Wie lange hebt man solche Süßigkeiten auf?«, hatte Götz zu bedenken gegeben. »Die meisten werden ihre Einkäufe längst gegessen haben.«

Olivera war sich nicht so sicher, da der Zuckerbäcker dem Vernehmen nach auch Hartgebäck verkauft hatte, das monatelang frisch blieb. Es stand zu befürchten, dass immer mehr Menschen erkrankten, weil niemand ihnen vom Verzehr abriet.

Sie wartete, bis der Zug der Neuankömmlinge beim Rathaus von seinen Pferden absaß und im Gebäude verschwand. Dass der Rat auch in geistlichen Fragen auf Eigenständigkeit pochte, hatte ihn dieses Mal nicht davon abgehalten, sich an den Bamberger Bischof zu wenden. Allerdings nahm Olivera an, dass der eigens angereiste Geistliche fürstlich für seine Dienste entlohnt wurde – Geld, von dem gewiss ein Teil in die Kassen des Bischofs floss.

Da sie ihren ganzen Vorrat der Arznei gegen die Brotseuche aufgebraucht hatte, trennte sie sich von Matthäus, um in der Salbenküche weitere Flaschen damit zu füllen. Je mehr Kranke geheilt wurden, desto schneller hörte das Gerede von einem Fluch auf, der inzwischen selbst für Fehlgeburten verantwortlich sein sollte. Immer mehr Insassen entzündeten Kerzen in der Spitalkirche und behängten sich mit Kreuzen, um sich vor den bösen Geistern zu schützen. Einige der reichen Pfründner hatten ihre Türschwellen mit Weihwasser segnen lassen und verließen kaum mehr ihre Wohnungen.

Als sie am Rathaus vorbeikam, wieherten die Pferde unruhig und warfen den Kopf, da in diesem Moment die Tür der Wachstube aufgestoßen wurde. Ein Wachsoldat und der Hauptmann traten ins Freie, eine junge Frau folgte.

»Bist du sicher?«, hörte Olivera den Hauptmann fragen.

Die junge Frau nickte. Gleichzeitig färbte sich ihr Gesicht bis zum Haaransatz rot. »Ich …« Sie biss sich auf die Lippe.

»Schon gut. Niemand interessiert sich dafür, was ihr hinter verschlossenen Türen getrieben habt«, winkte der Hauptmann ab.

Olivera beeilte sich weiterzukommen. Was immer die junge Frau den Stadtwächtern gesagt hatte, ging sie nichts an. Es schien etwas Anrüchiges zu sein und für Gerede interessierte sie sich zurzeit nicht. Da der Wind, der seit dem Morgen durch die Stadt blies, immer weiter auffrischte, zog sie ihre Kapuze über den Kopf und eilte die Burgstraße hinauf.

Götz stand im Verkaufsraum, als sie das Haus betrat.

Jona und Cristin waren in der Offizin beschäftigt. Auf ihre Bitte hin, halfen sie Olivera, die Arznei abzufüllen, bis keine Flaschen mehr übrig waren.

»Geh und kauf neue«, trug sie Jona auf.

»Kann ich mitkommen?«, fragte Cristin.

Olivera schüttelte den Kopf. »Du bleibst hier und hilfst deinem Vater.«

Cristin wirkte wenig begeistert, wagte jedoch nicht zu widersprechen. Der Schreck, den Olivera ihr mit dem Zuckerbäcker eingejagt hatte, saß noch tief und machte sie zurückhaltender als gewöhnlich.

»Wie geht es den Kranken?«, erkundigte sich Götz.

»Den meisten besser, bei einigen schlägt die Kur allerdings nicht an.«

»Könnte es sein, dass …?«, hob er an, wurde jedoch vom Klingeln des Glockenspiels im Verkaufsraum unterbrochen. Mit einem Stirnrunzeln kehrte er ihr den Rücken, um nachzusehen, wer gekommen war.

»Was gibt es?«, hörte Olivera ihn fragen.

»Eine Ratssitzung«, war die Antwort.

»Schon wieder?«

»Es gibt Neuigkeiten zu den Toten.«

Oliveras Herz setzte einen Schlag aus. Um ein Haar hätte sie eine der Arzneiflaschen fallen gelassen, so stark fing ihre Hand an zu zittern.

Das Glockenspiel ertönte erneut, dann herrschte gespenstische Ruhe. Nach einem Blick auf Jona und Cristin ging Olivera nach nebenan, schloss die Tür und sah fragend zu Götz auf.

Er starrte auf die Tür und fuhr sich mit den Fingern durchs Haar. »Das muss nichts zu bedeuten haben«, sagte er schließlich. »Wenn sie einen Verdacht hätten, wäre die Wache gekommen.«

»Glaubst du das wirklich?«

»Was bleibt mir sonst übrig? Wenn ich der Sitzung fernbleibe, mache ich mich verdächtig.«

Olivera senkte die Stimme zu einem Flüstern. »Und wenn man herausgefunden hat, wer die Toten sind?«

»Wie denn?«

»Vielleicht haben sie das Grab gefunden.«

»Das kann unmöglich mit Paumgartner oder uns in Verbindung gebracht werden«, entgegnete Götz.

»Was ist mit dem Vogel?«

Götz schwieg.

Die Tür der Offizin öffnete sich und Cristin steckte ihren Kopf durch den Spalt. Als Götz sich seinen Mantel anzog, fragte sie: »Wohin gehst du? Ich dachte, ich soll dir helfen.«

»Ich komme bald wieder«, sagte Götz. »Olivera bleibt so lange hier.« Mit diesen Worten drückte er Oliveras Hand, ging zur Tür und verließ nach kurzem Zögern das Haus.

Olivera widerstand mit Mühe dem Drang, ihm hinterherzulaufen. Es hatte keinen Sinn, sie konnte nicht einfach in eine Ratssitzung hineinplatzen. Wenn man sie und Götz verdächtigte, würde über kurz oder lang ein Stadtknecht kommen, um auch sie ins Rathaus zu bringen. Bis dahin blieb ihr nichts anderes übrig, als vorzugeben, alles sei in Ordnung.

»Kann ich dann doch mit Jona in die Stadt gehen?«, fragte Cristin.

Olivera überlegte einen Augenblick, dann nickte sie. Vielleicht war es besser, wenn die beiden nicht im Haus waren. Falls man sie verhaftete, musste Cristin es wenigstens nicht mit ansehen. Die Vorstellung, wegen des Mordes an Paumgartner angeklagt und ins Loch geworfen zu werden, machte ihr Angst. Sie wusste, was Gefangene in der Fragstatt erwartete. Auch wenn der Henker Jacob ihr schon einmal das Leben gerettet hatte, konnte sie sich nicht darauf verlassen, dass er bei der peinlichen Befragung gnädig sein würde. Ihr zur Flucht zu verhelfen, war eine Sache gewesen, sich dem Rat zu widersetzen, würde er nicht wagen.

# Kapitel 29

Obwohl Götz in Oliveras Gegenwart vorgegeben hatte, zuversichtlich zu sein, lastete ein Zentnergewicht auf seinem Herzen. Die Neuigkeiten, deretwegen er zum Rat bestellt worden war, konnten nicht gut sein. Er warf einen Blick an den Himmel, als erhoffe er sich von dort Hilfe. Die Sonne strahlte teilnahmslos aus einem blassen Blau. Blätter raschelten unter seinen Stiefeln, als er die Burgstraße hinabging, an deren Ende sich ein halbes Dutzend Fuhrwerke drängte. Einer der Fuhrknechte schien die Kontrolle über seine Ladung verloren zu haben, mehrere Strohballen waren von der Pritsche gerutscht. Die anderen Wagenlenker fluchten und schimpften lautstark durcheinander, aber Götz hörte sie kaum.

Vor dem Rathaus fielen ihm mehrere prächtige Pferde auf, die von einem Burschen bewacht wurden. Auf Zaumzeug und Decken prangte das Wappen des Bischofs von Bamberg.

»Sind wir deshalb schon wieder in die Stube gerufen worden?«, ertönte eine tiefe Stimme hinter ihm.

Götz wandte sich um und erblickte Conz Vorchtel. »Mir hat man gesagt, es ginge um die Toten«, antwortete er.

»Mir hat man gar nichts gesagt«, brummte Vorchtel. Sein Blick wanderte zu den Pferden. »Die müssen diesem Teufelsaustreiber gehören. Ich hoffe, der verschwindet bald wieder. Die Leute werden immer verrückter.«

Götz verzog das Gesicht.

»Ich habe gehört, dass deine Gemahlin und der Medicus die Kranken trotzdem behandeln«, fuhr Vorchtel fort.

»Wenn die Familien es wünschen, kann es ihnen niemand verbieten.«

Vorchtel hob die Hände. »Mich brauchst du nicht zu überzeugen.«

»Hat sich jemand darüber beschwert?«, wollte Götz wissen.

Vorchtel schüttelte den Kopf. »Nicht, dass ich wüsste. Aber jetzt, wo dieser Kerl in der Stadt ist …«

»Olivera stellt nur die Arzneien her«, sagte Götz. »Der Medicus behandelt die Kranken.«

»Der Medicus, den Martin Groß der Unfähigkeit bezichtigt hat«, gab Vorchtel zu bedenken.

»Die Arznei hilft!«

»Das stelle ich gar nicht in Abrede.« Vorchtel schüttelte den Kopf. »Ich will mich nicht mit dir streiten. Du verstehst mich falsch. Ich bin der Meinung, dass deine Gemahlin und der Medicus die Einzigen sind, die etwas gegen diese Seuche ausrichten können. Was soll ein Teufelsaustreiber schon tun? Ein paar Gebete sprechen, frömmelnd durch die Gegend laufen …« Er zuckte mit den Schultern. »Ich bin kein Heide, aber an solch einen Unsinn habe ich noch nie geglaubt.«

»Das solltest du die anderen besser nicht hören lassen«, warnte Götz.

»Und wenn schon? Die können ruhig hören, was ich von ihnen denke«, brummte Vorchtel. Er warf den Pferden einen missfälligen Blick zu, dann machte er sich auf den Weg in die Eingangshalle.

Götz folgte ihm.

Auf der Treppe kam ihnen der Geistliche mit seinen Begleitern entgegen. Er war hager, hochgewachsen und hatte ein hartes Gesicht. Ein kleiner Bart machte sein Kinn noch spitzer. Sein Blick streifte Götz und Vorchtel mit wenig Interesse, ehe er an ihnen vorbeirauschte.

»Eingebildeter Affe«, murmelte Vorchtel.

Wenig später betraten sie die Ratsstube. Am Kopfende saßen die Sieben Älteren Herren, die den Teufelsaustreiber empfangen hatten. Sie steckten die Köpfe zusammen und redeten aufeinander ein. Erst als sie bemerkten, dass die Stube sich füllte, beendeten sie das hitzige Gespräch.

Götz, dessen Herz inzwischen in der Kehle schlug, rutschte unruhig auf seinem Sitz hin und her, während der Hauptmann der Wache und eine junge Frau den Saal betraten und in der vordersten Reihe Platz nahmen. Die Frau hatte er noch nie gesehen, dennoch beruhigte sich sein Herzschlag nicht, als der Frager um Ruhe bat.

»Es gibt Neuigkeiten zu den Toten, die vom Fluss angeschwemmt worden sind«, verkündete er und gab dem Hauptmann ein Zeichen, woraufhin dieser aufstand.

»Was habt Ihr für uns?«, erkundigte sich der Frager.

»Diese Magd«, der Hauptmann zeigte auf die junge Frau, »hat den Schmuck erkannt, der bei einem der Toten gefunden worden ist.«

Ein Raunen ging durch die Reihen.

»Ruhe!«

»Sie behauptet, der Anhänger hätte Lutz Paumgartner gehört.«

Götz wagte kaum zu atmen. Seine schlimmsten Befürchtungen drohten, wahr zu werden.

»Paumgartner?« Der Frager runzelte die Stirn.

»Dieser Mistkerl!«, schimpfte ein Mitglied des Größeren Rates. »Er hat also seine gerechte Strafe erhalten.«

»Das geschieht diesem Betrüger recht!«

»Unrecht Gut gedeiht nicht.«

»Woher will die Kleine das wissen?«, warf einer der reichen Fernhändler ein.

»Das soll sie Euch selbst beantworten.« Der Hauptmann fasste die Magd beim Arm und zog sie auf die Beine. »Wiederhole, was du mir erzählt hast!«

Die junge Frau errötete. »Vor allen Leuten?«

»Die Schamhaftigkeit kannst du dir sparen.« Der Hauptmann schob sie nach vorn vor den Tisch der Sieben Älteren Herren.

Sie senkte den Blick zu Boden und knetete den Stoff ihres Rockes zwischen den Fingern.

»Sag uns, was du weißt!«, befahl der Frager.

»Ich kenne den Anhänger«, sagte die Magd so leise, dass Götz Mühe hatte, sie zu verstehen.

»Sprich lauter!«

»Er gehörte meinem Herrn.«

»Wer war dein Herr?«

»Lutz Paumgartner.«

»Warum hat keiner der Ratsherren die Kette erkannt, wenn sie Paumgartner gehört hat?«, wandte Hans Tucher ein. »Ich selbst habe sie nie an ihm gesehen.«

»Weil ... Er hat ...«, stammelte die Magd.

»Sie hat sie gesehen, als er nicht so viel Kleidung anhatte wie in einer Ratssitzung«, kam ihr der Hauptmann zur Hilfe.

Die Magd errötete noch heftiger.

»Ihr glaubt dem Wort eines losen Weibes?«, schnaubte Markus Holzschuher.

»Ich bin kein loses Weib!«, protestierte die junge Frau schwach.

»Ach?«

Einige der Männer im Saal lachten.

»Er wollte mich heiraten.«

Das Lachen wurde lauter.

Obwohl ihre Aussage ihn womöglich in Teufels Küche brachte, tat sie Götz leid.

»Ich bin geneigt, dir zu glauben«, sagte der Frager, nachdem er sich von einem Ratsknecht die Kette hatte bringen lassen. »Dieser Vogel taucht auch in Paumgartners Wappen auf.«

»Ich sage die Wahrheit!« Die Magd blickte auf. »Es ist der Anhänger meines …«

»Deines Herrn?«

Sie nickte. »Das schwöre ich, so wahr mir Gott helfe!«

»Wenn das wahr ist, woher kommen dann plötzlich die Leichen?«, meldete sich Hannes Behaim zu Wort, ein Mann mit einem riesigen Kontor in der Stadt.

»Das wissen wir noch nicht«, entgegnete der Hauptmann. »Meine Männer sind auf der Suche nach dem Grab, aus dem sie gespült worden sind.«

»Und wenn es gar kein Grab gibt? Wo suchen sie denn? Auf den Friedhöfen? Vielleicht haben sich die vier Kerle gegenseitig die Schädel eingeschlagen und lagen in einem Graben?«

»Unwahrscheinlich«, ließ sich einer der Schöffen vernehmen, die bei der Leichenschau zugegen gewesen waren.

»Dann wären sie unmöglich in dem Zustand, in dem man sie gefunden hat.«

»Es ist mehr als zwei Jahre her!«, rief ein Hinterbänkler. »Wieso tauchen sie ausgerechnet jetzt auf?«

»Das ist der Fluch!«

»Hört doch auf mit diesem Gerede!«, zischte Vorchtel.

»Wer sind die anderen drei?«, wollte Behaim wissen.

»Vermutlich Paumgartners Helfer«, erwiderte der Hauptmann.

»Und wenn der Tote nur Paumgartners Kette gestohlen hat?«, gab Hans Tucher zu Bedenken.

»Wir müssen in Erfahrung bringen, wo und wann die Männer getötet worden sind«, stellte der Frager fest. An zwei Ratsknechte gewandt sagte er: »Zeigt die Zeichnung des Anhängers bei den Leuten herum, die für Paumgartner gearbeitet haben. Es wäre möglich, dass ihn noch jemand erkennt. Vielleicht erfahrt ihr sogar die Namen seiner Begleiter.« Er schien Hans Tuchers Einwand nicht ernst zu nehmen. Mit dem kleinen Holzhammer schlug er auf den Tisch. »Die Sitzung ist beendet.«

Während sich die Ratsmitglieder um ihn herum erhoben, sah Götz, dass der Hauptmann an den Tisch trat und auf die Sieben Älteren Herren einredete. Dabei drehte er sich immer wieder zu ihm um, bis der Frager Götz schließlich mit einem Wink zu verstehen gab, nach vorn zu kommen.

Er erhob sich mit weichen Knien. *Gütiger Jesus, steh mir bei!*, flehte er in Gedanken. Was hatte der Hauptmann den Älteren erzählt?

# *Kapitel 30*

»Es gibt offenbar jemanden, der etwas Licht ins Dunkel bringen kann«, sagte der Frager, sobald nur noch die Sieben Älteren Herren, der Hauptmann und Götz in der Stube anwesend waren. »Herr Apothecarius?«

Götz wünschte, der Boden würde sich unter ihm auftun. Was sollte er sagen? Das Netz der Lügen, in das Olivera und er sich nach der Entführung ihres Sohnes verstrickt hatten, war gefährlich lose.

»Ihr wart der Letzte, der Paumgartner lebend gesehen hat«, stellte der Hauptmann fest. Er musste den Älteren von der Nacht berichtet haben, in der Götz' Sohn befreit worden war.

Götz blieb nichts anderes übrig, als zu nicken.

»Wiederholt, was damals geschehen ist«, forderte der Frager ihn auf.

Götz dachte fieberhaft nach. Zuerst, beim Betreten der Stadt, hatten Olivera und er den Wachsoldaten die Lüge aufgetischt, dass sie auf dem Rückweg von einer Kranken überfallen worden waren. Mathes war schwer verwundet gewesen und sie hatten dringend Hilfe gebraucht. In ihrer Not hatten sie behauptet, dieselben Männer, die sie überfallen hatten, wären auf dem Weg, um Paumgartner auszurauben. Schließlich war es vor Paumgartners Haus zu einem Handgemenge gekommen, da Olivera und er dort hatten eindringen wollen. Im Anschluss an ihre Festnahme waren sie zum Hauptmann gebracht worden, dem sie eine andere Unwahrheit erzählt hatten. Götz' einziger Ausweg war, sie zu wiederholen.

»Paumgartner hat unseren Sohn entführt«, erklärte er. Das wussten die meisten ohnehin. »Er dachte, meine Gemahlin und ich wären im Besitz des Steins der Weisen und hat Lösegeld von uns erpresst.«

»Mir war schon damals nicht ganz klar, was Paumgartner zu dieser Annahme verleitet hat«, sagte der Hauptmann. »Wie kam er darauf, dass ausgerechnet *Ihr* diesen Stein haben könntet?«

Götz zuckte mit den Schultern. »Meine Frau und mein Gehilfe waren Zeugen des Raubes. Vermutlich hat er deswegen angenommen, sie wüssten, wo der Stein ist. Woher soll ich wissen, was im Kopf eines Verbrechers vorgeht?« Er spürte, wie ihm der Schweiß aus den Poren trat.

Die Sieben Älteren Herren musterten ihn mit skeptischen Mienen.

»Und dann?«, wollte der Hauptmann wissen.

»Paumgartner hat uns gesagt, wir sollten ihn außerhalb der Stadt treffen.«

»Wo war das?«

Götz überlegte fieberhaft. Wenn er die Wache zum Hof des Alten Endris schickte, würde man das Grab finden. Er beschloss, einen Ablenkungsversuch zu wagen. »Wenn es wirklich Paumgartners Leichnam ist, warum ist er dann noch so gut erhalten?«

Die Älteren sahen ihn fragend an.

»Meine Gemahlin hat mir von der Leichenschau berichtet. Ihrer Auskunft zufolge sind die Toten noch nicht einmal skelettiert. Müsste das nach so langer Zeit nicht der Fall sein?«

Der Frager runzelte die Stirn.

»Das ist ein guter Einwand«, sagte Hans Tucher. »Womöglich handelt es sich doch nicht um Paumgartner.«

»Das war nicht meine Frage«, brummte der Hauptmann. »Wo solltet Ihr Paumgartner treffen? Vielleicht waren die Männer dort begraben.«

Götz entschied, dass ihm nur die Flucht nach vorn helfen konnte. »Wollt Ihr mir unterstellen, ich hätte etwas mit ihrem Tod zu tun?«

»Das hat niemand behauptet«, beschwichtigte Hans Tucher.

Die anderen pflichteten ihm bei.

»Er hat uns zum Westtorgraben bestellt«, log Götz nach kurzem Zögern. Das war nah genug am Fundort der Leichen und weit genug vom Hof des Alten Endris entfernt. Wenn Jona Spuren entdeckt hatte, die darauf hindeuteten, dass sie dort gewesen waren, gab es vielleicht noch andere Hinweise. Er verwünschte sich dafür, nicht zu dem Gehöft zurückgekehrt zu sein.

»Der Graben ist in der Nähe der Hallerwiese«, stellte der Hauptmann fest. »Dort sind die Leichen an Land gespült worden.«

»Dann sollten Eure Leute nachsehen«, schlug einer der Bürgermeister vor. »Habt Ihr Paumgartner das geforderte Lösegeld übergeben?«, wandte er sich an Götz.

Götz nickte.

»Und dann?«

»Dann sind ein paar Männer über uns hergefallen und haben uns angegriffen«, wiederholte Götz, was er damals dem Hauptmann erzählt hatte. »Unser Knecht ist schwer verletzt worden.«

»Habt Ihr Euch gegen die Angreifer zur Wehr gesetzt?«

»Natürlich. Aber sie waren in der Überzahl.«

»Ihr habt also keinen von ihnen getötet?«

Götz verneinte.

»Wo war Paumgartner zu dieser Zeit?«

»Das weiß ich nicht. Wir konnten uns kaum der Kerle erwehren.«

»Bedeutet das, er ist mit dem Lösegeld verschwunden, während Ihr mit seinen Helfern gerungen habt?«

Götz nickte erneut.

Der Bürgermeister runzelte die Stirn. »Dann ist die Sache klar für mich«, sagte er. »Paumgartner hat seine Helfer hintergangen und wollte sie um ihren Anteil prellen. Während Ihr in das Handgemenge verwickelt wart, ist er auf und davon.«

»Warum haben wir dann vier Leichen?«, wollte der Hauptmann wissen.

»Weil die Männer ihn eingeholt und zur Rede gestellt haben müssen. Dabei ist es vermutlich zum Kampf gekommen. Ich schlage vor, Eure Soldaten suchen im weiteren Umkreis des Grabens. Irgendwo in der Nähe des Flusses.«

»Und wer hat sie begraben?«, fragte der Hauptmann.

Der Bürgermeister wandte sich erneut an Götz. »Wie viele Männer waren es?«

Götz packte die Gelegenheit, die sich ihm so unvermittelt bot, beim Schopf. »Ein halbes Dutzend.«

Der Bürgermeister schürzte zufrieden die Lippen. »Dann werden die Überlebenden die Toten begraben und sich mit dem Lösegeld aus dem Staub gemacht haben.«

»Das klingt einleuchtend«, stimmten die anderen ihm zu.

Hans Tucher schenkte Götz ein aufmunterndes Lächeln. »Es muss schlimm sein für Euch, dass dieser Spuk plötzlich wieder auftaucht«, sagte er.

»Ihr könnt Euch nicht vorstellen, wie schlimm«, murmelte Götz.

»Sind die Toten begraben?«, wandte sich der Frager an den Hauptmann.

Der schüttelte den Kopf.

»Dann soll sich die Magd die Leichen ansehen. Wenn sie wirklich so gut erhalten sind, wie die Schöffen behauptet haben, erkennt sie ihren Herrn vielleicht.«

»Ihren *Herrn*«, brummte der Hauptmann.

»Wir sind nicht hier, um über die Moral der Frau zu richten«, sagte der Frager. »Es gibt dringlichere Probleme.« Er tauschte einen Blick mit dem zweiten Bürgermeister. »Und denen sollten wir uns jetzt wieder zuwenden.« Er gab Götz zu verstehen, dass die Befragung beendet war.

»Es kann sein, dass ich Euren Knecht und Eure Gemahlin befragen muss«, sagte der Hauptmann auf dem Weg aus der Ratsstube. Er wirkte nicht so überzeugt wie die Sieben Älteren Herren. »Es wäre doch möglich, dass ihnen noch etwas einfällt, was Ihr übersehen habt.« Obwohl er sich bemühte, es sich nicht anmerken zu lassen, schwang Misstrauen in seiner Stimme mit.

Götz schluckte die Antwort, die ihm auf der Zunge lag. Stattdessen sagte er: »Jederzeit.« Obschon er nicht den Eindruck erwecken wollte, vor etwas davonzulaufen, beschleunigte er im Korridor die Schritte und eilte die Treppe hinab. Olivera musste umgehend erfahren, was vorgefallen war. *Und Mathes.* Wenn die Stadtsoldaten kamen, um ihnen Fragen zu dieser verfluchten Nacht zu stellen, mussten sich ihre Geschichten decken. Ein falsches Wort konnte sie alle ins Gefängnis, vielleicht sogar aufs Schafott bringen.

# Kapitel 31

DER KLANG DES GLOCKENSPIELS ließ Olivera zusammenzucken. Hastig stellte sie den Mörser ab, in dem sie einen Teil der getrockneten Schafgarbe zerstoßen hatte, und eilte aus der Salbenküche in den Verkaufsraum. Als sie Götz sah, atmete sie erleichtert auf. »Dem Himmel sei Dank! Ich hatte schon das Schlimmste befürchtet.« Ihre Hände zitterten, als sie sie um seinen Hals legte und ihn an sich zog. Die Furcht hatte sie fast verrückt gemacht.

»Sie wissen, dass es sich bei einem der Toten um Paumgartner handelt«, sagte Götz ohne Umschweife.

Olivera ließ ihn los und wich einen Schritt zurück.

»Wo ist Mathes?«, erkundigte er sich.

»Wieso?« Ihr wurde kalt.

Götz erzählte ihr, was vorgefallen war.

»Aber das sind doch gute Neuigkeiten«, sagte sie erleichtert.

»Da bin ich mir nicht so sicher«, widersprach Götz. »Die Älteren scheinen mir geglaubt zu haben, aber der Hauptmann …«

Olivera schlang die Arme um sich. Das Gefühl der Kälte wurde wieder stärker. »Mathes ist im Stall«, sagte sie.

»Und Jona?«

»Noch nicht zurück aus der Stadt.«

»Er darf auf keinen Fall verraten, was er weiß!«

»Glaubst du, der Hauptmann will ihn auch befragen? Er war doch in der Stadt und hat Lukas befreit.«

»Trotzdem müssen wir ihm einschärfen, den Mund zu halten.« Götz kehrte ihr den Rücken, öffnete die Tür und stieß einen Pfiff aus. »Mathes!«, brüllte er. Als der Knecht aus einem der Ställe lief, winkte er ihn zu sich.

»Was ist?«, fragte Mathes mürrisch und betrat den Verkaufsraum. Er schien noch immer wütend darüber zu sein, dass Götz Jona eine Kammer im Haus gegeben hatte. Die Spannungen zwischen den beiden bereiteten Olivera Sorgen, doch im Augenblick gab es Wichtigeres.

Götz berichtete ihm, was er im Rathaus erfahren hatte.

»Der Hauptmann will mich befragen?« Mathes wirkte beunruhigt. Damals war er nicht in der Lage gewesen, etwas zu den Vorgängen zu sagen, da er um sein Leben gekämpft hatte.

»Du musst lediglich unsere Geschichte bestätigen«, beruhigte ihn Götz.

»Aber was ist, wenn man mich verdächtigt?« Mathes Beunruhigung nahm sichtlich zu. »*Ich* habe keinen der Kerle umgebracht. Das war dein Bruder!« Er sah Olivera an.

»Du darfst kein Wort über Markos verlieren«, schärfte sie ihm ein.

»Wie soll ich dann erklären, was passiert ist?«

»So, wie wir es auch erklärt haben. Man hat uns überfallen und Paumgartner hat sich mit dem Lösegeld aus dem Staub gemacht.«

»Das gefällt mir nicht«, brummte Mathes. Er verzog das Gesicht. »Wenn dieser kleine Mistkerl die Leichen nicht gefunden hätte …«

»Jona trägt keine Verantwortung für das, was passiert ist!«, fiel Götz ihm scharf ins Wort. »Der Regen hat die Toten aus ihrem Grab gespült. Hätten wir sie fortgeschafft …«

»Dann hätte man uns vielleicht erwischt«, unterbrach ihn Mathes. »Wie hättest du das erklären wollen?«

»Gar nicht«, seufzte Götz.

»Wir sollten kühlen Kopf bewahren«, schlug Olivera vor, auch wenn das leichter gesagt war als getan. Sie fragte sich, ob die Ankunft des Teufelsaustreibers eine Warnung war. Als hätten sie nicht ohnehin genug Probleme.

»Wir können nur hoffen, dass die Magd Paumgartner nicht erkennt«, sagte Götz.

»Wenn sie wirklich seine Gespielin war, wird sie wissen, dass er es ist.« Olivera ließ sich auf einen Schemel sinken. »Sein Gesicht …« Sie machte eine vage Handbewegung.

»Warum haben ihn dann die Schöffen nicht erkannt?«, wandte Götz ein.

»Weil sie nicht erwartet haben, ihn zu sehen«, erwiderte Olivera. Wie sehr die Dinge von dem abhingen, was man erwartete, wusste sie allzu gut. Schließlich hatte auch sie nicht vermutet, dass Markos kaltblütig das Leben ihres Sohnes aufs Spiel setzen würde, um sich zu bereichern. Bitterkeit stieg in ihr auf. Wäre sie ein abergläubischer Mensch gewesen, hätte sie angenommen, Gott wolle sie für die Verbrechen ihrer Familie bestrafen.

»Alles wird gut«, versuchte Götz, sie und Mathes zu beruhigen. »Hans Tucher ist auf unserer Seite.«

»Das wird uns nichts nützen, wenn unsere Feinde herausfinden, was wirklich passiert ist«, erwiderte Olivera. »Wenn jemand von Markos erfährt …«

»Niemand wird von ihm erfahren!«, versprach Götz. »Außer uns weiß keiner von ihm.«

»Da kommt die Wache«, sagte Mathes und zeigte aus dem Fenster des kleinen Verkaufsraums.

Oliveras Atem stockte.

»Keine Angst.« Götz drückte ihre Hand. Dann ging er zur Tür, um den Hauptmann und seine Begleiter zu empfangen.

»Geh in den Keller!«, trug sie Mathes auf. »Es soll nicht so aussehen, als ob wir uns abgesprochen hätten.« Sie selbst beeilte sich, zurück in die Offizin zu kommen, wo sie den Stößel fahrig zur Hand nahm. Während sie mit einem Ohr auf die gedämpften Stimmen der Männer lauschte, sandte sie ein Stoßgebet zum Himmel.

Wenig später tauchte Götz mit den Wachen auf. Sie machte eine freundliche Miene und begrüßte die Männer.

»Ich nehme an, Euer Gemahl hat Euch darüber informiert, was vorgefallen ist?«, erkundigte sich der Hauptmann.

Olivera nickte.

»Dann wüsste ich gern, warum Ihr Paumgartner bei der Leichenschau nicht erkannt habt.«

Mit dieser Frage hatte Olivera nicht gerechnet. Sie warf Götz einen Blick zu, doch einer der Soldaten trat zwischen sie und ihn.

»Die Leichen sind gut erhalten«, fuhr der Hauptmann fort. »Wäre mein Sohn entführt worden, hätte sich das Gesicht des Entführers für immer in meine Erinnerung eingebrannt.«

Olivera legte den Stößel beiseite und griff nach einem Tuch, um Zeit zu gewinnen. »Darauf habe ich nicht geachtet«, sagte sie schließlich lahm.

»Ihr habt bei der Leichenschau nicht auf das Gesicht des Toten geachtet?« Der Hauptmann zog ungläubig die Brauen hoch.

»Jacob und ich waren damit beschäftigt, die Wunden zu begutachten«, erklärte sie. »Außerdem hätte ich nie gedacht, dass die Männer schon so lange tot sind.«

»Woher wollt Ihr wissen, wie lange sie tot sind?«

»Wenn es Paumgartner und seine Männer sind, müssen sie vor über zwei Jahren gestorben sein.«

»Könnte es nicht sein, dass sie erst viel später umgebracht worden sind?«, hakte der Hauptmann nach.

Olivera schüttelte den Kopf. »Das weiß ich nicht. Ich kann Euch nur sagen, was sich in der Nacht zugetragen hat, als wir überfallen worden sind.«

Der Hauptmann bedeutete ihr weiterzusprechen.

Zu ihrem Verdruss bebte ihre Stimme, während sie wiederholte, was sie den Wachen damals erzählt hatten.

»Ist das alles? Ihr habt keine Ahnung, wohin Paumgartner geflohen ist?«

»Das ist alles. Mehr weiß ich nicht.«

Der Hauptmann musterte sie einige Augenblicke nachdenklich, dann nickte er. »Wo ist Euer Knecht?«, wandte er sich an Götz.

Mit schwachen Knien verfolgte Olivera, wie die Wachen die Offizin verließen, um sich mit Götz auf die Suche nach Mathes zu machen. Sie betete, dass er keinen Fehler beging. Seine Wut auf Markos übertraf die ihre, doch war er hoffentlich klug genug, sich nicht von seinen Gefühlen leiten zu lassen.

# Kapitel 32

Immer wieder ertappte Gerlin sich dabei, wie sie von ihrer Arbeit aufsah, um einen Blick auf Paul zu erhaschen, der mit dem Medicus von einem Bett zum anderen ging, um die Insassen zu mustern. Wer gesund genug war, musste am nächsten Morgen das Spital verlassen, um Platz zu machen für die vielen neuen Fiebernden und Kranken, die seit Tagen ins Spital strömten. Seit der Begegnung in ihrer Kammer hatten sie sich nur wenige flüchtige Momente stehlen können und sie verzehrte sich täglich mehr nach seiner Nähe. Noch vor wenigen Monaten hätte sie sich niemals vorstellen können, solche Gefühle für einen Mann zu empfinden. Sie wusste nicht, ob er es wirklich ernst meinte damit, sie zur Frau nehmen zu wollen. Doch sie erlaubte sich zu hoffen. Warum sollte ihr nicht auch einmal ein Wunder widerfahren?

Sie wurde aus ihren Gedanken gerissen, als die Tür der Siechenstube aufging und die Spitalmeisterin mit einer Gruppe von Geistlichen die große Halle betrat. Die Gottesmänner trugen eine Tracht, die deutlich machte, dass sie nicht dem Heilig-Geist-Orden angehörten. Zwei der Mönche schwenkten Behälter mit Weihrauch, einer von ihnen sprach lateinische Gebete. Über seinem Gewand trug er eine farbige Stola, die ihm fast bis zu den Knöcheln reichte. Er war hager, hochgewachsen und hatte Augen, die durch alles und jeden hindurchzublicken schienen. Gerlin erhob sich hastig von dem Lager, an dem sie gesessen hatte, bekreuzigte sich und verfolgte, wie der kleine Zug den Mittelgang entlangging.

Als die Geistlichen Matthäus erreichten, machten sie halt.

Gerlin konnte nicht verstehen, was gesprochen wurde, allerdings sah sie, dass sich das Gesicht des Medicus verdunkelte.

Da niemand auf sie achtete, wagte sie, sich der Gruppe zu nähern. Hinter einer Säule verborgen, spitzte sie die Ohren, um zu lauschen.

»Wollt Ihr Euch einem Werkzeug des Herrn in den Weg stellen?«, hörte sie den Hageren fragen.

»Ich stelle mich niemandem in den Weg«, entgegnete der Medicus. »Aber Eure Hilfe wird hier nicht gebraucht.«

»Wer sagt das?«

»Ich.« Der Medicus baute sich vor dem Geistlichen auf, als dieser weiter in die Siechenstube vordringen wollte. »Die Kranken sind in guten Händen.«

»Der Rat hat mich beauftragt, die Seelen der Besessenen …«

»Hier gibt es keine Besessenen. Nur Kranke.«

Einen Moment sah es so aus, als ob der Gottesmann den Medicus beiseiteschieben wollte, dann schien er es sich anders zu überlegen. »Wer das Werk des Herrn behindert, öffnet dem Bösen Tür und Tor.«

»Dies ist nicht der richtige Ort, um davon zu sprechen, dass das Werk des Herrn behindert wird!«, mischte sich die Spitalmeisterin ein.

Der Geistliche bedachte sie mit einem Blick, der Gerlin

einen Schauer über den Rücken jagte. So viel Verachtung lag darin, dass es selbst aus der Entfernung zu erkennen war. »Mulieres in ecclesiis taceant non, enim permittitur eis loqui, sed subditas esse, sicut et lex dicit«, tönte er salbungsvoll. »Frauen haben zu schweigen, denn es soll ihnen nicht zugelassen werden, dass sie reden, sondern sie sollen untertan sein, wie das Gesetz sagt«, setzte er überheblich hinzu.

Die Spitalmeisterin öffnete den Mund, um etwas zu erwidern, schloss ihn jedoch wieder und senkte den Blick.

»Seid Ihr ein studierter Arzt?«, wandte sich Matthäus an den Geistlichen.

»Ich bin ein Mann Gottes.«

»Dann solltet Ihr Euer Werk besser in der Kirche tun.«

»Der Rat hat mich eigens aus Bamberg holen lassen, weil in dieser Stadt ein Dämon sein Unwesen treibt!«, empörte sich der Priester.

»In diesem Spital, unter diesem Dach, treibt weder ein Dämon noch sonst ein böser Geist sein Unwesen.« Matthäus machte Anstalten, sich von den Männern abzuwenden.

Der Geistliche warf ärgerlich den Kopf in den Nacken. »Der Rat wird nicht erfreut sein, das zu hören!«

»Im Gegenteil«, schoss Matthäus zurück. »Ich bin sicher, der Rat wird höchst erfreut sein zu hören, dass im Spital keine bösen Geister umgehen.« Mit diesen Worten ließ er den Gottesmann stehen und machte sich mit Paul auf den Weg zu dem Gebäude, in dem die reichen Pfründner ihre Wohnungen hatten.

Gerlin wagte kaum zu atmen, als die Männer auf dem Absatz kehrtmachten und aus der Siechenstube rauschten.

Die Spitalmeisterin folgte ihnen in einigem Abstand mit grimmiger Miene.

»Das war nicht klug von ihm«, hörte sie eine Hebmagd tuscheln. Es war dieselbe, die gesagt hatte, es sei lästerlich zu glauben, man könne die Besessenheit der Kranken heilen.

»Aber den Kranken im Spital geht es besser«, hielt eine andere Magd entgegen.

Die Hebmagd zuckte mit den Schultern. »Böse Geister sind listenreich. Was, wenn der Dämon alle in Sicherheit wiegen will?«

»Wie denn?«

»Indem er in einen anderen fährt«, flüsterte die Hebmagd und blickte bedeutungsvoll in die Richtung, in die der Medicus und Paul verschwunden waren.

»Du glaubst doch nicht etwa …?«, hauchte ihre Begleiterin.

»Welche List wäre klüger?«

Gerlin begriff, was sie andeuten wollte, und erschrak. Wenn dieses Gerede anfing, die Runde zu machen, war nicht nur der Medicus in Gefahr. Auch Paul könnte unter Verdacht geraten, mit dem Teufel im Bunde zu sein. Sie beschloss, ihn zu warnen.

# *Kapitel 33*

Mathes sah mürrisch auf, als die Wachen und Götz im Keller auftauchten, wo er dabei war, Feuerholz zu stapeln. Es stank ihm gewaltig, dass plötzlich alles wieder aufgewühlt wurde, was er für tot und begraben gehalten hatte. Er war fest davon überzeugt, dass Jona die Schuld an allem trug. Hätte der kleine Mistkerl die Leichen nicht gefunden, wäre all das mit Sicherheit nicht passiert. Ein Teil von ihm wusste, dass die Leichen auch ohne Jonas Zutun aufgetaucht wären. Aber er hatte eine solch gewaltige Wut auf den Bengel im Bauch, dass ihm jeder Vorwand gelegen kam, ihn noch mehr zu hassen. Hätte Götz die kleine Made damals vom Hof gejagt, müsste Mathes sich nicht jeden Tag mit dem Rotzlöffel rumärgern.

Er ließ die Holzscheite fallen, die er im Arm hatte, klopfte sich den Kittel ab und folgte den Soldaten nach oben in den Verkaufsraum. Dort beantwortete er die Fragen des Hauptmanns, so wie es mit Götz und Olivera vereinbart war.

»Und du kannst dich an nichts mehr erinnern, was passiert ist, nachdem du verwundet worden bist?«, erkundigte sich der Hauptmann.

Mathes bejahte.

»Er hat das Bewusstsein verloren«, sprang Götz ihm bei. »Wir mussten ihn auf dem Karren in die Stadt bringen.«

»Wer hat dir die Verletzung zugefügt?«, wandte sich der Hauptmann wieder an Mathes.

»Einer der Kerle, die uns überfallen haben.«

»Kanntest du ihn?«

Einen Augenblick lang war Mathes versucht, alles zu verraten, den Männern von Oliveras Bruder zu erzählen, der mit ihm Wache hätte halten sollen. Wenn er jetzt die Wahrheit sagte, kam er vielleicht mit einem blauen Auge davon. Sollten die Stadtsoldaten die Wahrheit in Erfahrung bringen, würde er zusammen mit Götz und Olivera angeklagt werden. Zwar konnte er nichts beweisen, aber wenn er erklärte, was auf dem Hof des Alten Endris vorgefallen war … Er verwarf den Gedanken so schnell, wie er gekommen war, da man ihm nicht glauben würde. Er war ein einfacher Knecht, Olivera und Götz angesehene Bürger. Zwar hatten sie Feinde im Rat, aber bevor man *sie* des Mordes beschuldigte, würde *er* am Galgen enden. Folglich schluckte er die Worte, die ihm auf der Zunge lagen, und schüttelte den Kopf. »Ich habe keinen der Männer erkannt«, beantwortete er die Frage.

»Hast du gesehen, wohin Paumgartner geflohen ist?«, bohrte der Hauptmann weiter.

Mathes schüttelte den Kopf. »Ich war damit beschäftigt, mich meiner Haut zu erwehren.«

Der Hauptmann schien zufrieden zu sein, da er den Helm, den er abgenommen hatte, wieder aufsetzte. »Meldet Euch, falls Euch noch etwas einfällt«, bat er Götz. Dann verließ er mit seinen Männern das Haus und verschwand kurz darauf durchs Hoftor.

»Ich glaube, wir haben sie überzeugt«, murmelte Götz.

Mathes war sich nicht so sicher. Der Hauptmann hatte immer wieder die Augen zusammengekniffen, als käme ihm etwas an der Erzählung merkwürdig vor.

»Selbst wenn sie das Grab finden, werden sie annehmen, dass Paumgartner und seine Helfer sich gegenseitig erschlagen haben«, sagte Olivera. »Ich bin sicher, sie haben uns geglaubt, dass sie im halben Dutzend über uns hergefallen sind.«

Mathes' Hand wanderte zu der Stelle, an der ihn die Klinge des Angreifers damals getroffen hatte. Die Wunde war zwar verheilt, schmerzte aber immer noch, wenn es kälter oder feuchter wurde. Fast wäre er gestorben. Und wofür? Damit dieser dreckige Dieb eine Kammer im Haus bewohnte, während er weiter auf dem Heuboden schlafen musste? Die Wut auf Jona loderte erneut auf.

»Was sollen wir jetzt tun?«, fragte Olivera.

Götz zuckte mit den Schultern. »Uns bleibt nichts übrig, als weiterzumachen wie immer.«

Olivera wusste, dass Götz recht hatte, dennoch fiel es ihr schwer, in die Offizin zurückzukehren, um ihrer Arbeit nachzugehen. Die Befragung hatte ihr Angst gemacht, da das Misstrauen des Hauptmanns spürbar gewesen war. Was, wenn er nicht abließ und immer weiter in der Vergangenheit stocherte? Und was, wenn Paumgartners Bettgefährtin von Markos wusste? Ihr Magen zog sich zusammen, als sie sich ausmalte, was das bedeuten könnte.

Um sich nicht fortwährend mit den schlimmsten Befürchtungen zu quälen, versuchte sie, sich mit Arbeit abzulenken, was mehr schlecht als recht gelang. Als Jona und Cristin mit den Flaschen zurückkehrten, füllte sie die Arznei gegen die Brotseuche ab, stellte sie in ihren Korb und beschloss, sie gleich am nächsten Morgen ins Spital zu bringen. Wenn nur nicht alles zusammenkäme! Als ob die Sorgen wegen Paumgartner nicht genügten!

Sie holte erneut die Bücher ihrer Großmutter aus dem Regal, doch ihre Gedanken gingen immer wieder auf Wanderschaft. Die Ungewissheit machte sie fast verrückt. Da die Buchstaben ständig vor ihren Augen verschwammen, fasste sie einen Entschluss, stellte die Bücher zurück und nahm ihren Mantel vom Haken.

»Wo willst du hin?«, fragte Götz, als sie die Offizin verließ.

»Zum Henkerhaus.«

»Weshalb?«

»Weil die Toten sich immer noch dort befinden. Ich muss wissen, ob die Magd etwas über Markos weiß.«

»Du willst sie fragen? Bist du von Sinnen?«

Olivera schüttelte den Kopf. »Wenn sie mich erkennt, wissen wir wenigstens Bescheid.«

Götz vertrat ihr den Weg. »Das wäre eine große Dummheit. Falls sie von Markos wüsste, hätte sie dem Rat bestimmt von ihm erzählt. Du machst dich nur verdächtig, wenn du jetzt dorthin gehst.«

»Aber ich brauche Klarheit!«

Götz kam hinter dem Tresen hervor und zog sie an sich. »Ich auch. Aber das ist der falsche Weg. Wir dürfen unseren Feinden keinen Grund für weiteres Misstrauen geben. Noch ist es möglich abzustreiten, dass wir etwas mit dem Tod der Kerle zu tun hatten. Selbst wenn die Magd von

Markos wusste, glaube ich nicht, dass er jedem auf die Nase gebunden hat, wer er ist.«

»Aber wo er herkommt«, sagte Olivera. »Und von da ist es nur ein kleiner Schritt bis zur Wahrheit.«

Götz schloss sie fester in die Arme. »Du musst aufhören, dir Sorgen zu machen.«

»Wie denn?« Sie machte sich von ihm los. »Wir sollten unsere Sachen packen und die Stadt verlassen.«

»Damit würden wir uns noch verdächtiger machen.«

»Es gibt keine Beweise gegen uns«, hielt Olivera entgegen. »Willst du warten, bis es zu spät ist? Es kommt mir vor, als ob wir wieder in Tübingen wären.« Tränen schossen in ihre Augen.

»So was darfst du nicht mal denken«, seufzte Götz.

»Warum nicht? Damals war es dein Bruder, jetzt ist es meiner. Siehst du denn nicht, wie sich alles wiederholt?«

Er schüttelte den Kopf. »Die Älteren haben mir versichert, dass es keinen Verdacht gegen uns gibt. Wenn wir ganz normal unsere Arbeit tun und nichts Unbedachtes unternehmen, passiert nichts.«

Olivera schluckte die Angst, die ihr die Kehle eng machte. »Glaubst du das wirklich?«

Er nickte. »Du musst auf Gott vertrauen.«

# Kapitel 34

Die nächsten Tage sah es so aus, als ob Götz recht behalten würde. In einer Ratssitzung erfuhr er, dass die Magd Paumgartner erkannt, sonst aber keine weiteren Informationen geliefert hatte. Außerdem hatte die Wache das Grab auf dem Hof des Alten Endris entdeckt, was die Älteren offenbar in der Annahme bestätigte, die Männer wären von ihren Komplizen umgebracht worden. Der Fall schien erledigt, die Ratsmitglieder zufrieden, weil der Betrüger am Ende selbst zum Betrogenen geworden war. Für Olivera war die Erleichterung so gewaltig, dass sie sich erlaubte zu hoffen, der Spuk sei vorbei. Zwar hatte die Magd von einem Fremden gewusst, der mit Alphonsius und Paumgartner zusammengearbeitet hatte, doch weder Markos' Name noch seine Herkunft schienen ihr bekannt zu sein.

»Allerdings gibt es ein neues Problem«, informierte Götz sie nach der Sitzung.

Olivera sah ihn fragend an.

»Der Medicus hat den Teufelsaustreiber aus dem Spital geworfen und der hat sich prompt beim Rat beschwert.«

»Aber den Kranken im Spital geht es besser«, wandte Olivera ein. Gerlin hatte ihr vom Zusammentreffen der Männer erzählt.

»Das hat Matthäus auch gesagt. Trotzdem hat der Rat den Pfleger ermahnt, ihn ins Gebet zu nehmen.«

»Soll das heißen, er muss den faulen Zauber erlauben?«

Götz nickte.

»Das ist doch Unsinn!«, empörte sich Olivera.

Götz fasste sie bei den Schultern. »Du darfst dich auf keinen Fall gegen den Rat stellen«, warnte er sie. »Wir hatten schon mehr Glück, als ich zu hoffen gewagt hätte.« Er blies die Wangen auf. »Im Moment scheint sich der Austreiber zwar auf die wohlhabenden Nürnberger zu stürzen, weil die ihn fürstlich für seine Dienste bezahlen. Allerdings hatte ich den Eindruck, dass es um mehr geht als nur um Heilung. Matthäus hat ihn gekränkt, das kann er nicht auf sich sitzen lassen.«

»Mein Gott!«, stöhnte Olivera. »Der Rat sollte lieber die Leute wegen des Zuckerbäckers warnen. Es kommen immer noch neue Fälle dazu.«

»Vielleicht irrst du dich«, wandte Götz ein.

»Ich irre mich nicht!«, widersprach Olivera. »Die meisten, die ich gefragt habe, waren bei dem Bäcker.«

»Aber nicht alle.«

»Das bedeutet nichts. Weißt *du,* woher das Brot kommt, das Irmla auf den Tisch stellt?«

Götz schüttelte den Kopf.

»Na also.« Olivera griff nach dem Korb, der auf einem der Hacktische bereitstand. »Ich gehe jetzt ins Spital.«

»Sei vorsichtig«, warnte Götz. »Mit diesem Teufelsaustreiber ist nicht zu spaßen.«

»Ich habe nicht vor, mit ihm zu spaßen.« Olivera lächelte freudlos und wandte sich zum Gehen.

»Versprich mir, dass du nichts tust, womit du dich in Gefahr bringen könntest«, forderte Götz.

Olivera seufzte. »Ich versuche es.« Sie reckte sich auf

die Zehenspitzen, küsste ihn auf die Wange und verließ das Haus. Sie verstand seine Sorge. Wenn Angst und Aberglaube den Verstand vernebelten, waren die Menschen zu allem fähig. Allerdings hoffte sie, dass Matthäus dem Druck des Pflegers nicht nachgeben und den Scharlatan aus dem Spital fernhalten würde.

Als sie ins Freie trat, schlug ihr ein kühler Wind entgegen. In den letzten Tagen war es nachts so kalt geworden, dass der Boden morgens mit Frost bedeckt war, und die Bäume im Garten hinter dem Haus trugen kaum mehr Blätter. Bald würde der erste Schnee fallen und die Zeit einläuten, die Olivera so sehr hasste. Wie jeden Herbst holten sie die Erinnerungen an ihre Heimat ein, an die Hitze, das Meer und den Duft von Zypressen. Zwar litt sie nicht mehr so unter dem Winter wie kurz nach ihrer Ankunft aus Konstantinopel, an die Kälte gewöhnen würde sie sich jedoch nie. Da der Gedanke an ihre Heimat unweigerlich zu Markos führte, schob sie ihn energisch beiseite und eilte in Richtung Pegnitz.

Vor dem Heilig-Geist-Spital erwartete sie die übliche Schlange an Bedürftigen und Bettlern, deren Zahl jeden Tag zunahm. Wer sich nicht bald ein Dach über dem Kopf suchte, lief Gefahr, den Winter nicht zu überleben. Zwar waren die Nürnberger großzügige Almosengeber, vor dem Erfrieren bewahrte das die Armen und Kranken allerdings nicht.

Auf dem Weg über den Hanselhof begegnete sie der Spitalmeisterin, die mit ernster Miene zum Tor blickte.

»Olivera!«, begrüßte die Meisterin sie.

Olivera erwiderte den Gruß. »Ihr seht besorgt aus«, stellte sie fest. »Gibt es Probleme?«

Die Meisterin verzog das Gesicht. »Noch nicht, aber bald, fürchte ich.«

»Was ist passiert?«

»Der Pfleger hat einen Boten geschickt, um seine Ankunft anzukündigen. Ich kann mir vorstellen, warum er mich sprechen will.«

Da Olivera sich nicht anmerken lassen wollte, dass sie ebenfalls von dem Entschluss des Rates wusste, schwieg sie. Was hätte sie auch sagen sollen? Dass sie den Pfaffen für einen Beutelschneider hielt? Zu oft hatte sie sich in der Vergangenheit die Zunge verbrannt. Deshalb wünschte sie der Meisterin viel Glück und machte sich auf zur Siechenstube.

Dort fand sie Matthäus und den Henker Jacob am Lager eines Schmiedes, der sich bei einem Unfall den Arm gebrochen hatte. Unter dem Gebrüll des Mannes war Jacob dabei, die Knochen zu richten, während Matthäus ihm einen Trank einflößte, der verhindern sollte, dass die Wunde brandig wurde. Obwohl der Schmied vor Schmerz keuchte, bedachte er die beiden Männer mit üblen Verwünschungen, die Matthäus lediglich mit einem Kopfschütteln quittierte.

»Du wirst uns dankbar sein«, sagte er.

»Halt still, wenn du deinen Arm behalten willst!«, herrschte Jacob ihn an.

»Ich scheiße auf den Arm!«, presste der Schmied zwischen zusammengebissenen Zähnen hervor. Er stieß einen kehligen Schrei aus, als Jacob das blutige Fleisch um die Wunde mit einem Brandeisen behandelte. »Verdammt!«

»Halt still!«

Eine weitere Reihe von hässlichen Flüchen folgte, dann sank der Mann schweißgebadet in die Kissen.

»Was sind das für gotteslästerliche Ausdrücke?«, tönte eine Stimme durch die Siechenstube.

Olivera wandte den Kopf und erblickte die Meisterin und den Spitalpfleger. Der Ausdruck der Meisterin war schwer zu deuten, dem Pfleger stand die Empörung ins Gesicht geschrieben.

»Derlei Gerede in einem Haus Gottes!«, empörte er sich und bedachte den Schmied mit einem zornigen Blick. »Du solltest dich schämen!«

Der Schmied schien ihn nicht zu hören. Er stöhnte leise vor sich hin, während Jacob ihm den Arm schiente.

»Matthäus! Auf ein Wort!« Der Pfleger bedeutete dem Medicus, ihm aus der Stube zu folgen.

Obwohl ihre Großmutter sie stets ermahnt hatte, die Neugier sei die Tugend des Teufels, ging Olivera zum anderen Ende des Gebäudes, schlüpfte durch eine Hintertür und folgte den aufgebrachten Stimmen.

»Das kann nicht Euer Ernst sein?«, hörte sie Matthäus schimpfen. »Dieser Kerl soll mir in die Kur pfuschen dürfen? Wozu habt Ihr mich eigentlich eingestellt?«

»Es ist nicht meine Entscheidung«, versuchte der Pfleger, ihn zu beschwichtigen. »Ich habe dagegen gestimmt. Aber die Entscheidung ist getroffen, Ihr müsst Euch fügen.«

»Dieser Kerl hat keine Ahnung von Krankheiten!«, erboste sich Matthäus. »Der ist nichts weiter als ein aufgeblasener Wichtigtuer!«

»Ihr solltet aufpassen, was Ihr sagt!«, ermahnte ihn der Pfleger. »Der Bischof hält große Stücke auf ihn. Er ist weit über die Grenzen hinaus bekannt.«

»Welche Grenzen?«, schnaubte Matthäus. »Der Kerl ist ein Speichellecker, der dem Bischof in den Arsch kriecht!«

»Matthäus!«

»Ich habe zu oft gesehen, wozu es führen kann, wenn sich Leute ohne Ahnung von der Heilkunst in so etwas einmischen!«

»Das war gewiss etwas anderes. Wir haben es mit einem Fluch zu tun, mit einem bösen Geist, der Besitz von den Menschen ergreift.«

»Glaubt Ihr das wirklich?«

Der Pfleger blieb eine Antwort schuldig, da in diesem Augenblick eine Abordnung von Kirchenmännern den Spitalhof betrat.

# *Kapitel 35*

Olivera hatte genug gehört. Hastig zog sie sich von ihrem Lauschposten zurück und ging in die Salbenküche des Spitals, um sich um Kräuterumschläge für die Pfründner zu kümmern. Auf keinen Fall wollte sie in eine Auseinandersetzung zwischen Matthäus, dem Pfleger und dem Teufelsaustreiber hineingezogen werden, denn Götz' Warnung hallte ihr noch in den Ohren. Vielleicht beschränkte sich der Pfaffe darauf, Gebete zu sprechen und die Kranken mit Weihwasser zu bespritzen. Es war möglich, dass es ihm nur darum ging, die Lorbeeren für die Heilung zu ernten.

Während sie mit halbem Ohr auf die aufgebrachten Stimmen lauschte, die aus der Siechenstube in die Küche drangen, bereitete sie Beifuß-Honig-Kompressen gegen Beingeschwüre zu und zerstieß Steinbrechsamen, die gegen Gallensteine halfen, wenn man sie in Wasser auflöste. Dann suchte sie die beiden reichen Pfründnerinnen auf, für die sie diese Arzneien zubereitet hatte. Die Schwägerinnen wohnten in zwei geräumigen Kammern im ersten Stock, in dem es nach Rauch roch. Vermutlich hatte wieder einer der Alten feuchtes Holz ins Feuer geworfen und für den Qualm gesorgt, der den Korridor vernebelte.

»Da bist du ja endlich, Kind!«, wurde sie von der älteren der beiden Frauen empfangen. Sie saß in einem weichen Sessel, aus dem sie nur mit Schwierigkeiten aufstehen konnte. »Ich kann kaum mehr was essen, die Schmerzen werden immer schlimmer.«

»Sei nicht so wehleidig, Hilde!«, mischte sich ihre Schwägerin ein. Sie war etwas weniger gebeugt und hatte trübe, aber forschende Augen. »Du hörst dich an wie mein Verblichener.«

»Rede nicht so von meinem Bruder!«, schalt die andere Frau.

»*Du* hast ihm keine zwölf Kinder gebären müssen«, brummte Hilde.

»Ich habe die Arzneien für Euch mitgebracht«, beeilte sich Olivera zu sagen. Sie kannte die Schwägerinnen. Wenn sie einmal anfingen zu sticheln, hörten sie nicht mehr auf. Sie holte die Steinbrechsamen hervor und sah sich nach einem Becher um, den sie mit verdünntem Wein füllte. »Trinkt das drei Mal am Tag«, trug sie der Älteren auf. »Die Schmerzen sollten bald nachlassen.« An Hilde gewandt sagte sie: »Legt Euch hin und zieht die Röcke hoch.«

Die Pfründnerin tat wie geheißen.

Olivera zog einen Schemel heran und umwickelte die geschwollenen Waden der Alten mit den Kompressen. Sie war kaum fertig damit, als aus dem Hof laute Stimmen ertönten. Eine Tür knallte, dann wurde das Durcheinander noch heftiger.

»Was ist denn jetzt schon wieder los?«, wunderte sich Hilde. »Geh nachsehen, Kind«, bat sie Olivera.

Olivera ahnte, was sie sehen würde, als sie aus dem kleinen Fenster schaute. Wie vermutet, standen sich der Teufelsaustreiber und Matthäus gegenüber und schrien sich mit hochroten Köpfen an. Der Pfleger, die Spitalmeisterin und die Begleiter des Geistlichen umringten sie und schienen nicht zu wissen, ob sie eingreifen sollten. Zwischen Matthäus und dem Austreiber hielt sich einer der Kranken mit Mühe auf den Beinen. Es war ein junger Knecht, der vor wenigen Tagen mit Zuckungen bei der Arbeit zusammengebrochen war. Auch er hatte auf Oliveras Fragen hin bestätigt, süßes Backwerk gegessen zu haben, weshalb sie ihm umgehend die Arznei gegen die Brotseuche verabreicht hatte. Er war noch nicht wieder gesund, befand sich jedoch auf dem Weg der Besserung.

»Und?«, wollte Hilde wissen. »Was ist los im Hof?«

»Nur ein Streit«, entgegnete Olivera.

Hilde schnaubte. »Das hätte ich mir selbst zusammenreimen können. Wer streitet mit wem?«

Olivera hörte sie kaum, da in diesem Augenblick der Austreiber seinen Begleitern ein Zeichen gab, woraufhin diese nach dem Hemd des Kranken griffen und ihn in Richtung Spitalkirche zerrten. »Was soll das?«, murmelte sie.

»Was soll *was*?«

»Ich muss gehen.« Ohne auf den Protest der Pfründnerinnen zu achten, eilte sie aus der Kammer.

»Lasst ihn los! Er gehört ins Bett!«, hörte sie Matthäus fauchen.

»Er muss von dem Dämon befreit werden«, widersprach der Geistliche. »Dafür muss ich ihm in einem Gotteshaus die Beichte abnehmen.«

»Die hättet Ihr ihm auch in der Siechenstube abnehmen können!«

»Er muss von den anderen getrennt werden.«

»Dann bringen wir ihn in eine leere Kammer.«

»Ausgeschlossen! Lasst mich mein Werk tun und kümmert Euch um Eure Arbeit.« Die Helfer des Geistlichen zogen den Jungen auf die Kirche zu.

»Ich werde das nicht zulassen!«, empörte sich Matthäus. Er packte einen der Mönche beim Arm.

»Matthäus!« Der Pfleger hielt ihn zurück.

»Der Junge ist krank, nicht besessen!«, tobte Matthäus.

»Wollt Ihr Euch erneut dem Willen des Herrn in den Weg stellen?«, fragte der Teufelsaustreiber drohend.

Matthäus ballte die Fäuste. »Wenn dem Jungen etwas zustößt, mache ich Euch dafür verantwortlich!«, zischte er.

»Was auch immer der Barmherzige mit dieser sündigen Seele vorhat, es wird das Richtige sein«, war die salbungsvolle Antwort. »Bringt ihn in die Kirche!«, befahl er seinen Begleitern. »Und Ihr würdet gut daran tun, ein Bad für ihn zuzubereiten. Ich werde das Wasser weihen, sobald ich ihm die Beichte abgenommen habe.«

Olivera verfolgte, wie die Männer den Knecht zur Kirche bugsierten, während der Pfleger alle Hände voll damit zu tun hatte, Matthäus davon abzuhalten, ihnen hinterherzulaufen.

»Er wird ihn umbringen!«, wütete der Medicus.

»Seid vernünftig! Was soll schon Schlimmes passieren. Es hat noch niemandem geschadet, die Beichte abzulegen. Warum regt Ihr Euch so auf?«

»Weil …« Matthäus rang nach Worten. Allerdings konnte er dem Pfleger nicht widersprechen, ohne den Vorwurf der Gottlosigkeit auf sich zu ziehen.

»Geht zurück an die Arbeit«, schlug der Pfleger vor. »Eine der Mägde soll das Bad bereiten.« Er winkte Gerlin zu sich, die etwas abseits gestanden hatte, und trug ihr auf, in die Badestube zu gehen.

Olivera beschloss, ihr zu folgen. Sie wollte mit eigenen Augen sehen, was für einen faulen Zauber der Teufelsaustreiber vorhatte. Keinen Moment glaubte sie daran, dass das, was er tat, irgendeinen Nutzen haben würde. Zu ihrer Erleichterung achtete niemand auf sie, als sie im Schatten des Wohngebäudes in Richtung Badestube ging. Eine Auseinandersetzung mit dem Pfleger durfte sie nicht herausfordern, auch wenn er nicht zu ihren Feinden im Rat zählte. Immer wieder warf sie einen Blick zu der kleinen Gruppe, die sich langsam zerstreute.

Als sie die Badestube erreichte, war Gerlin bereits dabei, zwei der ineinandergesteckten Eimer zu befreien.

»Olivera!«, rief sie überrascht aus, sobald sie sie sah. »Was tust du denn hier?«

»Ich helfe dir«, erwiderte Olivera und holte sich ebenfalls zwei Eimer.

»Das ist eine Aufgabe für Mägde«, widersprach Gerlin. »Musst du dich nicht um die Kranken kümmern?«

»Das kann warten.«

Gerlin begriff. »Du willst sehen, was der Teufelsaustreiber vorhat.«

Olivera nickte. »Wenn er etwas tut, das dem Kranken schadet …«

»Matthäus ist furchtbar wütend.« Gerlin klang besorgt. »Ich glaube, ihm ist nicht klar, wie gefährlich dieser Mann ist. Was, wenn er Matthäus offen beschuldigt, mit dem Teufel im Bunde zu sein?«

»Das wird der Pfleger nicht zulassen«, versuchte Olivera, sie zu beruhigen.

»Bist du sicher?«

Sie zuckte mit den Schultern. »Was hätte er davon?«

»Ist das dein Ernst?« Gerlin steckte den Kopf durch die Tür, um sich zu versichern, dass niemand lauschte. »Ich habe schon so viele Pfaffen erlebt, die alles tun würden, um als Heilsbringer und Erlöser dazustehen. Manch einer ist sogar über Leichen gegangen.«

»So weit wird es nicht kommen«, versicherte Olivera. Sie konnte sich beim besten Willen nicht vorstellen, dass der Rat tatenlos dabei zusehen würde, wie ein Mann des Bischofs den Medicus in Verruf brachte. Dazu schwelte der Machtkampf zwischen den Nürnbergern und dem Bischof schon zu lange.

»Da bin ich nicht so zuversichtlich«, murmelte Gerlin und warf Olivera einen besorgten Blick zu. Dann nahm sie die beiden Eimer und verließ die Badestube, um beim Ziehbrunnen Wasser zu schöpfen.

# *Kapitel 36*

Obwohl ein kalter Wind aus Nordosten blies, schwitzte Jona heftig. Froni hatte ihn gebeten, ihr dabei zu helfen, eine Schweinehälfte vom Karren des Metzgers zu heben – eine Bitte, die er ihr nicht hatte abschlagen können.

Der Metzgerbursche war in der Küche verschwunden, um die Bezahlung von Irmla entgegenzunehmen, weshalb Jona sich allein mit dem schweren Brocken abmühte. Froni war zu zierlich, um eine Hilfe zu sein, doch ihre bewundernden Blicke waren Lohn genug für Jona. Sein Herz klopfte nicht nur wegen der Anstrengung heftig. Ob sie wusste, welche Wirkung ihr Lächeln auf ihn hatte?

»Sieh nur!«, riss sie ihn aus den Gedanken und zeigte zum Tor, durch das ein Stadtwächter den Hof betrat.

Jona ließ die Schweinehälfte auf die Schubkarre fallen, die Froni für ihn hielt. »Was wollen die denn schon wieder hier?«, brummte er.

»Der will bestimmt zu Götz«, mutmaßte Froni.

Tatsächlich verschwand der Soldat im Haus und kehrte kurz darauf mit Götz ins Freie zurück.

Als sie auf Jona zukamen, warf Froni ihm einen erschrockenen Blick zu.

»Jona«, sagte Götz, kaum hatten sie ihn erreicht. »Du musst mit in die Wachstube gehen. Der Hauptmann hat ein paar Fragen an dich.« Sein Gesichtsausdruck verriet nicht, was in seinem Kopf vorging.

Aus dem Augenwinkel sah Jona, wie Mathes sich näherte. Vermutlich hoffte er, dass man Jona wegen irgendetwas verhaftete.

»Warum?«, wagte Jona zu fragen.

»Das wird der Hauptmann dir sagen«, war die barsche Antwort.

»Ich komme mit«, bot Götz an, doch der Soldat schüttelte den Kopf. »Er will den Jungen allein befragen.«

Jona wurden die Handflächen feucht. Er ahnte, worum es ging, denn er hatte von der Befragung im Haus erfahren. Jetzt war also er an der Reihe, obwohl er in der Nacht, in der Paumgartner ermordet worden war, die Stadt nicht verlassen hatte. Was erhoffte sich der Hauptmann?

Mathes kam noch näher und musterte ihn mit zusammengekniffenen Augen. Er fürchtete wahrscheinlich, dass Jona sich verplappern und ihn, Götz und Olivera verraten könnte. Aber so töricht war er nicht. Auch wenn ihm vor Furcht flau im Magen wurde, straffte er tapfer die Schultern. »Ich bin bald zurück«, sagte er an Froni gewandt. »Mathes kann dir mit der Schubkarre helfen.«

»Pass auf dich auf«, flüsterte sie.

Trotz der Angst ließ die Sorge in ihrer Stimme Jonas Herz hüpfen. Er war ihr nicht gleichgültig.

»Komm!« Der Stadtwächter packte ihn am Arm und bugsierte ihn in Richtung Tor. Auf der Burgstraße ließ er ihn los, legte aber drohend die Hand an sein Schwert.

Jona schluckte. Hatte er auf dem Hof des Alten Endris etwas übersehen? Oder, schlimmer noch, hatte ihn jemand dabei beobachtet, wie er die Leichen wieder verscharrt hatte? War ihm und Cristin jemand gefolgt? Mit jedem Schritt nahm das ungute Gefühl zu, und als er die Wachstube betrat, schlotterten ihm die Knie. Die Erinnerungen, die unvermittelt auf ihn einstürmten, brachten ihn in die Versuchung, den Soldaten zur Seite zu stoßen und davonzulaufen, so schnell er konnte.

»Setz dich!«, befahl der Hauptmann, der sich von dem Tisch erhob, an dem er in einer Schale herumgestochert hatte. Er zeigte auf eine Bank bei der Wand, neben der eiserne Ringe in den Stein eingelassen waren.

Jona gehorchte.

»Ich habe ein paar Fragen«, kam der Hauptmann ohne Umschweife zur Sache.

Jona wagte kaum zu atmen.

»Du bist der Gehilfe des Apothecarius.« Es war eine Feststellung, keine Frage.

Dennoch nickte Jona.

»Du scheinst ein wahrer Held zu sein.« Der Blick des Hauptmanns wanderte über Jonas zerschlagenes Gesicht.

Jona wusste nicht, ob er die Worte ernst meinte.

»Du warst nicht nur dabei, als der Sohn unseres werten Ratsmitgliedes entführt wurde, du hast ihn und die Amme auch gefunden und ihnen das Leben gerettet.« Der Hauptmann musterte Jona forschend. »Eine beachtliche Tat für einen Burschen, der bereits einmal im Loch saß.«

Jona erstarrte.

»Ich erinnere mich an dich. Du warst einer von den Bettelknaben, die damals für Niklas Muffel gearbeitet haben.«

»Ich habe nicht für ihn gearbeitet!«, protestierte Jona.

Der Hauptmann schnaubte. »Auf jeden Fall bist du ein ausgekochter Bursche, der meiner Ansicht nach in zu viele seltsame Dinge verwickelt ist.«

Jona spürte Übelkeit in sich aufsteigen.

»Ich war ...«, hob er an, aber der Hauptmann schnitt ihm ungeduldig das Wort ab.

»Mich interessiert nicht, was damals passiert ist«, sagte er. »Die Schuldigen sind verurteilt und hingerichtet worden. Trotzdem kommt es mir merkwürdig vor, dass ich immer wieder dich zu sehen bekomme, wenn ein Verbrechen in der Stadt geschieht.«

»Aber das ist nicht meine Schuld!« Jona sah mit Entsetzen, dass sich einer der Soldaten vor der Tür postierte und sie versperrte. Wollte man ihm die Schuld an den Morden in die Schuhe schieben? Eine kalte Hand griff nach seinem Herz.

Der Hauptmann verschränkte die Arme. »Ich will noch mal ganz genau wissen, was passiert ist, als die Amme und das Kind entführt worden sind!«

Jona schluckte den Kloß in seinem Hals und erzählte von dem Überfall.

»Du hast den Entführer nicht gesehen?«

Er schüttelte den Kopf. »Er hat mich von hinten niedergeschlagen. Ich habe nur gehört, wie er Barba gedroht hat.« Seine Stimme erstarb.

»Womit hat er gedroht?«

Die Worte würde Jona nie vergessen. »Ihr den Bauch aufzuschlitzen und Lukas hineinzustopfen, bis er in ihrem Blut ersäuft«, sagte er leise.

»Und du warst nicht Manns genug, dich ihm entgegenzustellen?«

»Ich … Er …« Jona spürte, wie ihm Scham in die Wangen stieg. Mit dieser Frage hatte er sich selbst tagelang gemartert. War er aus Feigheit am Boden liegen geblieben? »Er hat mich niedergeschlagen«, murmelte er.

Der Hauptmann verzog den Mund. »Woher wusstest du, wo der Junge und die Amme versteckt waren?«

»Das habe ich schon damals gesagt. Ich war bei Paumgartners Haus und bin seinen Männern gefolgt. Sie wollten die beiden umbringen!«

»Ist es nicht ein bemerkenswerter Zufall, dass du zur rechten Zeit am rechten Ort warst? Und, sag mir, woher wusste der Entführer, wo er die Amme und das Kind finden würde?«

»Ihr glaubt, *ich* hätte sie verraten?« Jona sah den Hauptmann entsetzt an. »Paumgartner hat …«

»Paumgartner ist tot«, unterbrach ihn der Hauptmann.

»Vielleicht sollte man ihn vom Lochknecht befragen lassen«, mischte sich einer der anderen Wächter ein.

»Nein!« Jona sprang auf.

»Hinsetzen!«, herrschte der Hauptmann ihn an.

»Ich habe nichts Unrechtes getan! Paumgartner muss Oliveras Haus beobachtet haben!«

»Weißt du, es ist wirklich erstaunlich, dass du auch zugegen warst, als der Stein der Weisen gestohlen wurde«, fuhr der Hauptmann fort.

Jona senkte den Kopf. Er wusste, dass es keinen Sinn hatte, sich zu verteidigen. Offenbar hatte der Hauptmann beschlossen, dass er dem Rat einen Schuldigen vorführen musste. Und dieser Schuldige schien *er* zu sein.

# Kapitel 37

Mathes sah immer wieder unruhig von der Arbeit auf, um durch die offene Schuppentür einen Blick in den Hof zu werfen. Er war dabei, den Pferdestall auszumisten, und fragte sich, was der kleine Mistkerl den Wachen erzählte. Wenn sich der Bengel verplapperte, drohten ihm, Olivera und Götz Gefängnis und ein Gerichtsverfahren, bei dem sie mit Sicherheit des Mordes für schuldig befunden wurden. Auch wenn sie Paumgartner und seine Knechte nicht getötet hatten, war es unmöglich, das zu beweisen.

Wer würde ihnen glauben? Die berechtigte Frage würde sein, warum sie den Wachen nicht sofort die Wahrheit über Oliveras Bruder erzählt hatten. Er stützte sich auf die Mistgabel und starrte gedankenverloren vor sich hin. *Ihm* konnte man keinen Vorwurf machen, außer dass er dumm genug gewesen war, für seinen Herrn einzustehen. Als er endlich wieder gesund genug gewesen war, um befragt zu werden, hatten Olivera und Götz dem Rat längst Lügen aufgetischt. Olivera hatte ihm im Spital mehrfach eingeschärft, kein Wort über ihren Bruder zu verlieren.

Er murmelte eine Verwünschung. Hätte er doch damals nur genug Mut besessen, dem Hauptmann reinen Wein einzuschenken! Allerdings war die Angst größer gewesen als die Vernunft, weshalb es jetzt so gut wie keinen Ausweg mehr gab. *Bis auf einen.* Er steckte die Mistgabel in einen Strohballen, während ein Gedanke Gestalt in seinem Kopf annahm. Was, wenn er den Anschuldigungen zuvorkam? Dass es früher oder später zu einer Anklage gegen Olivera und Götz, und damit auch ihn, kommen würde, erschien ihm jeden Tag unausweichlicher. Sollte er gleich zur Wache gehen, um den Lügen des kleinen Scheißers zuvorzukommen? Vielleicht wollte sich der Bengel an ihm rächen, indem er ihm alle Schuld zuschob. Einen Augenblick lang war Mathes versucht, die Arbeit liegen zu lassen. Doch ein winziger Funken Anstand hielt ihn davon ab.

Olivera und Götz waren gut zu ihm. Er verdiente mehr Geld als bei seinem vorherigen Herrn und die Arbeit war nicht allzu schwer. Außerdem verdankte er Olivera sein Leben. Wäre sie nicht gewesen, hätte er die Verletzungen vielleicht nicht überlebt. Allerdings trug sie die Schuld daran, dass man ihn abgestochen hatte. Seine Miene verdüsterte sich, hellte sich jedoch wieder auf, als er die neue Küchenmagd über den Hof auf den Schuppen zukommen sah. Sie war jung und hübsch und lenkte ihn von den unschönen Gedanken ab.

»Jona?«, fragte sie, als sie den Schuppen erreichte.

Da es im Inneren des Gebäudes nicht besonders hell war, konnte sie Mathes vom Hof aus nicht erkennen.

Das Mädchen betrat den Schuppen. »Oh!«, sagte sie, als sie ihn erkannte. »Ich dachte, du …« Sie verstummte und biss sich auf die Lippe.

Das kurze Gefühl der Ablenkung verpuffte. Ärger trat an seine Stelle. »Du dachtest *was*?«

»Nichts«, beeilte sie sich zu sagen und machte Anstalten, den Schuppen wieder zu verlassen.

Mathes war mit zwei langen Schritten bei ihr. Er packte sie am Arm, bevor sie entschlüpfen konnte.

»Lass mich los!« Sie versuchte, sich zu befreien.

»Was willst du von dem kleinen Feigling?«, höhnte Mathes. »Er ist es nicht wert, dass sich ein Mädchen wie du für ihn zur Närrin macht.«

»Du tust mir weh!«

Mathes lockerte seinen Griff etwas.

»Ich möchte gehen«, flehte sie.

Mathes griff nach ihrem zweiten Arm und sah auf sie hinab. Die Angst in ihren Augen wirkte anziehend auf ihn. Ihre Lippen waren leicht geöffnet, die Wangen gerötet. Nur mit Mühe hielt er sich davon ab, ihr noch näher zu kommen. Er war kein Wüstling.

»Bitte, lass mich los«, flüsterte sie, während ihr Tränen in die Augen stiegen.

»Du solltest dich nach einem anständigen Jungen umsehen«, riet Mathes. »Dieser Mistkerl ist nichts für dich.«

»Ich …« Sie wand sich in seinem Griff.

»Er ist nichts weiter als ein Bettler!«

»Das stimmt nicht!«, protestierte die Magd.

»So? Dann würde ich ihn an deiner Stelle fragen, wo er war, bevor Götz ihn aufgenommen hat.« Mathes ließ sie los. »Wenn du klug bist, hältst du dich von ihm fern.«

Sie wich vor ihm zurück, machte kehrt und floh aus dem Schuppen. Als wäre ihr der Leibhaftige auf den Fersen, rannte sie über den Hof zum Haus, in dem sie verschwand.

Mathes sah ihr nach. »Einfältiges Ding!«, brummte er, zog die Heugabel aus dem Strohballen und machte sich wieder an die Arbeit. Während er den Mist in eine Schubkarre häufte, kehrten seine Gedanken zu Götz, Olivera und ihrem vermaledeiten Bruder zurück.

# *Kapitel 38*

Olivera und Gerlin hatten kaum den letzten Eimer Wasser über der Feuerstelle erhitzt und in den großen Zuber geschüttet, als einer der Begleiter des Teufelsaustreibers in der Badestube auftauchte.

»Ist das Bad bereit?«, fragte er barsch.

Gerlin nickte.

»Dann verschwindet! Weiber haben bei solch einer Zeremonie nichts zu suchen!«

Olivera öffnete den Mund, um aufzubegehren, schloss ihn aber wieder, als ihr Blick auf die Hintertür der Stube fiel. Scheinbar fügsam verließ sie mit Gerlin den Raum und schlüpfte in die Kammer nebenan, wo sie die Tür vorsichtig einen Spalt aufzog. Wenig später betraten die Gottesmänner und der Kranke die Badestube. Sie hielt die Luft an, um sich nicht durch ein Geräusch zu verraten.

»Der Medicus soll draußen warten«, hörte Olivera den Teufelsaustreiber sagen.

»Aber …«, ertönte die Stimme des Pflegers.

»Soll ich diesen Besessenen von dem Dämon in ihm befreien oder nicht?«, herrschte der Geistliche ihn an.

»Natürlich.«

»Dann sorgt dafür, dass ich ungestört das Werk des Herrn tun kann!«

»Das lasse ich nicht zu!« Matthäus schob sich an den Begleitern des Austreibers vorbei in die Stube und funkelte den Mann zornig an. »Ich bleibe hier!«

»Matthäus!«, ermahnte ihn der Pfleger.

»Ich bin für die Kranken verantwortlich. Entweder der Rat entlässt mich oder ich bleibe hier und sehe zu, dass dem Mann kein Leid geschieht!«

Einen Moment hatte es den Anschein, als ob die Geistlichen Matthäus gewaltsam aus der Stube entfernen wollten, doch dann zuckte der Austreiber mit den Schultern und murmelte etwas, das offenbar als Zustimmung gedeutet wurde.

»Ihr müsst so viel Abstand wie möglich halten«, forderte der Austreiber Matthäus auf. »Am besten wäre es, wenn Ihr Euch dort in die Ecke stellt.«

Matthäus rührte sich nicht.

»Wie Ihr wollt.« Der Geistliche seufzte.

Während dieses Austauschs hatten zwei seiner Helfer sichtbar Mühe, den Kranken auf den Beinen zu halten, den die Anstrengung ermüdet zu haben schien.

»Entkleidet ihn!«, trug der Teufelsaustreiber ihnen auf. Er selbst trat an den Bottich, holte einen kleinen Beutel hervor und warf etwas ins Wasser. Dann murmelte er ein Gebet.

»Was soll das?«, fragte Matthäus. »Was ist das für ein Zeug?«

Der Geistliche wandte sich mit einem empörten Blick zu ihm um. »Bei diesem *Zeug* handelt es sich um geweihte Erde und Asche vom Kreuz des Herrn.« Er schüttelte den Kopf. Dann segnete er das Wasser im Zuber und bedeutete seinen Helfern, den Kranken hineinzuheben.

Der Knecht stöhnte.

Auf ein Zeichen des Teufelsaustreibers hin, entzündete einer der anderen Gottesmänner zwei dicke Kerzen und holte eine Glocke hervor, die er zu läuten begann. Sobald sie verstummt war, fingen die Männer an, lateinische Gebete zu murmeln.

Der Teufelsaustreiber nahm seine Stola ab, umschlang den Hals des Kranken und sprach: »Fahre aus, du unreiner Geist! Gib Raum dem Vater, dem Sohn und dem Heiligen Geist!«

Nichts geschah.

Der Geistliche wiederholte das Ritual. Als die Beine des Knechtes anfingen zu zucken, runzelte er die Stirn. »Der Dämon muss in seinem Schopf nisten«, sagte er und zückte ein Messer mit einer breiten Klinge.

Olivera zog erschrocken die Luft ein.

»Was soll das? Was habt Ihr vor?« Matthäus machte Anstalten, sich dem Austreiber in den Weg zu stellen.

»Bleibt zurück!«

»Was wollt Ihr mit dem Messer?«

»Böse Geister nisten mit Vorliebe im Haar eines Besessenen«, erklärte der Geistliche in herablassendem Ton. »Wenn Ihr Euch nicht aus der Zeremonie heraushaltet, muss ich Euch entfernen lassen.«

Matthäus schnaubte.

Ohne weiter auf ihn zu achten, beugte sich der Austreiber über den Knecht und griff in sein Haar. Mit seinem Rücken verdeckte er den Blick auf ihn, sodass nur Olivera sehen konnte, wie er ihm etwas in den Mund steckte.

Sie versuchte, mehr zu erkennen, konnte jedoch die Tür nicht weiter öffnen, ohne gesehen zu werden. Je länger sie der Zeremonie zusah, desto überzeugter war sie davon, dass es sich um faulen Zauber handelte.

Unter weiteren Gebeten schor der Geistliche dem Knecht den Kopf, ehe er mit Öl ein Kreuz auf den kahlen Schädel malte. Schließlich trat er vom Zuber zurück und wand erneut die Stola um den Hals des Kranken.

»Höre mich, böser Geist!«, tönte er. »Sieh mich an!«

Olivera sah erstaunt, wie der Knecht den Kopf hob.

»Gestehe, dass du in diese arme Seele gefahren bist!«

Der Knecht nickte.

Olivera traute ihren Augen nicht. Was ging da vor? Was hatte der Pfaffe dem Kranken gegeben?

»Ich befehle dir, diesen Sünder freizugeben!«

Olivera sah, wie er sich dicht über den Knecht beugte. Flüsterte er ihm etwas ins Ohr?

Zuerst geschah nichts, dann fing der Knecht an, heftig zu atmen und um sich zu schlagen. Das Wasser spritzte so weit, dass die Gewänder der Gottesmänner nass wurden.

»Weiche von ihm, Satanas!«

Ein Schrei gellte durch die Stube, der Olivera bis ins Mark ging.

Als der Kranke anfing, unverständliche Worte zu stammeln, gab der Teufelsaustreiber seinen Begleitern ein Zeichen. »Holt ihn raus und trocknet ihn ab!«, befahl er.

»Was hast du mit ihm gemacht?«, empörte sich Matthäus.

Selbst durch den schmalen Türspalt konnte Olivera erkennen, dass die Pupillen des Knechtes erweitert waren. Seine Haut war so weiß wie die Wand. Er versuchte, sich mit zitternden Händen die Augen zuzuhalten, aber die Gottesmänner zwangen seine Arme nach unten.

Er brabbelte weiter wirre Dinge.

»Ihr solltet ihn mit Ruten schlagen«, sagte einer der Mönche.

»Für Züchtigungen ist die Zeit noch nicht gekommen«, widersprach der Austreiber. »Bringt ihn zurück in die Kirche!«

»Er gehört ins Bett!« Matthäus vertrat den Männern den Weg, als sie den Kranken aus der Badestube bringen wollten. »Ich werde nicht dabei zusehen, wie Ihr ihn weiter quält!«

»Wir quälen ihn nicht. Wir befreien ihn vom Fluch des Leibhaftigen!« Der Austreiber bekreuzigte sich. »Er braucht jetzt einen Heilschlaf.«

»Da stimme ich Euch zu«, sagte Matthäus. »Den wird er allerdings nur in der Siechenstube bekommen.«

»Geht aus dem Weg!«, herrschte der Geistliche den Medicus an, sobald seine Helfer dem Knecht in seine Kleider geholfen hatten.

Der Kranke schwankte wie ein Grashalm im Wind und schien Schwierigkeiten beim Schlucken zu haben.

Olivera verfolgte mit Bangigkeit, wie die Gottesmänner ihn zur Tür der Badestube brachten. So leise wie möglich verließ sie ihren Beobachtungsposten und trat in dem Moment auf den Korridor, in dem die Männer sich auf den Weg aus dem Gebäude machten.

Matthäus, der ihnen hinterhereilen wollte, wurde vom Pfleger aufgehalten.

»Er muss wieder ins Bett!«, schimpfte Matthäus. »Sie werden ihn umbringen!«

»Halte dich zurück!« Der Pfleger fasste ihn beim Arm. »Der Befehl des Rates ist eindeutig.«

»Das ist unverantwortlich!«

»Sein Schicksal liegt in Gottes Hand.« Er ließ Matthäus los. »Du solltest wieder an die Arbeit gehen«, schlug er vor. »Du wirst sehen, bald hat dieser Fluch keine Macht mehr über uns.«

# Kapitel 39

Olivera wartete, bis der Pfleger sich entfernt hatte, ehe sie aus dem Schatten des Korridors heraustrat und sich zu Matthäus gesellte. »Ich habe alles gesehen«, gestand sie.

»Wie das?« Er sah sie fragend an.

»Ich war nebenan.«

Matthäus verzog das Gesicht. »Als ob diese Krankheit nicht schon genug angerichtet hätte!«

»Er hat ihm etwas gegeben«, sagte Olivera. »Als er ihm den Kopf geschoren hat, hat er ihm etwas in den Mund gesteckt.«

»Vermutlich eine Hostie.«

Olivera schüttelte den Kopf. »Es war so klein, dass ich es fast nicht gesehen hätte.«

»Geweihtes Salz?«

»Ich weiß es nicht.« Sie gingen zurück in die Siechenstube. »Was haben sie mit ihm vor?«, erkundigte sie sich.

»Das werde ich herausfinden, glaub mir.«

»Und der Pfleger?«

»Kann nicht ewig im Spital bleiben. Sobald er fort ist, gehe ich in die Kirche und sehe nach dem Rechten.«

»Hast du keine Angst?«

Matthäus schnaubte. »Nicht vor diesem Betrüger. Als ich in Venedig war, habe ich etwas Ähnliches erlebt. Damals sind mehrere Menschen gestorben, weil man auf die Kirche gehört hat statt auf gelehrte Ärzte. Damals habe ich mir geschworen, so etwas nie wieder zuzulassen.«

Olivera fragte sich, ob ihnen eine Wahl blieb. Der Rat hatte entschieden, dem Geistlichen freie Hand zu lassen. Was konnten sie dagegen ausrichten?

Die nächste Stunde brachten sie damit zu, sich um die Insassen zu kümmern, bis die Glocke der Spitalkirche zum Gebet rief. Voller Ungeduld wartete Olivera, bis die Mägde den schwachen Insassen auf die Beine geholfen hatten, ehe sie sich mit Matthäus zur Kirche begab. Dort sah sie sich nach dem Teufelsaustreiber und seinen Begleitern um, doch war von ihnen keine Spur zu entdecken.

»Wo sind sie?«, flüsterte sie. »Und wo haben sie den Kranken hingebracht?«

Matthäus' Blick wanderte zur angrenzenden Kapelle, deren Tür, anders als gewöhnlich, geschlossen war. »Ich schätze, dorthin.«

Auf die Tür der Kapelle waren Kreidezeichen gemalt worden.

Obwohl sie am liebsten sofort nachgesehen hätte, was vor sich ging, zwang sich Olivera, das Ende des Gebets abzuwarten. Nach dem letzten »Amen« steuerten sie und Matthäus auf die Kapelle zu. Als die Insassen die Spitalkirche verlassen hatten, griff Matthäus nach dem Knauf.

Die Tür war unverschlossen.

Das leise Knarren wirkte unverhältnismäßig laut in der Kirche und Olivera fürchtete einen Moment lang, jemand könnte versuchen, sie aufzuhalten. Allerdings rührte sich nichts, weshalb sie hastig durch den Spalt schlüpften.

Der Anblick, der sich ihnen bot, entlockte Matthäus einen überraschten Ruf.

Der kranke Knecht war neben dem Altar an einen eisernen Ring gekettet worden, der Olivera vorher nie aufgefallen war. Er saß zusammengekauert auf dem Boden und wiegte den Kopf hin und her. Als sie sich ihm näherten, sah er mit Angst im Blick auf und stieß einen Schrei aus. Seine Augen weiteten sich, während er die gefesselten Hände hob und auf etwas einschlug, das nur er zu sehen schien.

»Was ist mit ihm?«, fragte Olivera. »Er wirkt völlig abwesend.«

Matthäus trat näher und ging vor dem Mann in die Hocke. Während dieser weiter ins Leere schlug, legte er die Hand an seinen Hals, um seinen Aderschlag zu fühlen. »Gütiger Himmel! Sein Puls rast. Wir müssen ihn sofort losmachen.«

»Wie? Für das Schloss brauchen wir einen Schlüssel.«

»Was tut Ihr da?« Ohne dass sie ihn bemerkt hatten, war der Kaplan auf der Türschwelle erschienen.

»Habt Ihr einen Schlüssel?« Matthäus zeigte auf das schwere Schloss.

Der Kaplan schüttelte den Kopf. »Warum seid Ihr hier? Der hohe Herr hat gesagt, niemand dürfe die Kapelle betreten.«

»Der hohe Herr irrt sich«, schoss Matthäus zurück, zückte das kleine Messer an seinem Gürtel und fing an, in dem Schloss herumzustochern.

»Das bringt nichts«, sagte Olivera.

»Dann eben anders.« Matthäus sprang auf, eilte aus der Kapelle und ließ sie mit dem verdutzten Kaplan allein.

»Warum wollt Ihr ihn losmachen?«, fragte der Kaplan. »Wenn Ihr ihn fortbringt, ist seine Seele vielleicht für immer verloren!«

»Er wird sein Leben verlieren, wenn wir ihn nicht losmachen«, gab Olivera zurück.

»Sein Seelenheil ist wichtiger!«

»Sagt nicht der Herr: ›Du sollst nicht töten‹?«, fragte sie.

Das brachte den Kaplan lange genug zum Schweigen, dass sie dem Kranken einige verbliebene Haarsträhnen aus der Stirn streichen konnte. Dabei redete sie beruhigend auf ihn ein. Er glühte vor Fieber. Was auch immer der Teufelsaustreiber ihm gegeben hatte, schien ihn Trugbilder sehen zu lassen, denen sein Blick zuckend folgte. Sie erinnerte sich daran, etwas Ähnliches schon einmal erlebt zu haben. Damals in Konstantinopel war ihre *Yiayia* zu einem Mann gerufen worden, der Dinge gesehen hatte, die es nicht gab. Offenbar hatte er etwas eingenommen, das Oliveras Großmutter als *nux methel* bezeichnet hatte, ein Pulver aus fremden Samen. Mit diesem hatte ein Wanderheiler seine Fallsucht heilen wollen. Oliveras *Yiayia* hatte nichts für ihn tun können und er war nur wenige Stunden nach ihrem Besuch gestorben.

Ein Schrei des Kranken ließ sie zusammenzucken. Er starrte an ihr vorbei und fing an, leise zu wimmern.

»Der Dämon steckt noch in ihm«, wisperte der Kaplan.

»Er ist krank«, widersprach Olivera.

In diesem Moment kehrte Matthäus mit einer Axt zurück. Wortlos schob er Olivera beiseite, holte aus und schlug mehrmals auf das Schloss ein, bis es entzweisprang. Dann kniete er sich hin, um den Knecht von den Ketten zu befreien.

»Das dürft Ihr nicht!«, protestierte der Kaplan schwach, als Matthäus dem zitternden Mann auf die Beine half.

Matthäus ignorierte ihn. Mit Oliveras Hilfe brachte er

den Kranken aus der Kirche in die Siechenstube, wo er ihn behutsam auf ein Lager bettete.

»Ist das nicht der Besessene?«, fragte eine der Mägde.

»Mach ihm kalte Wickel!«, trug Matthäus ihr auf, ohne die Frage zu beantworten.

Olivera sah besorgt auf den Mann hinab. Sein Atem ging immer schneller und flacher und auf seinem Gesicht zeichneten sich rote Flecken ab. Sein linker Arm zuckte, während er mit dem rechten kraftlos um sich schlug.

»Was auch immer dieser Scharlatan ihm gegeben hat, könnte ihn umbringen«, knurrte Matthäus.

»Ich habe so etwas schon einmal gesehen.« Olivera erzählte ihm davon, was in Konstantinopel vorgefallen war.

»Was hat deine Großmutter getan?«

»Sie konnte ihm nicht helfen.«

»Verdammt!« Matthäus griff nach dem Handgelenk des Knechtes, um erneut seinen Puls zu fühlen.

In diesem Augenblick bäumte sich der Kranke auf. Mit einem heiseren Schrei griff er sich an die Brust, rang keuchend um Atem und starrte Olivera und Matthäus mit hervortretenden Augen an. Nach kurzer Zeit wurden seine Lippen blau und er erschlaffte. Mit einem Röcheln zuckte er ein letztes Mal, dann blieb er reglos liegen.

Matthäus legte zwei Finger an seinen Hals. »Er ist tot«, sagte er betreten.

»Der Herr sei seiner Seele gnädig«, flüsterte die Magd, die mit den Wickeln zurückgekehrt war. Sie bekreuzigte sich.

»Ihr habt ihn umgebracht.« Der Kaplan, der ihnen mit Abstand gefolgt war, blickte Matthäus anklagend an. »Ihr hättet ihn nicht aus der Kapelle holen dürfen!«

»Hätten wir ihn dort gelassen, wäre er auch gestorben.« Matthäus schloss dem Toten die Augen und fuhr sich mit den Handflächen übers Gesicht.

»Aber dann wäre er im Haus des Herrn gestorben. Was, wenn der böse Geist noch in ihm wohnt?«

»In ihm hat nie ein böser Geist gewohnt!«, zürnte Matthäus. Auf seiner Stirn pochte eine Ader. »Er war krank! Genau wie all die anderen. Dieser angebliche Teufelsaustreiber hat ihn umgebracht!« Er richtete sich zu seiner vollen Größe auf und funkelte den Kaplan wütend an. »Ich muss den Pfleger davon in Kenntnis setzen«, sagte er an Olivera gewandt. »Vielleicht kommt der Rat jetzt zur Vernunft.«

# Kapitel 40

»Du kannst gehen. Vorerst.« Der Hauptmann gab Jona zu verstehen, dass er aus der Wachstube verschwinden sollte. »Bleib in der Stadt. Wenn es weitere Fragen gibt, will ich wissen, wo ich dich finde.«

Jona kam mit weichen Knien auf die Beine. »Ihr glaubt mir?«

»Das habe ich nicht gesagt«, war die Antwort des Hauptmanns. »Aber noch sehe ich keinen Grund, dich an die Lochknechte zu übergeben.« Er hob den Zeigefinger. »*Noch.*«

Jona schluckte die Angst, die ihm die Kehle zuschnürte. »Ich habe Euch die Wahrheit gesagt.«

Der Hauptmann zeigte mit dem Kinn zur Tür, dann setzte er sich wieder an den Tisch und zog die Schale zu sich, in der er gestochert hatte.

Jona zögerte keine Sekunde. Bevor es sich der Hauptmann anders überlegte, floh er aus der Wachstube und rannte nach Hause, so schnell er konnte.

Dort erwartete ihn Götz voller Unruhe. »Was wollten die Wachen von dir?«

Jona berichtete von der Befragung.

»Das ist nicht gut«, stöhnte Götz.

»Ich habe nichts verraten!«

»Das hatte ich auch nicht angenommen«, beruhigte

ihn Götz. »Aber wir müssen darauf gefasst sein, dass der Hauptmann weitere Fragen hat.«

»Was soll ich tun, wenn er mich beim Rat beschuldigt?«, fragte Jona leise.

»Er wird dich nicht beschuldigen«, erwiderte Götz. »Du warst nicht mal in der Nähe des Hofes. Gerlin kann bezeugen, was in der Nacht passiert ist.«

Daran hatte Jona in seiner Angst nicht gedacht. »Aber sie war eine Hübschlerin«, wandte er ein.

»Jetzt ist sie eine Spitalmagd. Es gibt keinen Grund, ihr nicht zu glauben.« Götz schien sich selbst davon überzeugen zu müssen. »Solange keiner von uns Markos erwähnt ...«

»Was ist, wenn er wieder auftaucht?«

»Dann sorge ich dafür, dass er für immer verschwindet«, entgegnete Götz bitter. »Er wird es nicht wagen, sich hier zu zeigen!« Er seufzte. »Geh zurück an die Arbeit. Dir wird nichts geschehen, das verspreche ich dir.«

Jona begriff, was er damit sagen wollte. Bevor er zuließ, dass Jona für etwas bezahlte, was er nicht getan hatte, würde Götz dem Rat die Wahrheit sagen. Auch wenn dieses Geständnis ihn und Olivera in höchste Gefahr brachte. Eine Mischung aus Dankbarkeit und Sorge machte sich in ihm breit. Er hatte den beiden so viel zu verdanken. Er durfte nicht zulassen, dass sie für ein Verbrechen bestraft wurden, das ein anderer begangen hatte! Mit einem flauen Gefühl im Bauch verließ er den Verkaufsraum, um sich um die zum Trocknen ausgelegte Schafgarbe zu kümmern. Einen Teil davon hatte Olivera bereits verarbeitet, die anderen Pflanzen waren noch nicht ausreichend gedörrt gewesen.

Auf dem Weg über den Hof sah er sich nach Froni um, da er sich nichts mehr wünschte, als Halt in ihrem Lächeln zu finden. Sie brachte Leichtigkeit und sorgte für ein Kribbeln in seinem Inneren, das er jedes Mal vermisste, wenn sie fort war. Da es anfing zu regnen, beschleunigte er die Schritte und war froh, als er den Schuppen erreichte. Seine Hände zitterten immer noch, weshalb es ihm schwerfiel, das Tor aufzuziehen.

Drinnen atmete er einige Male tief ein und aus, sog den Duft der Pflanzen ein, um sich zu beruhigen. Sie hatten nichts Unrechtes getan. Wenn Gott so gnädig war, wie die Priester immer behaupteten, würde er verhindern, dass man sie anklagte. Jedenfalls hoffte er das.

Ein Geräusch vor dem Tor ließ sein Herz einen Schlag aussetzen. Der Schreck wurde von Hoffnung verdrängt, als sich die Schuppentür bewegte. Hatte Froni ihn gesehen und war ihm gefolgt?

Die Enttäuschung war wie ein Schlag in den Magen, als er die Gestalt erkannte, die auf der Schwelle auftauchte.

»Was willst du hier?«, fragte er feindselig.

Mathes betrat den Schuppen und schloss das Tor hinter sich, was zur Folge hatte, dass nur noch wenig Licht durch ein schmales Fenster unter dem Giebel fiel.

Als er keine Antwort erhielt, griff Jona nach dem Messer an seinem Gürtel. »Was willst du?«, wiederholte er die Frage.

Mathes kam drohend auf ihn zu. »Was hast du den Wachen verraten?«, knurrte er.

»Was?«

»Du hast mich genau verstanden!«

»Gar nichts! Was geht's dich überhaupt an?«

»Was es mich angeht, du Scheißer?« Mathes machte einen weiteren Schritt in seine Richtung. »Hast du dich verplappert?«

»Nein!«

»Du lügst!«

Jona wich vor ihm zurück und brachte eines der Trockengestelle zwischen sich und Mathes. »Warum sollte ich lügen?«

»Um deine Haut zu retten.«

»Blödsinn!«

»Was wollten sie von dir?«

»Das ist nicht deine Sache!«

»Und ob es meine Sache ist! Wenn du dein Maul aufgemacht hast, bringe ich dich eigenhändig um!«

Jona spürte Wut in sich aufsteigen. Konnte dieser verdammte Mathes ihn nicht einfach in Ruhe lassen. »Du willst mich umbringen?«, höhnte er. »So wie beim letzten Mal?«

Mathes schnaubte. »Als du dich hinter dem Rockzipfel von Weibern versteckt hast?« Er zückte sein Messer. »Wenn die Kleine wüsste, was für ein Feigling du bist ...«

»Lass Froni aus dem Spiel!« Jona zog ebenfalls sein Messer. »Hau ab!«

»Einen Teufel werde ich tun!« Mathes umrundete das Gestell. »Ich werde dafür sorgen, dass du dein vorlautes Maul nicht mehr aufreißen kannst!«

Jona umklammerte den Griff der Waffe und verfolgte Mathes mit den Augen. Der Hass auf den Knecht vernebelte ihm dabei fast den Blick. Hätte er einen Funken Verstand besessen, wäre er aus dem Schuppen geflohen, um dem Streit aus dem Weg zu gehen. Die Wut auf Mathes kochte endgültig über.

»Hör auf wegzulaufen, du Hasenfuß!«, knurrte Mathes. »Du willst doch ein Mann sein?«

Jona biss die Zähne aufeinander. Er durfte sich nicht wieder aus der Deckung locken lassen. Obwohl er Mathes im Zweikampf gewachsen war, konnte der Knecht besser mit der Waffe umgehen. Dieses Mal würden Froni und Irmla nicht dazwischengehen. Wenn er sich auf einen Kampf einließ, würde Blut fließen.

Eine Zeit lang umkreisten sie sich wie zwei Raubtiere, dann versetzte Mathes dem Trockengestell plötzlich einen kräftigen Stoß.

Bevor Jona reagieren konnte, fiel es krachend zusammen und zwang ihn, zur Seite zu springen.

Diesen Augenblick nutzte Mathes. Mit einem gepressten Laut stürzte er sich auf Jona, versetzte ihm mit dem Knauf seines Messers einen Hieb ans Kinn und streckte ihn zu Boden. Dann holte er mit dem Fuß aus und trieb Jona die Stiefelspitze in die Rippen.

Jona keuchte vor Schmerz.

»Du bist nichts als ein Maulheld!«, spuckte Mathes verächtlich aus. Er trat Jona erneut in die Rippen. »Steh auf und wehr dich!«

Jona rappelte sich mühsam auf und biss die Zähne zusammen. Er war kaum auf den Beinen, als Mathes ihm das Messer aus der Hand schlug.

So schnell, dass Jona nicht rechtzeitig ausweichen konnte, stach er nach ihm und verletzte ihn am Oberarm.

Furcht trat an die Stelle der Wut, die Jona eben noch angetrieben hatte. Mathes wollte ihn umbringen! Sein

Blick zuckte zu seinem Messer, ihm wurde klar, dass er nicht schnell genug sein würde.

Mathes folgte seinem Blick, grinste und vertrat ihm den Weg. »Du hattest recht«, zischte er. »Verprügeln werde ich dich nicht mehr.« Die Hand mit der Waffe schnellte erneut nach vorn, allerdings war Jona dieses Mal darauf vorbereitet.

Auch wenn ihn jede Bewegung vor Schmerz stöhnen ließ, drehte er sich zur Seite, stellte Mathes ein Bein und rannte zum Tor.

Ein Fluch und ein Poltern verrieten ihm, dass Mathes ihm auf den Fersen war. Wie von Furien gehetzt, flitzte er in den Hof, doch er war nicht schnell genug. Mathes schnitt ihm den Weg zum Haus ab.

Wo war Götz? Wo waren die anderen? Der Gedanke, um Hilfe zu rufen, wurde im Keim erstickt, als Mathes ihn auf den größeren Schuppen zutrieb, in dem er bis vor Kurzem noch den Heuboden mit ihm geteilt hatte.

# Kapitel 41

»Jetzt hab ich dich!« Mathes umfasste den Griff seines Messers fester und setzte Jona nach, als dieser in eine Falle floh, aus der es kein Entrinnen gab. Nur mit halbem Ohr hörte er das Bellen der Hunde, die zu spüren schienen, dass es um Leben und Tod ging. Er war so wütend, dass er kaum mehr klar denken konnte.

Dieser kleine Mistkerl würde endlich dafür bezahlen, dass er es gewagt hatte, die Hand gegen ihn zu erheben. Die Verbitterung über die Belohnung, die er in Mathes Augen dafür erhalten hatte, war immer noch gewaltig. Wieso war Götz nicht auf den Gedanken gekommen, *ihm* eine Kammer im Haus zu geben? Weshalb genoss der Bengel seit seiner Ankunft unter ihrem Dach eine Sonderstellung? Was hatte er, was Mathes nicht hatte?

*Frechheit*, fuhr es ihm durch den Kopf. Hätte er sich so oft Götz' Befehlen widersetzt, wäre er sicher mit Schimpf und Schande vom Hof gejagt worden. Der kleine Scheißer hingegen schien tun zu dürfen, was immer er wollte, ohne dafür die Folgen zu spüren. Die Wut verstärkte sich und machte ihn blind für alles um ihn herum. Das Blut toste in seinen Ohren, als er Jona in den Schuppen folgte und sich nach ihm umsah.

»Wo bist du, du Feigling?«, rief er.

Nichts rührte sich.

»Versteckst dich wie ein kleines Mädchen?«, höhnte er, während er das dämmrige Innere mit Blicken absuchte. »Komm raus!«

Wieder erhielt er keine Antwort.

»Du willst spielen?« Er lachte, steckte das Messer weg und griff nach einer Mistgabel. »Meinetwegen.« Mit zwei langen Schritten war er bei einem Stapel Strohballen, hinter dem er Jona vermutete. Mit aller Kraft rammte er die Mistgabel hinein und brachte die Ballen so zum Kippen. Wenn der Bengel sich dahinter verkrochen hatte, würde er sein blaues Wunder erleben.

Zu seinem Verdruss blieb ein Schrei aus. Offenbar hatte er sich getäuscht. Mit einer gemurmelten Verwünschung wirbelte er herum, als er hinter sich ein Geräusch hörte. Allerdings war es nur eine der zahllosen Katzen, die im Haus und auf dem Hof Mäuse jagten.

»Wo bist du?«, knurrte er.

Hatte sich der Feigling hinter seinem Rücken aus dem Schuppen geschlichen? Sein Blick fiel auf die Leiter, die zum Heuboden führte. So dumm konnte der Bengel nicht sein. Oder doch? Er zückte erneut sein Messer und ging zu der Leiter, die er einhändig erklomm.

»Hast du dich hier oben verkrochen?« Er sah sich mit zusammengekniffenen Augen um. Neben seinem Lager befanden sich auch hier Strohballen, außerdem ein Laden, über dem ein Flaschenzug angebracht war.

Er stand weit offen.

»Das hast du nicht getan, du kleine Made!«, zischte Mathes, eilte zu der Tür und warf einen Blick hinab in den Hof. Als er nach dem Seil greifen wollte, das am Flaschenzug hing, bemerkte er aus dem Augenwinkel eine Bewegung.

Er begriff.

Blitzschnell wirbelte er herum und sah, wie Jona auf die Leiter zuschlich. Das hatte sich der Bengel also gedacht. Er wollte die Leiter hinabklettern, sie wegnehmen und Mathes oben sitzen lassen wie einen dummen Jungen.

»Da hast du dich geschnitten!«, knurrte er und stürzte sich auf Jona, bevor dieser den Fuß auf die erste Sprosse setzen konnte.

Mit einem gewaltigen Hieb schleuderte er ihn zu Boden. Blind vor Wut beugte er sich über ihn und holte mit dem Messer aus.

Jona war vor Todesangst wie gelähmt. Erst als die Klinge auf ihn niedersauste, gewann er die Gewalt über seine Glieder zurück, rollte sich zur Seite und trat mit so viel Kraft nach Mathes, dass dieser ins Straucheln geriet. Die wenigen Augenblicke, die der Knecht brauchte, um sein Gleichgewicht wiederzuerlangen, nutzte Jona, kam auf die Beine und rannte zum Rand des Heubodens.

Bei einem Sprung würde er sich vermutlich etwas brechen, aber alles war besser, als sich von Mathes abstechen zu lassen.

»Jona!«

Tief unter ihm stand Froni und starrte mit vor Furcht geweiteten Augen zum Heuboden hinauf.

»Lauf ins Haus und hol Götz!«, rief Jona.

Froni rührte sich nicht. »Pass auf!« Sie zeigte auf Mathes, der sich gefangen hatte und erneut mit erhobener Waffe auf Jona zustürzte.

Jona reagierte im Bruchteil eines Augenblicks. So schnell, dass Mathes nicht reagieren konnte, sandte er ein Stoßgebet zum Himmel und stieß sich vom Heuboden ab.

Der Aufprall trieb ihm die Luft aus der Lunge und ließ ihn vor Schmerz stöhnen. Einen Moment lang fühlte es sich so an, als ob er sich jeden Knochen im Leib gebrochen hätte, sodass er kaum begriff, was geschah, als etwas neben ihm auf dem Boden aufschlug.

Froni schrie auf. »O mein Gott!«, keuchte sie.

Jona blinzelte, um den Schmerz zu vertreiben, und bewegte vorsichtig seine Beine und Arme. Zumindest seine Glieder schienen heil geblieben zu sein. Erst als er sicher war, dass er sich rühren konnte, wagte er einen Blick auf das, was neben ihm lag.

»Mathes«, murmelte er.

Das Genick des Knechtes war verdreht, die Augen starrten blicklos an die Decke. Sein Messer lag in einiger Entfernung im Stroh.

»Ist er tot?« Froni kam zögernd näher.

»Ich denke schon.« Obwohl es ihm widerstrebte, fasste Jona an Mathes' Hals, um seinen Puls zu fühlen.

Es gab keinen.

Er vergrub das Gesicht in den Händen. Was hatte er getan? Wie sollte er erklären, was passiert war? Die Worte des Hauptmanns, die in seinem Kopf nachhallten, verstärkten seine Furcht. Würde man ihm glauben, wenn er erzählte, dass Mathes ihn angegriffen hatte?

»Du brauchst keine Angst haben«, hörte er Froni sagen. Sie legte ihm schüchtern die Hand auf den Rücken. »Ich habe alles gesehen.«

Jona hob den Kopf. »Hast du?«

Sie nickte. »Irmla hat gesagt, ich soll nachsehen, warum die Hunde bellen. Und da habe ich …« Sie brauchte den Satz nicht zu beenden.

Jona schluckte trocken. »Wir müssen Götz sagen, was passiert ist.«

»Aber er wird die Wache verständigen!«

Jona schauderte. »Ihm wird nichts anderes übrig bleiben.«

Froni kniete sich neben ihn. »Es war ein Unfall«, sagte sie tröstend. »Du hast nur versucht, dich vor ihm in Sicherheit zu bringen.«

Jona war dankbar für ihre Worte, allerdings war er nicht sicher, ob man ihm oder ihr glauben würde.

»Danke«, flüsterte er.

Sie sah ihn unsicher an, ehe sie sich erhob und ihm die Hand reichte, um ihm aufzuhelfen.

Jona versuchte, den Blick von Mathes' totem Körper abzuwenden. Warum hatte er ihn nicht in Ruhe gelassen? Was konnte Jona dafür, dass die Leichen aufgetaucht waren? Weshalb hatte Mathes ihm die Schuld an allem gegeben?

»Er hat Lügen über dich erzählt. Wusstest du das?«, riss Froni ihn aus den Gedanken.

Jona zuckte mit den Schultern.

»Er ist selber schuld!« Sie fasste erneut nach seiner Hand und zog ihn von Mathes fort. »Komm!«, sagte sie sanft. »Du solltest nicht länger hier bleiben.«

# Kapitel 42

DA OLIVERA IM Spital an diesem Tag nicht mehr viel ausrichten konnte, machte sie sich auf den Heimweg, sobald Matthäus in Richtung Marktplatz davongestürmt war. Es war unwahrscheinlich, dass der Pfleger sofort etwas unternehmen konnte, dazu musste erst eine Ratssitzung einberufen werden. Obwohl Olivera fürchtete, als Zeugin aussagen zu müssen, bereitete ihr diese Vorstellung nicht so viel Sorge wie die Möglichkeit, dass der Teufelsaustreiber weiterhin sein Unwesen in Nürnberg treiben durfte. Ein Menschenleben war dem Aberglauben schon zum Opfer gefallen, es durften auf keinen Fall mehr werden.

Sie machte sich Vorwürfe. Wäre der Knecht noch am Leben, wenn sie mehr Mut bewiesen und dem Pfleger ebenfalls die Stirn geboten hätte? War es nicht auch ihre Schuld, dass die Geistlichen freie Hand im Spital gehabt hatten? *Sei nicht dumm,* schalt sie sich. *Was hättest du schon ausrichten können*? Als Salbenmacherin unterstand sie Matthäus, außerdem durfte sie Götz' Warnung nicht vergessen. Sie hatten zu viele Feinde im Rat, sie konnte sich nicht offen gegen einen Beschluss stellen. Die Kranken mit der Arznei gegen die Brotseuche zu behandeln, war eine Sache, die Befehle des Pflegers zu missachten, eine andere.

Sie fröstelte, als sie aus dem Schutz der Gebäude auf

die offene Straße trat. Der kalte Wind hatte im Lauf des Tages immer weiter an Stärke gewonnen und bleigraue Wolken aus dem Norden gebracht. Bald würde es dämmern und vielleicht fiel in dieser Nacht der erste Schnee. Sie zog die Kapuze ihres Mantels über den Kopf und ging müde zur Burgstraße, wo sie erstaunt die Stirn runzelte. Warum war das Tor offen? Ein Gefühl der Beklemmung breitete sich in ihr aus. Sie beschleunigte die Schritte und erschrak, als sie zwei Stadtwachen erblickte. Sie standen bei einem der Schuppen und schienen mit jemandem im Inneren zu reden.

Aus der Beklemmung wurde Furcht. Ohne zu überlegen, raffte sie die Röcke und rannte über den Hof, um nachzusehen, was geschehen war.

Als die Wachen sie kommen sahen, vertraten sie ihr den Weg.

»Was soll das? Lasst mich durch!«, protestierte sie.

»Olivera?«

Die Stimme ließ ihr Herz einen Schlag aussetzen. »Jacob?« Was hatte der Henker in ihrem Schuppen zu suchen?

»Sie kann reinkommen!«, ertönte eine andere Stimme, die Olivera als die des Hauptmanns erkannte.

Ihre Furcht verstärkte sich. »Ist Götz etwas zugestoßen?«, fragte sie atemlos, nachdem sie sich an den Wachen vorbeigezwängt hatte.

»Mir geht es gut.« Götz trat aus dem Halbdunkel ins Licht einer Laterne, die auf dem Boden stand.

Ein halbes Dutzend Männer, Jacob eingeschlossen, waren im Kreis um etwas versammelt, das Olivera nicht sehen konnte.

»Was ist passiert?«, fragte sie.

Götz trat auf sie zu und fasste sie beim Arm. Ehe er etwas sagen konnte, löste sich der Hauptmann aus dem Kreis und fragte: »Kommt Ihr aus dem Spital?«

Sie nickte.

»Dann wart Ihr nicht hier, als es passiert ist?«

»Als *was* passiert ist?« Erst jetzt sah Olivera, dass eine der Wachen Jona festhielt und dass die Hände des Jungen gefesselt waren. »Was um alles in der Welt geht hier vor?«

»Wenn Ihr nicht hier wart, brauchen wir keine Aussage von Euch«, entgegnete der Hauptmann. Er kehrte Olivera den Rücken und ging zurück zu den anderen. »Und?«, wandte er sich an Jacob.

Der Henker erhob sich und schüttelte den Kopf. »Ich kann keine Anzeichen einer tödlichen Verletzung entdecken.«

»Tödliche Verletzung?«, flüsterte Olivera. Sie sah entsetzt zu Götz auf.

»Mathes«, sagte er leise. »Er ist tot.«

Oliveras Knie drohten einzuknicken. »Was hat Jona damit zu tun?«, fragte sie und fürchtete die Antwort.

»Das erzähle ich dir nachher«, gab Götz zurück.

»Was ist damit?« Der Hauptmann zeigte auf etwas.

»Das stammt von einer Prügelei«, war die Antwort des Henkers. »Gestorben ist er daran gewiss nicht. Er hat sich beim Sturz das Genick gebrochen.«

»Das habe ich doch gesagt!«, ertönte eine helle Stimme.

Erst jetzt entdeckte Olivera Froni, die neue Küchenmagd.

»Er wollte Jona umbringen!«

»Du kannst deine Aussagen vor einem Schöffen wiederholen«, sagte der Hauptmann und bedachte sie mit einem Blick, der sie den Kopf senken ließ. »Du wirst einen Eid schwören müssen. Ist dir klar, was das bedeutet?«

Froni nickte. »Jona hat nichts getan!«, sagte sie mit trotzig vorgerecktem Kinn. »Mathes hat ihn angegriffen. Er wollte ihn töten.«

»Hier liegt ein Messer«, meldete sich einer der Soldaten zu Wort.

Der Hauptmann hob es auf und zeigte es Götz. »Gehört das Eurem Knecht?«

»Ich denke schon.«

»Denkt Ihr es oder wisst Ihr es?«

»Ich weiß es.«

»Dann nehmen wir den Leichnam jetzt mit«, sagte der Hauptmann.

»Was ist mit Jona?«, wollte Olivera wissen.

»Den nehmen wir auch mit.«

Olivera wollte protestieren, aber Götz kam ihr zuvor.

»Ihr habt gehört, was die Magd gesagt hat, es war ein Unfall. Ich verstehe nicht, warum Ihr den Jungen …«

»Falls es sich nicht um ein Verbrechen handelt, kommt er wieder frei«, fiel ihm der Hauptmann ins Wort. »Ich will ehrlich zu Euch sein. Allmählich glaube ich, dass der Bengel entweder das Pech anzieht wie ein Scheißhaufen Fliegen oder dass er mehr Dreck am Stecken hat, als Ihr denkt.«

Ohnmächtig sah Olivera dabei zu, wie zwei der Soldaten Mathes auf eine Trage hievten und mit ihm nach draußen verschwanden. Jona und Froni wurden von zwei weiteren Wächtern flankiert und ebenfalls ins Freie geführt.

Der Hauptmann und Jacob bildeten die Nachhut des kleinen Zuges.

Olivera öffnete den Mund, um etwas zu sagen, doch Jacob schüttelte kaum merklich den Kopf.

Wortlos verließen auch er und der Hauptmann den Schuppen, sodass Olivera und Götz allein zurückblieben.

»Wie konnte das passieren?«, flüsterte sie.

»Komm ins Haus«, forderte Götz sie auf. Er nahm die Laterne, die immer noch auf dem Boden stand, und brachte sie in die Stube. Dort entzündete er ein Feuer im Kamin und bedeutete ihr, sich zu setzen. Dann erzählte er ihr, was er von Froni und Jona erfahren hatte.

»Glaubst du, sie sagen die Wahrheit?«, fragte sie.

Götz hob eine Schulter. »Ich weiß nur, dass Mathes nicht gut auf Jona zu sprechen war.«

»Nicht gut zu sprechen? Er ist mit dem Messer auf ihn losgegangen!« Olivera stemmte die Ellenbogen auf den Tisch und vergrub das Gesicht in den Händen. »Wir hätten was dagegen unternehmen sollen!«

»Das haben wir«, wandte Götz ein. »Wir haben Jona ins Haus geholt.«

»Vielleicht hätten wir lieber Mathes die Kammer geben sollen.«

»Was geschehen ist, lässt sich nicht ändern«, seufzte Götz.

»Mathes ist *tot!*« Olivera hob den Kopf. »Wäre ich abergläubisch, würde ich denken, wir sind verflucht.«

»Du bist nicht abergläubisch. Und Mathes' Tod hat nichts mit einem Fluch zu tun. Er hat es vermutlich selbst zu verschulden, wenn das, was Froni sagt, stimmt.«

»Du weißt nicht, was im Spital passiert ist«, entgegnete Olivera. Während sie trotz des Kaminfeuers fröstelte, berichtete sie vom Tod des kranken Insassen.

»Lass Matthäus sich darum kümmern«, ermahnte Götz sie.

»Das tue ich ja!« Olivera hob die Hände. »Aber ich habe den Eindruck, dass unsere Pechsträhne nicht mehr abreißen will. Je länger wir in Nürnberg bleiben …«

»Alles wird sich aufklären«, versprach Götz. »Ich bin sicher, Matthäus kann den Rat davon überzeugen, dass der Teufelsaustreiber mehr schadet, als er nutzt.«

»Und wenn nicht?«

Götz blieb eine Antwort auf die Frage schuldig.

# Kapitel 43

Am nächsten Morgen war es so kalt, dass die Pfützen im Hof gefroren waren. Obwohl Olivera sich von der Arbeit im Spital erschöpft fühlte, hatte sie die halbe Nacht wach gelegen und sich den Kopf zermartert, wie sie Jona helfen konnte. Mathes' Tod war entsetzlich und erfüllte sie mit Trauer, aber jetzt galt es, sich um die Lebenden zu kümmern. Mathes hatte Jona hart angefasst, seit sie und Götz ihn ins Haus genommen hatten. Immer wieder war es zwischen den beiden zu Reibereien gekommen, bei denen Jona stets den Kürzeren gezogen hatte. Es war nur eine Frage der Zeit gewesen, bis Jona sich zur Wehr setzte. Der arme Junge schien das Pech tatsächlich anzuziehen, doch sie hoffte, dass Fronis Aussage ihn entlasten würde. Als die Magd nach Einbruch der Dunkelheit zurückgekehrt war, hatte Götz sie mit Fragen gelöchert. Allerdings wusste sie nicht, was mit Jona geschehen würde, ob er vor Gericht gestellt oder eingesperrt werden sollte.

Die Sorge um den Jungen lastete Olivera schwer auf dem Herzen, als sie ihre Arzneien einpackte, um ins Spital zu gehen, wo aller Voraussicht nach ebenfalls Ärger auf sie wartete. Eine dunkle Wolke schien über ihr und ihrer Familie zu hängen und in verzweifelten Momenten fürchtete sie, Gott würde sie für die Missetaten ihres

Bruders und ihres Vaters strafen. Wenn Götz doch nur auf sie gehört hätte! Dann wären sie inzwischen in einer anderen Stadt, in der man sie nicht kannte.

Mit einem Seufzen trat sie in den eisigen Morgen hinaus, der außer Kälte einen unangenehmen Nieselregen bereithielt. Einzelne Flöckchen mischten sich zwischen die Tropfen, die sich wie feiner Nebel auf Oliveras Gesicht legten. Auf dem Weg die Burgstraße hinab begegneten ihr vermummte Gestalten, die ihr keine Aufmerksamkeit zollten. Vor dem Spital herrschte noch mehr Andrang als sonst, auch wenn für die meisten Wartenden die Hoffnung auf eine Aufnahme verschwindend gering war. Die Kälte trieb, wie jedes Jahr, zahllose Bettler aus dem Umland in die Stadt, die auf die Wohltätigkeit der Nürnberger hofften. Als fremde Bettler durften sie sich offiziell nur drei Tage in der Stadt aufhalten, eine Vorschrift, die viele von ihnen zu umgehen suchten. Als sie an ihnen vorbei in den Hanselhof ging, sah Olivera, dass viele der Armen keine Bettelmarken besaßen. Sollte der Bettelmeister sie erwischen, würde er sie zu Zwangsarbeit verpflichten.

Diese Gedanken führten unweigerlich zurück zu Jona, der vor einigen Jahren ebenfalls als Bettler in die Stadt gekommen war. Während sie den Hof überquerte, kämpfte sie gegen die Zweifel an, die sie seit dem letzten Abend quälten, doch sie waren zu hartnäckig. Was, wenn Jona nicht unschuldig war? Konnte es sein, dass er Mathes mit Absicht in den Tod gestoßen hatte? Obgleich Froni etwas anderes behauptete, nagte die Ungewissheit an ihr. Sie kannte Jona. Er war ein aufrichtiger Junge. Dennoch war der Hass, den er für Mathes empfand, nicht zu übersehen gewesen. Sie schüttelte die düsteren Gedanken ab, betrat die Siechenstube und sah sich nach Matthäus um.

Jona fuhr mit einem Keuchen aus dem unruhigen Schlaf auf, in den er irgendwann gefallen war, und rieb sich die Augen. Zwar hatte man ihn nicht in eine der dunklen Zellen im Lochgefängnis gesteckt, dennoch besaß der Raum, in dem er sich befand, vergitterte Fenster. In der Wachstube nebenan herrschte noch Ruhe, nur das Flackern einer Kerzenlampe verriet, dass jemand sich dort aufhielt. Frierend wickelte er die dünne Decke um sich und setzte sich auf. Was ihn wohl erwartete? Nachdem der Hauptmann ihm und Froni immer wieder dieselben Fragen gestellt hatte, war sie nach Hause geschickt worden. Ihn hatte man in die kleine Zelle gesperrt. Er wusste nicht, ob man ihn des Mordes bezichtigte oder ob der Hauptmann ihm nur Angst machen wollte. Falls das seine Absicht war, war es ihm gelungen. Die ganze Nacht über hatte er versucht, nicht an damals zu denken, als er und sein Freund Casper in die Fragstatt geführt worden waren, wo man ihnen die peinliche Befragung angedroht hatte. Mit Schaudern erinnerte er sich an den Henkersknecht, der mit einer Peitsche auf ihn eingedroschen hatte, bis er dachte, sein Rücken würde in Flammen stehen. Damals war er genauso unschuldig gewesen wie heute, doch das hatte die Wachen nicht davon abgehalten, ihn zu verprügeln.

Als das Geräusch einer zuschlagenden Tür aus der Wachstube an sein Ohr drang, zuckte er zusammen. War der Hauptmann gekommen? Würde man ihn holen, um ihn wieder ins Loch zu werfen? Sein Herz raste, als sich Schritte näherten und ein Schlüssel ins Schloss gesteckt wurde.

Der Hauptmann erschien im Türrahmen. »Steh auf!«, befahl er barsch.

Jona legte die Decke weg und kam schlotternd auf die Beine.

»Die Schöffen wollen dich sehen.« Der Hauptmann winkte einen seiner Leute herbei, der Jona Ketten anlegte. Dann packte er ihn am Arm und zog ihn unsanft aus der Zelle.

Jonas Beine versagten schon bei den ersten Schritten den Dienst.

Den Stadtsoldaten beeindruckte das wenig, er packte ihn unter den Armen und schleifte ihn den langen Gang entlang. Vor einer geschlossenen Tür machten sie Halt und warteten, während der Hauptmann in dem Raum dahinter verschwand.

»Steh gerade!«, herrschte der Wächter ihn an. »Mach dir doch vor Angst nicht gleich die Hosen voll!«

Jona biss die Zähne zusammen und versuchte, das Zittern zu unterdrücken. Wenn er bebend wie Espenlaub vor die Schöffen trat, würden sie annehmen, dass es die Schuld war, die ihn um sein Leben bangen ließ. Er musste aufrecht und hocherhobenen Hauptes den Raum betreten, damit niemand annahm, das schlechte Gewissen würde ihn niederdrücken.

Viel zu schnell ging die Tür wieder auf und der Hauptmann gab dem Soldaten ein Zeichen, Jona in den Saal zu führen, in dem ihn vier Männer mit grimmigen Mienen erwarteten. Außerdem waren ein Schreiber und der Henker zugegen, der Jona ausdruckslos musterte. Als der Soldat Jona vor den langen Tisch geführt hatte, ließ er ihn los und trat einen Schritt zurück.

Jona senkte den Blick.

»Wir sind hier, um den Tod des Knechtes Mathes zu untersuchen«, hob einer der Schöffen an, damit der Schreiber den Zweck der Sitzung festhalten konnte. »Bist du, Jona, schuldig an dem Sturz, der Mathes das Leben gekostet hat?«

Jona schüttelte den Kopf.

»Antworte!«

»Nein«, sagte er mit unsicherer Stimme.

»Wie kam es dazu, dass du zugegen warst, als Mathes in den Tod gestürzt ist?« Der Schöffe, der gesprochen hatte, betrachtete sein zerschlagenes Gesicht mit einem Ausdruck, den Jona nicht deuten konnte.

»Er hat mich angegriffen«, hob er an und wiederholte Wort für Wort, was er den Wachen berichtet hatte.

»Du bist also vor ihm vom Heuboden gesprungen?«

»Ja.«

»Wieso ist dir nichts zugestoßen?«

»Das weiß ich nicht«, erwiderte er wahrheitsgemäß. »Ich hatte Angst, ich könnte mir was brechen, aber Mathes hätte mich umgebracht, wenn ich nicht gesprungen wäre.«

Der Schöffe nickte dem Hauptmann zu, woraufhin dieser etwas auf den Tisch legte. »Ist das Mathes' Messer?«, fragte der Schöffe und hob den Gegenstand hoch.

Jona fuhr sich mit der Zunge über die trockenen Lippen. »Ich glaube schon.«

»Du glaubst?«

»Ich habe es mir nicht genau angesehen. Ich …«

»Hattest du auch ein Messer?«

»Nein.«

»Warum nicht?«

»Ich hatte es in einem anderen Gebäude verloren.«

»Verloren?«

»Mathes hat mich angegriffen und es mir aus der Hand geschlagen«, erklärte Jona.

»Du warst also unbewaffnet?«

Jona nickte. »Ich hatte mich auf dem Heuboden vor ihm versteckt.«

»Und dort hat er dich gefunden?«

»Ja.«

»Dann habt ihr miteinander gekämpft und du hast ihn vom Heuboden gestoßen.«

»Nein! So war es nicht!«, protestierte Jona.

Die Schöffen steckten die Köpfe zusammen und berieten tuschelnd. Schließlich bedeuteten sie dem Henker vorzutreten. »Du hast den Leichnam untersucht?«

Der Henker bejahte. »Es gab keine Hinweise darauf, dass es sich um etwas anderes als einen Unfall handelt«, sagte er.

»Wie würdest du die Stärke des Knechts einschätzen?«

»Er war sicher stark.«

»Stärker als der Junge?«

Der Henker zuckte mit den Schultern. »Das kann ich nicht beurteilen, aber vermutlich schon.«

»Hatte der Junge ein Messer bei sich, als Ihr ihn festgenommen habt?«, wollte der Schöffe vom Hauptmann wissen.

»Nein.«

»Habt Ihr nach seinem Messer gesucht?«

Der Hauptmann schüttelte den Kopf.

»Er könnte es also im Schuppen weggeworfen haben?«

»Das wäre möglich.«

Jona spürte, wie die Furcht ihm die Kehle eng machte. Was, wenn man ihn für schuldig befand? Die Vorstellung, wieder ins Loch zu wandern, war so schrecklich, dass er lieber auf der Stelle tot umgefallen wäre.

Die Schöffen flüsterten erneut untereinander, ehe sie verkündeten: »Der Gefangene soll zurück in die Zelle gebracht werden. Wir tragen die Ergebnisse dieser Befragung dem Rat vor.«

# Kapitel 44

Es dauerte bis zum Stundengebet der Sext, ehe Olivera Matthäus zu Gesicht bekam. Er erschien in Begleitung seines Gehilfen im Spital und steuerte zielstrebig auf sie zu. Als sie sein düsteres Gesicht sah, erhob sie sich von dem Krankenlager, an dem sie gesessen hatte, und trat ihm entgegen. »Hast du was ausrichten können?«, fragte sie, obwohl seine Miene das Gegenteil vermuten ließ.

Er presste die Lippen aufeinander. »Das wird sich zeigen«, antwortete er. »Wir sollen in einer Stunde vor dem Inneren Rat erscheinen, um über die Vorkommnisse mit dem Teufelsaustreiber zu berichten.«

Das überraschte Olivera nicht. »Was hat der Pfleger dazu gesagt?«

Matthäus schnaubte. »Er bezweifelt, dass der Pfaffe die Schuld am Tod des Mannes trägt. Er hat mich eindringlich davor gewarnt, gegen ihn auszusagen.«

Olivera schüttelte den Kopf. »Warum? Er kann doch nicht so blind sein, dass er nicht begreift, was hier vorgeht!«

»Er will sich nicht gegen Martin Groß und seine Unterstützer stellen. Sollte er das Falsche tun, könnte man ihm den Posten als Pfleger wegnehmen.«

»Das kann nicht sein Ernst sein!«

»Ich fürchte doch.« Matthäus gab seinem Gehilfen zu

verstehen, dass er zurück an die Arbeit gehen solle, bevor er Olivera am Arm nach draußen führte. »Wenn du nicht aussagen willst, nehme ich dir das nicht übel.« Er bedachte sie mit einem fragenden Blick.

»Natürlich will ich aussagen! Wir dürfen nicht zulassen, dass dieser Scharlatan noch mehr Menschen umbringt! Ich weiß zwar nicht, was er dem armen Mann gegeben hat, aber das hat ihn das Leben gekostet.«

Matthäus seufzte. »Viele der Ratsmitglieder sind inzwischen davon überzeugt, dass die Krankheit von einer Besessenheit herrührt. Es wird nicht einfach sein, sie vom Gegenteil zu überzeugen.«

Daran zweifelte Olivera keinen Moment lang. Dennoch durften sie nichts unversucht lassen. »Wir müssen ihm Einhalt gebieten«, sagte sie. »Ich bin sicher, dass Gott auf unserer Seite ist.«

Diese Hoffnung nahm sie mit, als sie eine Dreiviertelstunde später mit Matthäus zum Rathaus aufbrach. Der Wind war in der Zwischenzeit noch schneidender geworden, die Schneeflocken dicker. Das Kopfsteinpflaster war mit einer dünnen weißen Schicht bedeckt, in der sich ihre Spuren deutlich abzeichneten. Kaum eine Menschenseele war auf den Straßen unterwegs, wer nicht musste, hielt sich nicht im Freien auf. Nur eine Handvoll Fuhrwerke kreuzten ihren Weg, der vor der Tür der Ratsstube endete.

Nachdem ein Ratsknecht sie angemeldet hatte, betraten sie den überheizten Raum, in dem sich die meisten Mitglieder des Inneren Rates eingefunden hatten. Zu Oliveras Verdruss waren auch der Teufelsaustreiber und seine Begleiter anwesend, ebenso der Spitalpfleger.

Martin Groß saß mit den Sieben Älteren an dem langen Tisch am Kopfende des Raumes und sah ihnen mit zornigem Blick entgegen.

Sobald Olivera und Matthäus auf der vordersten Bank Platz genommen hatten, ergriff der Frager das Wort.

»Wir sind heute zusammengekommen, um über den tödlichen Ausgang der Teufelsaustreibung im Spital zu Rate zu sitzen. Vorgeladen sind der Medicus, die Salbenmacherin und der Exorzist, der die Austreibung durchgeführt hat.«

»Ich bin nur aus gutem Willen hier«, meldete sich der Geistliche zu Wort. »Ihr wisst, dass Ihr keine Gerichtsbarkeit über ein Mitglied der heiligen Kirche besitzt!«

»Zur Kenntnis genommen«, erwiderte der Frager mit einem knappen Nicken. »Zuerst wollen wir hören, was genau im Spital vorgefallen ist und wie der Erkrankte den Tod gefunden hat.«

»Der Besessene!«, verbesserte der Teufelsaustreiber.

Der Frager bedachte ihn mit einem scharfen Blick.

»Schreiber! Halte fest, dass ich dagegen war, diese beiden Kurpfuscher zu Rate zu ziehen!«, rief Martin Groß.

»Bitte! Ruhe!«, ermahnte ihn der Frager, ehe er sich an Matthäus wandte. »Berichtet, was passiert ist«, forderte er ihn auf.

Matthäus erhob sich, trat vor den Tisch und erzählte in knappen Worten von dem Bad und dem anschließenden Anketten in der Kapelle.

»Ihr habt den Besessenen angekettet?« Einer der anderen Bürgermeister hob erstaunt die Brauen.

»Er brauchte einen Heilschlaf«, erklärte der Geistliche herablassend. »Normalerweise sollte die Reliquie eines

Heiligen in der Nähe sein, aber in Ermangelung dessen …« Er machte eine wegwerfende Handbewegung.

»Das erscheint mir sehr …«, der Bürgermeister suchte nach dem passenden Wort.

»Es ist die übliche Vorgehensweise bei einer Austreibung«, sagte der Gottesmann.

Einige der Ratsmitglieder tauschten verstohlene Blicke.

»Der Mann war bereits auf dem Weg der Besserung«, ergriff Matthäus wieder das Wort. »Dank der Arznei, die wir ihm verabreicht haben. Hätten wir ihn weiter behandeln können, wäre er noch am Leben!«

»Das ist lästerlich!«, erboste sich der Austreiber. »Die arme Seele ist nur geflohen, weil Ihr zu lange damit gewartet habt, den Dämon austreiben zu lassen!« Er verengte die Augen zu Schlitzen. »Ist nicht wegen Eurer Behandlung schon jemand gestorben?« Er sah Martin Groß an.

»Dort kam die Rettung zu spät«, gestand Matthäus ein. »Es war zuerst nicht klar, um welche Krankheit es sich handelt.«

»Ach?« Martin Groß ballte die Fäuste. »Wart Ihr nicht zuerst der Ansicht, dass es sich um eine Heilige Krankheit handelt?« Sein Blick blieb an Olivera haften. »*Ihr* habt behauptet, Ihr könntet meine Tochter heilen!«

Olivera spürte, wie sich ihr Magen zusammenzog. Wollte Groß ihr schon wieder die Schuld am Tod seiner Tochter zuschieben? »Zuerst sah es so aus, als ob Clara an der Fallsucht gelitten hätte«, erwiderte sie.

»Nehmt Ihren Namen nicht in den Mund!«, fauchte Martin Groß.

Olivera schluckte.

»Und dann?«, hakte der Teufelsaustreiber nach und wandte sich an Matthäus und Olivera. »Seid Ihr so hochmütig, dass Ihr dachtet, es wäre keine Strafe Gottes?«

»Warum sollte Gott meine Tochter strafen?«, brauste Martin Groß auf. »Sie war unschuldig!«

»Keiner ist ohne Schuld«, gab der Geistliche zurück.

»Die Kranken leiden am Antoniusfeuer«, unterbrach Matthäus den aufflammenden Streit. »An einer seltenen Ausprägung, die in den Schriften Brotseuche genannt wird.« Er erklärte dem Rat erneut, wie sich diese Form der Krankheit äußerte.

»Was sind das für Schriften?«, wollte der Austreiber wissen. »Heidnische?«

»Antike«, wich Matthäus der Frage aus.

»Von Heiden verfasst?«

»Das mag sein, aber …«

»Ihr wollt Besessene mit Mitteln heilen, die Ihr in heidnischen Schriften gefunden habt?«

»Die Menschen sind krank, nicht besessen!« Matthäus sah Hilfe suchend zum Pfleger, der sich nicht rührte. »Anstatt die Nürnberger vor dem Naschwerk dieses fahrenden Zuckerbäckers zu warnen, verschwenden wir Zeit mit unnötigen Teufelsaustreibungen! Fast jeder Kranke hat sich daran erinnert, süßes Brot gegessen zu haben.« Eine Ader fing an, auf seiner Stirn zu pulsieren.

»Hört doch auf mit dem Zuckerbäcker!«, schnaubte ein Ratsmitglied. »Als ob süßes Brot für diese Seuche verantwortlich sein könnte!«

»Das ist es aber!«

»Unfug!«

»Warum hilft dann Oliveras Arznei?«, forderte Matthäus zu wissen. »Wäre alles Unsinn, würde die Kur wohl kaum anschlagen.«

»Nun, bei dem Kranken im Spital hat sie offenbar nicht geholfen«, giftete Martin Groß.

»Vielleicht ist es gar keine Arznei«, sagte der Austreiber mit einem Unterton, der Olivera nicht gefiel.

»Wie meint Ihr das?« Der Frager sah ihn verwundert an. »Wollt Ihr dem Medicus und der Salbenmacherin unterstellen, sie hätten den Mann vergiftet?«

Der Geistliche schwieg.

»Wollt Ihr wirklich schon wieder behaupten, Olivera wäre ein Todesengel?«, erkundigte sich Hans Tucher, der bisher noch nichts gesagt hatte. »Diesen Vorwurf könnt Ihr nicht ernsthaft in Erwägung ziehen.«

»Das tun wir auch nicht«, wiegelte der Frager ab.

»Es war gewiss kein Gift«, sprang der Geistliche Olivera unerwartet bei. »Aber ich kann Euch genau erklären, wie es dazu kommt, dass immer mehr Menschen an dieser angeblichen Seuche erkranken.« Er machte eine bedeutungsvolle Pause, ehe er auf Matthäus zeigte. »*Er* ist vom Teufel besessen!«

# Kapitel 45

»Mir gefällt das alles nicht.« Gerlin sah sich voller Angst um, doch außer ihr und Paul war niemand in der Kräuterküche. Sie hatte ihn abgefangen und in den Raum gezogen, um mit ihm über die Gefahr zu reden, in der Olivera, der Medicus und vielleicht auch er schwebten.

»Mach dir keine Sorgen«, beruhigte er sie. »Matthäus ist ein kluger Redner. Er wird den Rat davon überzeugen, dass dieser Teufelsaustreiber ein Betrüger ist.«

»Bist du dir sicher?« Gerlin wusste nicht, was sie denken sollte. Die seltsame Seuche erfüllte sie mit Furcht, auch wenn Oliveras Arznei zu helfen schien. Viele der Bediensteten teilten die Ansicht der Hebmagd, mit der sie gesprochen hatte, und dachten, dass der Dämon zu listenreich war für weltliche Kräfte.

»Es ist ein böser Geist«, hörte sie die Frauen immer wieder tuscheln. Die meisten behängten sich mit Kruzifixen, einige hatten sogar den Boden ihrer Kammern mit Salz bestreut, das sie anschließend ausgefegt hatten.

»Der Pfleger wird nicht zulassen, dass man Matthäus irgendeiner Schuld bezichtigt«, sagte Paul. Er trat näher und zog Gerlin in die Arme.

Obwohl seine Nähe sie mit einem warmen Gefühl erfüllte, beruhigten seine Worte sie nicht. Was, wenn auch Olivera wieder in Gefahr geriet? Würden ihre Feinde im

Rat diese Gelegenheit nicht beim Schopf packen? Und was würde passieren, falls man Paul bezichtigte? Sie machte sich von ihm los, fuhr sich mit dem Ärmel über die Augen und sah zu ihm auf. »Vielleicht bist du in Gefahr«, flüsterte sie.

Paul schüttelte mit einem Lachen den Kopf. »Ich bin nichts weiter als ein kleiner Gehilfe. Wer sollte mich verdächtigen?«

Gerlin hoffte, dass er recht hatte. Denn was sollte sie sonst anfangen? Sie liebte ihn mehr, als sie sich jemals hätte vorstellen können. Ihn zu verlieren ... Der Gedanke machte ihr die Kehle eng.

Das Geräusch von Schritten ließ sie aufhorchen. Hastig traten sie voneinander zurück und sahen sich nach etwas um, das sie als Vorwand für ihre Anwesenheit in der Kräuterküche verwenden konnten.

Paul packte einen Korb mit Feuerholz, während Gerlin sich einen großen Topf von einem Haken angelte.

»Hier bist du!« Die Obermagd erschien auf der Schwelle und bedeutete Gerlin, ihr zu folgen. »Ich brauche dich bei einer der Insassen.« Ihr Blick fiel auf den Topf. »Das kann warten. Du musst mir helfen, die alte Grete zu verbinden.«

Gerlin verkniff sich ein Seufzen. Die alte Grete war eine Greisin, die immer wieder ins Spital gebracht wurde, weil sie sich beim Reisigsammeln im Wald etwas verstaucht, verrenkt oder gebrochen hatte. Obwohl sie älter sein musste als Methusalem, ließ sie sich durch keine Warnung davon abbringen, in Gräben oder auf Hügel zu steigen. Da sie allein in einer kleinen Kate bei der Stadtmauer wohnte, gab es niemanden, der sich zu Hause um sie kümmern konnte.

Nach einem letzten Blick in Pauls Richtung folgte Gerlin der Obermagd und fand sich kurz darauf am Lager der alten Grete wieder. Die weißhaarige Frau lag reglos in den Kissen, die Haut durchscheinend wie Pergament. Unter ihren Augen lagen dunkle Ringe, ihr Atem war abgehackt. Ihr linkes Bein war vom Knöchel bis zum Knie aufgeschlagen und blutete heftig.

»Das wird jetzt ein bisschen wehtun«, warnte die Obermagd, als sie nach dem Bein griff, um es anzuheben. Sie bedeutete Gerlin, Salbe aus einem Tiegel auf die Wunde zu streichen und sie dann zu verbinden.

Die alte Frau öffnete die Augen. Obwohl es schmerzen musste, als Gerlin den Verband anlegte, gab sie keinen Laut von sich.

»Wo ist das passiert?«, hörte Gerlin die Obermagd fragen.

»Im Wald«, war die knappe Antwort.

»Du solltest bei dieser Witterung nicht in den Wald gehen. Das nächste Mal findet dich vielleicht keiner.«

Die Greisin lachte, leise und schwach. »Wo soll ich sonst Holz sammeln? Auf der Straße liegt keins rum.«

»Hast du denn niemanden, der dir helfen kann?«

Die alte Grete schnaubte. »Sind alle tot.«

Mitleid stieg in Gerlin auf. Wie es wohl war, so mutterseelenallein zu hausen? Obwohl es in der Siechenstube nicht kalt war, legte sich eine Gänsehaut über ihre Arme. Wenn Paul nicht wäre, stünde ihr ein ähnliches Leben bevor. Sie hatte unglaubliches Glück, dass er sie nicht für das verurteilte, was sie gewesen war. Mit ihm lag, so Gott wollte, eine Zukunft vor ihr, vor der sie sich nicht fürchten brauchte. Sie verknotete die Binde und rückte das Bein der alten Frau behutsam zurecht.

»Stimmt es, dass hier ein Dämon sein Unwesen treibt?«, fragte die Greisin unvermittelt.

Gerlin hob den Kopf.

Die Obermagd bekreuzigte sich.

»Dachte ich mir, dass das nicht nur Gerede ist«, murmelte die Alte. »Ich habe keine Angst vor ihm.«

»Wieso nicht?«, platzte es aus der Obermagd heraus.

»Weil ich zu alt bin, als dass der Teufel sich für meine Seele interessieren würde«, war die Antwort. »Der Leibhaftige bevorzugt die Jugend.« Sie schloss die Augen. »Um mich macht selbst der Schnitter einen Bogen.«

Gerlin erhob sich vom Lager und säuberte sich die Hände. Dann, nachdem die Obermagd sie entlassen hatte, ging sie zurück in die Kräuterküche, um ihr Gespräch mit Paul fortzusetzen.

# *Kapitel 46*

»Wie könnt Ihr es wagen, solch eine ungeheuerliche Behauptung aufzustellen?« Der Spitalpfleger sprang von seinem Platz auf und funkelte den Teufelsaustreiber empört an. Seine Zurückhaltung schien sich in Luft aufgelöst zu haben.

»Das ist nun wirklich vollkommener Unsinn«, sagte Matthäus mit einem Kopfschütteln. »Weshalb sollte ich von einem Dämon besessen sein? Ist das alles, was Euch einfällt, um Euch zu verteidigen?«

»Ich brauche mich nicht zu verteidigen!«, fauchte der Geistliche. »*Ihr* seid derjenige, der zu lange gewartet hat, um Hilfe zu holen! *Ihr* zeichnet dafür verantwortlich, dass der Dämon so lange sein Unwesen treiben konnte!« Er hob die Hände. »*Ihr* seid sein Gefäß!«

Laute Stimmen erhoben sich im Saal.

»Beschuldigt Ihr den Medicus eines Verbrechens?«, erkundigte sich der Frager mit dunkler Miene.

»Eines Verbrechens? Nein! Ich behaupte allerdings, dass *er* es ist, der den bösen Geist überall hinbringt!«

»Wollt Ihr allen Ernstes behaupten, der Dämon sei in Matthäus gefahren?«, fragte der Pfleger fassungslos.

»Genau das behaupte ich!« Der Gottesmann baute sich zu seiner vollen Größe auf und warf einen wütenden Blick in die Runde. »Und er konnte nur so lange sein Unwesen treiben, weil *Ihr* blind seid für die Gefahr!«

»Das ist ungeheuerlich!«, zeterte der Pfleger. »Matthäus ist ein ausgezeichneter Arzt!«

»Könnt Ihr für ihn bürgen?«, wandte sich der Geistliche an ihn. »Würdet Ihr vor Gott schwören, dass seine Seele unbefleckt ist?«

»Wir sind hier nicht in der Kirche!«, rief Hans Tucher.

»Wenn Ihr nicht wollt, dass dem Dämon sein teuflisches Handwerk gelegt wird, hättet Ihr mich nicht in die Stadt holen sollen!« Der Austreiber reckte hochmütig das Kinn. »Der Bischof hat mich vor Euch gewarnt.«

»Hat er das?«, höhnte eines der Ratsmitglieder. »Vielleicht hätte er uns vor Euch warnen sollen.«

»So kommen wir nicht weiter!« Der Frager tauschte ein paar leise Worte mit den anderen Älteren, ehe er sich an den Geistlichen wandte. »Angenommen, Ihr habt recht mit Eurer Vermutung ...«

»Was?« Matthäus sprang auf und machte mit hochrotem Kopf einen Schritt auf den langen Tisch zu.

»Setzt Euch!«, befahl der Frager.

Matthäus rührte sich nicht vom Fleck.

»Ihr solltet tun, was er sagt«, riet ihm der Pfleger.

Olivera war erschüttert. Was sollte das Gerede? Die Räte konnten doch nicht ernsthaft glauben, dass Matthäus von einem Dämon besessen war! Sie öffnete den Mund, um etwas zu sagen, aber der Frager kam ihr zuvor.

»Angenommen, Ihr habt recht mit Eurer Vermutung«, hob er erneut an. »Wie wäre herauszufinden, ob der Dämon in unserem Medicus Zuflucht gesucht hat?«

Matthäus ballte die Fäuste. »Wollt Ihr ihm erlauben ...?«

»Ruhe!«

Matthäus ließ sich nicht mundtot machen. Er griff nach dem Kruzifix an seinem Hals und umfasste es mit beiden Händen. »Wie erklärt Ihr Euch das?« Er nahm das Kruzifix ab und küsste es. »Würde ein Dämon in mir wohnen, könnte ich so etwas kaum tun!«

»Es ist ein überaus listenreicher und bösartiger Geist«, entgegnete der Austreiber ungerührt. »Es hat viel Kraft gekostet, ihn aus der armen Seele im Spital auszutreiben.«

Olivera konnte nicht länger schweigen. »Ihr habt ihm etwas gegeben«, sagte sie.

Alle Blicke richteten sich auf sie.

Auch der Geistliche musterte sie kühl. »Natürlich habe ich ihm etwas gegeben«, sagte er in einem Tonfall, als würde er mit einem dummen Kind sprechen. »Exorziertes Salz.«

»Aber …«

»Was schlagt Ihr vor?«, fiel der Frager ihr ins Wort.

»Um den Dämon aus Eurem Medicus auszutreiben, muss er dieselbe Prozedur über sich ergehen lassen wie alle anderen.«

»Das werde ich nicht zulassen!«, tobte Matthäus. »Er will nur von seiner Unfähigkeit ablenken!«

»Wer ist unfähig?«, knurrte Martin Groß.

Olivera fröstelte. Die Stimmung im Saal hatte eindeutig umgeschlagen. Anstatt den Gottesmann mit grimmigen Mienen anzustarren, betrachteten die Ratsmitglieder Matthäus voller Misstrauen.

»Dieser Mann ist ein Betrüger!«, schimpfte der Medicus. »Er hat bereits einen Kranken umgebracht. Wollt Ihr wirklich, dass es mehr werden? Die Arznei hilft, die Menschen werden gesund. Es gibt keinen Dämon!«

Mit einem Stechen in den Eingeweiden erinnerte sich Olivera an Gerlins Warnung. Sie hatte geahnt, dass so etwas passieren würde. Die Hoffnung, dass der Machtkampf zwischen dem Bischof und den Nürnbergern den Rat in dieser Sache beeinflussen würde, war offensichtlich vergeblich.

»Warum lasst Ihr den Austreiber nicht gleich beweisen, dass er den Dämon loswerden kann?«, sprang Hans Tucher Matthäus bei.

»Hier?« Der Geistliche wirkte überrumpelt von dem Vorschlag.

Hans Tucher nickte. »Wenn wir alle Zeugen der Zeremonie wären …«

»Das ist unmöglich! Wie stellt Ihr Euch das vor? Es gibt Vorschriften für solch ein Ritual!«

»Dann nennt uns einen Ort, an dem es Euch genehm ist, damit wir anwesend sein können, um zu überprüfen, ob Euer Zauber wirkt«, forderte ein anderes Mitglied des Inneren Rates.

»Es ist kein Zauber! Es ist Gottes Werk!«

»Was auch immer«, murmelte jemand hinter Olivera.

»Wollt Ihr Matthäus wirklich einem Exorzismus unterziehen?«, empörte sich der Pfleger.

»Darüber müssen wir beraten.« Diese Antwort ließ nichts Gutes erahnen. »Bringt den Medicus ins Spital und sorgt dafür, dass er nicht in die Nähe der Kranken kommt!«, befahl der Frager dem Pfleger.

»Ihr wollt mich von meiner Arbeit abhalten?« Matthäus schäumte vor Wut. »Das lasse ich mir nicht gefallen! Eher verlasse ich die Stadt!«

»Ihr werdet hier bleiben!«, befahl der Frager. »Bitte«, setzte er etwas milder hinzu.

»Und wenn nicht?«

»Bleibt uns nichts anderes übrig, als Euch unter Arrest zu stellen.«

»Das würdet Ihr nicht wagen! Wer soll sich dann um die Kranken kümmern?«

Einige der Anwesenden sahen Olivera an, die sich an einen anderen Ort wünschte. Sie hasste sich für ihre Feigheit, dennoch wagte sie nicht, erneut das Wort zu ergreifen. Zu viele der Anwesenden schienen der Ansicht, dass der Teufelsaustreiber recht hatte. Wenn sie sich und ihre Familie nicht wieder in Gefahr bringen wollte, blieb ihr nur, herauszufinden, was der Geistliche dem Insassen gegeben hatte. Ganz bestimmt war es kein exorziertes Salz gewesen. Sie beschloss, in den Kräuterbüchern ihrer *Yiayia* nachzusehen, da sie sicher war, in Konstantinopel etwas Ähnliches gesehen zu haben. Falls sie herausfand, womit der Austreiber die angeblich Besessenen behandelte, konnte sie ihn womöglich für den Tod des Knechtes verantwortlich machen.

Sie rutschte unruhig auf ihrem Platz hin und her. Die Zeit drängte. Sollte der Rat dem irrwitzigen Vorschlag zustimmen, musste sie alles Menschenmögliche unternehmen, um Matthäus vor einem ähnlichen Schicksal zu bewahren. Die Aussichten, in den Büchern ihrer Großmutter etwas zu entdecken, standen schlecht, aber sie durfte nichts unversucht lassen.

Während zwei Ratsknechte Matthäus unter dessen lautstarkem Protest aus der Ratsstube führten, schielte sie zu dem Geistlichen. Auf dem Gesicht des Austreibers lag ein zufriedenes Lächeln, das Olivera wütend machte. Der Mann war ein Betrüger, ein windiger Scharlatan, der offensichtlich über Leichen ging, um die Nürnberger von der Wirksamkeit seines Tuns zu überzeugen. Wenn sie ihm keinen Einhalt gebieten konnte, richtete er mit Sicherheit noch mehr Schaden an.

# Kapitel 47

Jona wusste nicht, wie viel Zeit seit der Befragung verstrichen war, allerdings erschien es ihm wie eine Ewigkeit. Wie lange würde der Rat brauchen, um über sein Schicksal zu entscheiden? Er war sicher, dass die Schöffen ihm nicht geglaubt hatten. Die Angst sorgte dafür, dass er trotz der Kälte in der Zelle schwitzte, da es nicht schwer war, sich auszumalen, was ihn erwartete. Warum hatte Mathes ihn nur so sehr gehasst? Er hatte dem Knecht nie ein Unrecht getan, allerdings hatte Mathes ihn seit seiner Ankunft in Oliveras Haus mit Misstrauen beäugt. Immer wieder hatte er angenommen, Jona wolle Oliveras Güte ausnutzen, um sie zu bestehlen. Dabei wäre es Jona nie eingefallen, Olivera zu schaden. Er verdankte ihr alles, ohne sie würde er aller Wahrscheinlichkeit nach nicht mehr leben. Die Schinderei unter der Aufsicht des Bettelmeisters hätte er keinen Winter lang überstanden.

Als Tränen in seinen Augen aufstiegen, blinzelte er sie wütend weg. Es brachte nichts, in Selbstmitleid zu versinken. Mathes war tot und jemand musste den Preis dafür bezahlen. Vielleicht war es besser so. Jetzt wussten nur noch Olivera, Götz und er die Wahrheit über Paumgartner und seine Helfer, über Markos und was wirklich vorgefallen war. Der Gedanke an Paumgartner führte zu einem anderen, der ihn erneut mit Furcht erfüllte. Was, wenn man ihn peinlich befragte? Würde er unter der Folter alles verraten? Er schrak zusammen, als unvermittelt Geräusche an sein Ohr drangen. Kamen sie, um ihn abzuholen? Sein Magen verkrampfte sich schmerzhaft.

Als wenig später die Tür seiner Zelle aufging, bemühte er sich darum, sich seine Angst nicht anmerken zu lassen. Sein Schicksal lag in Gottes Hand, es gab nichts, was er tun konnte, um seinen Hals zu retten. Vielleicht war jetzt der Zeitpunkt gekommen, an dem er für seine zahllosen Sünden büßen musste.

»Die Schöffen sind bereit«, informierte ihn der Hauptmann, der einem seiner Männer ein Zeichen gab, Jona am Arm zu packen.

Zu seiner Erleichterung legte man ihn dieses Mal nicht in Ketten, auch wenn er nicht wusste, ob das ein gutes oder ein schlechtes Zeichen war. Sein Herz schlug bis zum Hals, als er dem Hauptmann den Gang entlang zu derselben Tür folgte wie bei seiner Befragung.

»Bringt ihn rein!«, hörte er einen der Schöffen sagen, nachdem der Hauptmann den Raum betreten hatte.

Auf unsicheren Beinen überquerte Jona die Schwelle und versuchte, das Zittern seiner Glieder unter Kontrolle zu bringen. *Herr, erbarme dich!,* flehte er in Gedanken und schlug ein Kreuz.

»Ein gottesfürchtiger Bursche. Sieh an«, bemerkte einer der Schöffen mit etwas, das man für ein Lächeln halten konnte.

»Der Rat hat entschieden«, ergriff der zweite Schöffe das Wort und nahm etwas in die Hand, das vor ihm auf dem Tisch lag.

Jona hielt die Luft an. Erst nach einem Augenblick erkannte er, dass es sich um ein Messer handelte. Sein Messer.

»Aufgrund der Aussagen der Zeugen und der Tatsache, dass sich dieses Messer dort befand, wo du behauptet hast, befindet der Rat, dass es sich bei dem Tod des Knechtes Mathes um einen Unfall infolge von Notwehr handelt. Du bist frei!«

Jona wusste nicht, ob er richtig gehört hatte. »Frei?«, flüsterte er.

»Das kannst du wiederhaben.« Der Schöffe hielt ihm das Messer hin.

Jona rührte sich nicht vom Fleck.

»Du bist frei, Junge!« Der Hauptmann versetzte ihm einen Stoß in den Rücken. »Nimm dein Messer und verschwinde!« Er drückte ihm das Messer in die Hand, fasste ihn bei der Schulter und schob ihn zur Tür. Außer Hörweite der Schöffen, raunte er ihm ins Ohr: »Noch mal kommst du nicht so glimpflich davon. Wenn ich dich auch nur bei einer Kleinigkeit erwische, sorge ich eigenhändig dafür, dass du für immer im Loch verschwindest. Hast du verstanden?«

Jona nickte.

»Dann mach, dass du fortkommst!« Der Hauptmann bugsierte ihn auf den Gang hinaus und versetzte ihm einen Hieb auf den Hinterkopf. »Lass dich nie wieder hier blicken!«

Aus Angst, die Schöffen oder der Rat könnten es sich anders überlegen, zögerte Jona nicht lange. So schnell er konnte, rannte er die Treppe hinab in die Halle und floh ins Freie, wo er keuchend die frische Luft einzog. Er war frei! Man hatte ihn nicht in die Folterkammer gezerrt! Er konnte sein Glück kaum fassen. »Danke, Herr«, murmelte er und schwor sich, ab sofort ein besserer Mensch zu sein. Gott hatte schon so oft Gnade gezeigt, mehr verdiente er nicht.

Er spürte die Kälte kaum, als er die Burgstraße hinauflief. Vor dem Tor zögerte er kurz, ehe er den Hof betrat und sich umsah, als ob er Oliveras Haus noch nie gesehen hätte. Ihm wurde klar, dass er nicht geglaubt hatte, dass er das Rathaus je wieder verlassen würde.

»Jona!«

Fronis Stimme ließ ihn herumwirbeln.

Sie kam mit einem Korb voller Eier aus dem Hühnerstall, stellte ihn ab und flog auf ihn zu. Ohne Scheu fiel sie ihm um den Hals und drückte ihn an sich. »Du bist wieder da!« Sie ließ ihn los und strahlte ihn an. »Ich hatte solche Angst, dass man dich ins Loch steckt!« Ihre Wangen glühten, als ihr bewusst wurde, wie unziemlich sie sich benahm.

»Ich auch«, gestand Jona.

»Wieso haben sie dich so lange eingesperrt?«, wollte Froni wissen.

Jona erzählte ihr, was sich ereignet hatte.

Sie schien einen Kopf größer zu werden. »*Ich* habe den Wachen gezeigt, wo du dein Messer verloren hast«, sagte sie. »Wenn es nicht dort gewesen wäre, hätte ich eines hingelegt«, setzte sie flüsternd hinzu. »Du bist nicht schuld daran, dass Mathes sich den Hals gebrochen hat.«

Er verspürte ein warmes Gefühl der Dankbarkeit. Und etwas anderes, das ihm die Wangen heiß werden ließ. Bevor er sich vor Froni zum Narren machen konnte, kamen Irmla, Götz und Cristin aus dem Haus gelaufen, die ihn vermutlich durch das Fenster gesehen hatten.

»Dem Herrn sei Dank!«, rief die Köchin aus und schloss Jona ebenfalls in eine Umarmung. Dann hielt sie ihn an ausgestreckten Armen von sich und betrachtete ihn wie eine Mutter ihren verlorenen Sohn. »Was bin ich froh!«

Götz klopfte ihm wortlos auf die Schulter.

»Bist du jetzt kein Mörder mehr?«, fragte Cristin.

»Cristin!«, ermahnte Irmla sie. »So was darfst du nie wieder sagen! Jona ist kein Mörder!«

»Aber Mathes ist doch tot!«

»Es war ein Unfall«, sagte Götz. »Wir sollten nicht mehr davon sprechen.« Mit diesen Worten bedeutete er Jona, ihm ins Haus zu folgen, wo er zurück an die Arbeit ging, als wäre nichts geschehen.

Trotz seines Schweigens und der ausdruckslosen Miene konnte Jona die Erleichterung erkennen, die Götz empfand. »Wo ist Olivera?«, fragte er.

»Im Spital«, erwiderte Götz. »Sie kommt sicher auch bald nach Hause.«

# Kapitel 48

Nachdem Olivera ohnmächtig dabei zugesehen hatte, wie die Stadtwachen Matthäus in die Mitte nahmen, um ihn im Spital unter Hausarrest zu stellen, kehrte sie dem Rathaus den Rücken. Sie rief sich den Vorfall in Konstantinopel in Erinnerung und hoffte, dass ihre Großmutter ihn schriftlich festgehalten hatte. Der Kranke war damals gestorben, nicht einmal ihre *Yiayia* hatte ihn retten können. Ein Insasse war tot, gestorben an dem Gift, das der Teufelsaustreiber ihm verabreicht hatte. Zwar schien der Rat dem Geistlichen alles zu glauben, aber das würde sich ändern, wenn Olivera beweisen konnte, mit welchen schmutzigen Mitteln er arbeitete. Auf keinen Fall durfte sie zulassen, dass Matthäus demselben Ritual unterworfen wurde.

Sie zog die Schultern hoch, um sich vor der feuchten Kälte zu schützen und eilte die Burgstraße hinauf. Zu ihrer Überraschung erblickte sie beim Betreten des Hauses Jona im Verkaufsraum. Auch Götz und Cristin waren da.

»Jona!«, rief sie erfreut aus.

»Er ist freigesprochen worden«, erklärte Götz. »Der Rat hat Mathes' Tod als einen Unfall beurteilt.«

Olivera war erleichtert. Obwohl sie wusste, dass Jona ein aufrechter Junge war, hatte sie befürchtet, der Hass auf Mathes hätte ihn zu etwas Furchtbarem verleitet.

»Die Wachen haben mir geglaubt, weil sie mein Messer im Trockenschuppen gefunden haben«, sagte Jona. »Mathes wollte *mich* umbringen«, setzte er hinzu, als ob er fürchtete, dass sie ihm nicht glaubte.

»Ich bin froh, dass du wieder da bist«, seufzte Olivera und hielt sich mit Mühe davon ab, ihn in die Arme zu schließen. Er war kein Junge mehr, sondern ein ausgewachsener Mann. Sie dachte daran zurück, wie er halb tot vor ihrer Tür aufgetaucht war, ein Opfer ihres ersten Gemahls Laurenz. Seit damals hatte er sich zu einem tüchtigen Helfer entwickelt, dem sie ihr Leben und das ihres Sohnes verdankte. Sie würde nie vergessen, was er für sie getan hatte. »Kümmert euch um den Verkaufsraum«, bat sie Jona und Cristin und bedeutete Götz, ihr in die Offizin zu folgen.

Als ihr Sohn Lukas mit der Kindermagd Jonata und Cristins Bruder Uli aus dem Obergeschoss auftauchte, traten jedoch alle Gedanken an Matthäus und den Teufelsaustreiber für einige Augenblicke in den Hintergrund.

»Mama!«, rief Lukas freudig aus und lief auf sie zu, um sich von ihr auf den Arm nehmen zu lassen. Sein Gesicht und seine Hände waren schmutzig vom Spiel, doch das war Olivera gleichgültig. Sie hatte viel zu wenig Zeit für ihn und er schien jeden Tag etwas mehr zu wachsen.

»Er ist schwerer zu hüten als ein Sack Flöhe«, lachte Jonata. Sie war auch Ulis und Cristins Kindermagd gewesen und liebte die Kinder wie ihre eigenen.

»Erzählst du mir eine Geschichte?«, fragte Lukas.

Olivera küsste ihn auf die Stirn. »Später, mein Schatz«, versprach sie.

»Wann später?«

»Sobald es dunkel ist.« Sie setzte ihn wieder ab und fuhr ihm liebevoll durchs Haar. »Spiel noch ein bisschen mit Uli.«

»Uli gewinnt immer.« Lukas schob die Unterlippe vor.

»Dann musst du dich mehr anstrengen«, sagte Götz.

»Komm!« Uli fasste ihn an der Hand und zog ihn auf die Tür zu.

»Wartet!«, rief Jonata. »Ihr müsst euch warm anziehen!«

Olivera wandte sich mit einem Lächeln ab, wurde jedoch sofort wieder ernst, als sie die Salbenküche betrat. »Mach die Tür zu«, bat sie Götz. Dann erzählte sie ihm von der Ratssitzung und den Anschuldigungen des Teufelsaustreibers.

»Er hat behauptet, Matthäus wäre von einem Dämon besessen?«, fragte er fassungslos. »Das kann der Rat unmöglich geglaubt haben.«

Olivera lachte gespielt. »Sie beraten darüber, ob er sich einem Exorzismus unterziehen muss.«

»Das ist verrückt!«

Olivera nickte.

Götz sah sie besorgt an. »Du musst dich raushalten«, warnte er. »Sonst kommt am Ende noch jemand auf den Einfall, dass du auch besessen sein könntest.«

»Ich kann mich nicht raushalten«, entgegnete Olivera. »Matthäus ist ein guter Arzt. Ihn trifft keine Schuld am Tod des Insassen. Dieser Betrüger hat dem Kranken irgendwas gegeben, und es war ganz bestimmt nicht nur exorziertes Salz.« Sie ging zu dem Regal mit den Büchern und zog die Aufzeichnungen ihrer *Yiayia* hervor. »Ich habe etwas Ähnliches schon mal in Konstantinopel gesehen. Damals ist auch ein Mann gestorben, weil er sich mit etwas vergiftet hat, das meine *Yiayia* als *nux methel* bezeichnet hat, ein Pulver aus fremden Samen.« Sie blätterte in einem der Kräuterbücher. »Ich bin mir nicht sicher, aber ich glaube, sie hat Jahre später auf einem der Basare etwas gekauft, das gegen die Vergiftung helfen soll.«

Götz trat neben sie und legte die Hand auf das Buch. »Ich denke wirklich, es wäre besser, wenn du dich nicht einmischst«, sagte er. »Ich habe Angst um dich. Mal wieder.«

»Was soll ich denn sonst tun?« Olivera sah verzweifelt zu ihm auf. »Ich kann Matthäus nicht seinem Schicksal überlassen. Ganz zu schweigen von den anderen Kranken, die an der Brotseuche leiden. Wenn ich nicht beweisen kann, dass der Austreiber ein Betrüger ist, sterben noch mehr Menschen!«

»Vielleicht kann Hans Tucher helfen«, schlug Götz vor.

»Was soll er gegen die anderen ausrichten? Sie scheinen alle überzeugt zu sein, dass der Austreiber die Wahrheit sagt.« Sie schob Götz' Hand beiseite und blätterte weiter in dem Buch.

Götz legte erneut seine Hand auf die Seiten. »Du hast eine Familie«, sagte er eindringlich. »Denk an Lukas.«

Olivera trat mit einem Seufzen einen Schritt zurück. »Kannst du es mit deinem Gewissen vereinbaren, nichts zu unternehmen?«

Götz starrte einige Augenblicke auf das Buch, dann seufzte auch er. »Nein«, sagte er leise.

»Was, wenn das eine Möglichkeit ist, die Schuld zu sühnen, die ich seit meiner Heirat mit Laurenz auf mich geladen habe?«, fragte Olivera. Der Gedanke verfolgte sie schon länger.

»*Du* hast keine Schuld auf dich geladen!«

»Ich habe nicht erkannt, was für ein Mensch Laurenz ist. Und ich hatte keine Ahnung, dass mein Vater und mein Bruder Mörder sind.« Ihre Stimme zitterte. »Vielleicht hat Gott mich die ganze Zeit über dafür strafen wollen.«

»Das kann ich mir nicht vorstellen«, widersprach Götz.

»Aber es muss einen Grund dafür geben, dass wir immer wieder in Schwierigkeiten geraten.« Olivera schüttelte den Kopf. »Du wolltest nicht fort aus Nürnberg. Hätten wir die Stadt verlassen …«

Götz presste die Lippen aufeinander, ehe er hörbar ausatmete. »Also gut. Sieh nach, ob du was in den Büchern finden kannst, ich gehe zu Hans Tucher.«

»Bist du sicher, dass du das tun willst?«

»Wenn ich dadurch verhindern kann, dass du dich offen gegen Rat und Pfleger stellst.« Er zuckte mit den Schultern.

Olivera nahm seine Hand und drückte sie. »Danke.«

»Dank mir nicht zu früh, noch habe ich nichts erreicht.« Er beugte sich zu ihr hinab und küsste sie. »Versprich mir, dass du nichts unternimmst, bevor ich wieder da bin«, forderte er.

»Versprochen.« Olivera sah ihm nach, bis er durch die Tür verschwunden war, dann wandte sie sich wieder den Büchern zu.

Es dauerte nicht lange, bis sie auf den Bericht stieß, den ihre Großmutter nach dem Vorfall verfasst hatte. In ihrer sauberen Handschrift stand geschrieben:

*Die Krankheit muss hervorgerufen worden sein durch fremde Samen, die man auch* nux methel *nennt. Einige Ärzte aus Arabien verwenden sie, um Krämpfe zu lösen oder Auswurf bei einem schweren Husten zu erwirken. Setzt man sie falsch oder in zu hoher Dosierung ein, beginnt das Herz zu rasen, die Pupillen weiten sich, der Kranke wird willenlos, redet wirres Zeug, krampft und sieht Dinge, die nicht da sind. Der Tod tritt ein, wenn die Atmung gelähmt wird oder das Herz stillsteht.*

Olivera sah von dem Buch auf. Genau das war im Spital passiert. Sie blätterte um und staunte, als sie auf der nächsten Seite eine Zeichnung fand.

*Als Gegengift helfen die Samen einer Bohne aus Afrika, die viele Namen besitzt. Gibt man ein Pulver aus diesen Samen rechtzeitig, können damit die Symptome der Vergiftung beseitigt werden.*

Die Zeichnung der Bohne war sorgfältig und so detailreich, dass Olivera grübelnd die Stirn runzelte. Hatte sie diese Bohne nicht schon irgendwo gesehen? Sie schob das Buch beiseite und ging zu dem Regal, in dem sie die kostbaren Arzneien aufbewahrte, die ihre *Yiayia* ihr als Hochzeitsgeschenk mit auf die Reise gegeben hatte. Viele davon hatte sie bereits verwendet, doch es gab einige Flaschen, Säckchen und Gefäße, mit deren Inhalt sie bisher nichts hatte anfangen können.

»Wo seid ihr?«, murmelte sie und holte ein Dutzend Säckchen aus dem Regal, um damit zum Tisch zu gehen und sie zu öffnen. Die ersten zehn bargen nichts, was ihr helfen konnte. Als sie das vorletzte aufschnürte, wurde sie fündig. Behutsam nahm sie eine der trockenen Hülsen in die Hand und öffnete sie. Darin befanden sich schwarze Samen, die genauso aussahen wie die auf der Zeichnung ihrer Großmutter. Sie betrachtete sie näher. Hatte sie ein Gegenmittel gegen das Gift des Teufelsaustreibers gefunden? Sie legte die Samen wieder in das Säckchen und schnürte es zu. Es gab nur eine Möglichkeit herauszufinden, ob sie recht hatte: Sie musste dabei sein, wenn der Exorzist das nächste Mal seinen faulen Zauber wirkte, ganz gleich, wie gefährlich es war.

# Kapitel 49

Götz spürte einen Kloss im Hals, als er das Haus verließ, um sich auf die Suche nach Hans Tucher zu machen. Er wusste, dass er Olivera nicht dazu bringen konnte, Matthäus oder die Menschen, die unter der Brotseuche litten, im Stich zu lassen. Und obwohl er sie für ihren Mut bewunderte, fürchtete er, dass sie ohne Hilfe nichts gegen den Teufelsaustreiber würde ausrichten können. Den Kopf voller Sorgen, erreichte er das Rathaus, wo er erfuhr, dass die Sitzung bereits beendet war. *Das kann nichts Gutes bedeuten,* dachte er und überlegte einige Augenblicke, bevor er sich auf den Weg zu Hans Tuchers Haus machte.

»Der Herr ist nicht da«, ließ ihn die Magd wissen, die auf sein Klopfen hin die Tür geöffnet hatte. »Er ist im Rathaus.«

»Von da komme ich«, entgegnete Götz. »Die Sitzung ist vorbei.«

Die Magd schüttelte bedauernd den Kopf. »Vielleicht ist er unterwegs eingekehrt. Wollt Ihr in der Stube auf ihn warten?«

Götz nickte. Es hatte keinen Sinn, in den Gasthäusern nachzusehen, weil er Hans Tucher alleine sprechen wollte. Je weniger Leute ihn vor dem Haus des Losungers sahen, desto besser. Dankbar für das Angebot, folgte er der Magd ins erste Obergeschoss, wo sie ihn in eine prächtig getäfelte Stube führte, in der ein Feuer im Kamin prasselte.

»Ich bringe Euch heißen Wein«, bot sie an und ließ ihn allein mit Heiligenbildern und einer Katze, die sich schnurrend an seine Beine drückte.

»Geh weg.« Er verscheuchte sie mit einem Schubs und ließ sich auf die Ofenbank sinken. Als kurz darauf die Magd mit dem Wein zurückkehrte, umfasste er den Becher dankbar und wärmte sich die steifen Finger. Wenn er und Olivera doch nur endlich in Ruhe leben könnten! Die Ereignisse der letzten Tage und Wochen schienen sich immer mehr zu überschlagen und auf etwas zuzuführen, das nicht gut enden konnte. Der glimpfliche Ausgang des Leichenfundes kam ihm im Nachhinein wie eine List vor, die sie in Sicherheit wiegen sollte. Vielleicht hätten sie doch ihre Sachen packen und in eine andere Stadt umziehen sollen. Von einem durchreisenden Medicus hatte er gehört, dass man in Augsburg auf der Suche nach einem neuen Stadtapothecarius war. Allerdings bezweifelte er, dass eine Flucht ihre Probleme zu lösen vermochte. Wer sagte denn, dass in einer anderen Stadt alles besser werden würde? Falls Gott ihnen wirklich zürnte wegen ihrer Sünden, half alles Davonlaufen nichts.

Seine Gedanken wanderten zu Mathes und dem selbst verschuldeten Tod des Knechtes. War auch das eine Warnung? Oder waren der Streit und das Unglück ein Zufall gewesen?

Das Knarren der Treppenstufen riss ihn aus der Grübelei, er nahm hastig einen Schluck Wein, um sich Mut zu machen. Hans Tucher war auf seiner Seite, das wusste er.

Aber würde der Losunger sich in diesem Fall gegen die anderen Ratsmitglieder stellen, falls diese einen Exorzismus für Matthäus angeordnet hatten?

»Götz«, begrüßte Tucher ihn und betrat den Raum. »Mit dir hatte ich gerechnet.« Er ließ sich von der Magd ebenfalls einen Becher Wein einschenken und setzte sich Götz gegenüber. »Du willst sicher wissen, was der Rat wegen Matthäus beschlossen hat.«

Götz nickte.

»Er wird sich einem Exorzismus unterziehen müssen«, seufzte Hans Tucher.

»Das darf nicht wahr sein!«

Der Losunger nahm einen tiefen Schluck. »Ich habe versucht, die anderen umzustimmen, aber die Furcht vor dem Fluch ist gewaltig.«

»Es ist eine Krankheit«, sagte Götz.

»*Ich* glaube Olivera und Matthäus«, beschwichtigte Hans Tucher. »Allerdings sehen es viele der anderen Mitglieder nicht so. Martin Groß hat sie davon überzeugt, dass Matthäus den bösen Geist überhaupt erst in sein Haus gebracht hat.«

»Das ist Blödsinn!«, brauste Götz auf. »Seine Tochter war schon vorher krank, sonst hätte er wohl kaum nach dem Medicus schicken lassen.«

»Das habe ich auch versucht zu erklären.« Hans Tucher stellte den Becher ab und schüttelte bedauernd den Kopf. »Ohne Erfolg.«

Götz sah ihn Hilfe suchend an. »Was sollen wir jetzt tun?«

»Uns bleibt nicht viel Spielraum.«

»Aber Ihr habt einen Vorschlag?«

Hans Tucher wiegte den Kopf hin und her. »Der Pfleger hat darauf bestanden, bei der Austreibung anwesend zu sein. Ich könnte mich ihm als Zeuge anschließen.«

»Und was soll das bringen?«

Hans Tucher zuckte mit den Schultern. »So kann diesem Pfaffen wenigstens jemand über die Schulter sehen. Falls er den ...«, er zögerte einen Moment, »... *Besessenen* wirklich etwas gibt, das sie in Gefahr bringt, können wir einschreiten.«

»Wie wollt Ihr erkennen, was es ist? Hat der Kerl nicht behauptet, es wäre exorziertes Salz gewesen?«

»Ich werde ihn im Auge behalten, darauf kannst du dich verlassen«, versprach Hans Tucher.

»Wann soll die Austreibung stattfinden?«, erkundigte sich Götz.

»So schnell wie möglich, vermutlich schon morgen.«

Götz schluckte die Verwünschung, die ihm auf der Zunge lag, und erhob sich. »Danke«, sagte er.

»Ich wünschte, ich könnte mehr tun. Aber in diesem Fall sind mir die Hände gebunden.«

Götz verließ das Haus des Losungers und schlug frierend den Kragen seines Mantels hoch. Der Wind blies schneidend aus dem Norden und sorgte dafür, dass ihm nach wenigen Schritten das Gesicht schmerzte. Der Winter kam früh in diesem Jahr, früher als die Witterung es noch vor wenigen Wochen hätte erwarten lassen. *So kann man sich täuschen,* dachte er grimmig und beeilte sich, nach Hause zu kommen.

Olivera würde nicht gefallen, was er in Erfahrung gebracht hatte. Doch daran war nichts zu ändern.

# Kapitel 50

»Sie wollen Matthäus tatsächlich diesem Betrüger übergeben?« Olivera legte empört das Buch auf den Tisch, das sie ins Regal hatte zurückstellen wollen. »Sind sie von allen guten Geistern verlassen?« Ihre Wangen röteten sich vor Wut. »Das dürfen wir nicht zulassen!«

»Wir können nichts tun!«

»Doch, das können wir!« Sie hielt ihm die Samen unter die Nase, die sie gefunden hatte. »Ich weiß, womit er den Insassen vergiftet hat. Und ich habe ein Gegenmittel!«

»Du hast ein Gegenmittel?« Götz sah sie ungläubig an.

Olivera nickte. »Es war bei den Arzneien, die mir meine *Yiayia* als Mitgift gegeben hat.«

»Und was ist, wenn du dich irrst? Wenn es etwas anderes war, das der Austreiber dem Insassen gegeben hat?«

»Ich irre mich nicht.« Olivera zeigte ihm den Bericht über das, was ihre Großmutter als *nux methel* bezeichnet hatte. »Genauso hat es sich mit dem Insassen verhalten. Ich bin sicher, dass dieser Betrüger auch Matthäus damit vergiften will. Es macht die Leute willenlos! Matthäus wird tun, was immer der Austreiber von ihm verlangt!«

»Aber man wird dir nicht erlauben, dabei zu sein«, wandte Götz ein.

»Das wird man, wenn Hans Tucher ein gutes Wort für mich einlegt.« Sie ging zum Haken neben dem Kamin, um ihren Mantel anzuziehen.

»Du willst zu ihm gehen?«

»Du könntest mir helfen, ihn zu überzeugen.« Sie machte Anstalten, die Offizin zu verlassen.

»Das halte ich für keinen guten Einfall.«

»Ich *kann* Matthäus nicht einfach seinem Schicksal überlassen!« Sie sah ihn flehend an. »Hast du dir überlegt, was passieren könnte, falls er Matthäus dazu bringt zuzugeben, dass er von einem Dämon besessen ist?«

Götz runzelte die Stirn. »Du glaubst …?«

»Er könnte dem Rat vorschlagen, auch mich einem Exorzismus zu unterziehen. Und wir könnten beide dabei sterben.«

Götz erbleichte. »Daran habe ich nicht gedacht«, gestand er.

»Hilf mir, Hans Tucher davon zu überzeugen, dass ich bei der Austreibung dabei sein darf«, bat sie. »Wir müssen auch an all die Kranken denken. Dieser faule Zauber macht sie nicht gesund, meine Arznei schon. Wenn der Rat den Austreiber gewähren lässt, könnte es bald noch viel mehr Todesopfer geben.«

»Du hast recht.« Götz nickte.

»Dann komm!« Olivera griff nach seiner Hand und zog ihn zum Ausgang.

Draußen peitschte ihnen der Wind nadelspitze Graupelkörner entgegen. Da es nicht mehr lange dauern würde bis zur Dämmerung, mussten sie sich beeilen, um nicht von den Nachtwächtern aufgegriffen zu werden. Die Kapuze tief im Gesicht, eilte Olivera an Götz' Seite den

Abhang hinab und war froh, als Hans Tuchers Haus in Sicht kam. Aus den zahlreichen Kaminen stieg Rauch auf, die Fenster waren hell erleuchtet.

Ohne zu zögern, griff sie nach dem Türklopfer und ließ ihn gegen das dicke Holz fallen.

Dieselbe Magd, die Götz beim ersten Mal geöffnet hatte, erschien auf der Schwelle. »Herr?«, fragte sie verwundert.

»Ich muss Hans Tucher noch mal sprechen«, ließ Götz sie wissen. »Es ist dringend.«

»Aber er sitzt gerade beim Essen.«

»Es wird nicht lange dauern.«

Einen Augenblick sah es so aus, als ob die Magd sie wegschicken wollte, doch dann bat sie um Geduld und verschwand im Obergeschoss, aus dem sie wenig später mit dem Hausherrn zurückkam.

Hans Tucher bedachte Götz mit einem fragenden Blick. Als er Olivera sah, wanderten seine Brauen noch weiter in die Höhe. »Olivera«, begrüßte er sie. »Ich habe Eurem Gemahl schon gesagt, dass ich nicht viel tun kann.«

Olivera holte tief Atem. »Könnt Ihr dafür sorgen, dass ich auch zugegen sein kann?«

»Bei der Austreibung?«

Sie nickte.

»Mir sind die Hände gebunden. Wir können nicht verhindern, dass sich Matthäus der Zeremonie unterziehen muss.«

»Ich habe herausgefunden, was der Austreiber dem Insassen gegeben hat«, erklärte sie. »Es ist ein Gift, das in zu hoher Dosierung tödlich ist.«

»Warum sollte er den Besessenen ein Gift verabreichen? Er hat schon einige der Kranken behandelt. Ihnen ist nichts zugestoßen.«

»Weil er ihnen nur wenig davon gegeben hat. Bei Matthäus wird er mehr verwenden, um ihn dazu zu bringen zu sagen, was er hören will.«

»Das ist möglich?«

Olivera erklärte ihm die Wirkung von *nux methel.* »Ich habe ein Gegengift. Falls Matthäus in Gefahr ist, kann ich es ihm verabreichen.«

Hans Tucher blies die Wangen auf. »Ich werde es versuchen«, sagte er nach kurzem Zögern. »Aber ich kann nichts versprechen. Sieh zu, dass du früh im Spital bist, ich lasse dich wissen, wie es um die Sache steht. Gott wird nicht zulassen, dass einem Unschuldigen Unrecht getan wird.«

Olivera verkniff sich eine Erwiderung, da sie wusste, wie wenig diese Worte zutrafen.

»Geht nach Hause«, riet Hans Tucher. »Heute könnt Ihr nichts mehr ausrichten.« Mit einem Nicken verabschiedete er sich von ihnen, kehrte ihnen den Rücken und ging zurück ins Obergeschoss.

Unzufrieden mit dem, was sie erreicht hatte, verließ Olivera mit Götz das Gebäude und sah ihn enttäuscht an. »Ich hoffe, der Pfleger lässt sich überzeugen«, sagte sie. »Was, wenn er sich weigert?«

»Was hat er zu verlieren? Er kann nicht ernsthaft glauben, dass Matthäus mit dem Teufel im Bunde ist.«

»Warum hat er sich dann nicht gegen den Rat gestellt?«

»Weil ein Mann allein nichts ausrichten kann gegen so viele«, erwiderte Götz. »Du musst vorsichtig sein. Unsere

Feinde im Rat könnten die Gelegenheit nutzen wollen, um dir zu schaden. Womöglich ist ihnen längst der Einfall gekommen, dass man auch dich beschuldigen könnte, besessen zu sein.«

»Ich halte diesen Teufelsaustreiber für weitaus gefährlicher als unsere Feinde«, hielt Olivera entgegen. »Matthäus hat ihn bloßgestellt. Und ich habe ihm dabei geholfen. Er ist auf Rache aus, das ist der einzige Grund, warum er diese Lügen über Matthäus erzählt hat.« Sie blickte Götz wütend in die Augen. »Dabei sollten die Nürnberger dankbar sein, dass es hier einen Medicus gibt, der sein Handwerk versteht.«

»Martin Groß sieht das anders.«

»Er ist ein Narr!«

»Aber er hat großen Einfluss.« Götz griff nach ihrer Hand. »Ich habe Angst um dich.«

»Das brauchst du nicht. Hans Tucher ist auf unserer Seite.«

Diese Hoffnung nahm sie mit ins Bett, doch am nächsten Morgen überwog die Sorge und ihr Mut sank, sobald sie sich auf den Weg ins Spital machte. Der Wind war immer noch eisig und schneidend und drang ihr bis auf die Haut, als sie den Marktplatz überquerte. Zu dieser Stunde waren nicht viele Menschen auf den Beinen, in den meisten Häusern brannte noch nicht einmal Licht. Das Tor des Spitals war geschlossen, der Torhüter überrascht, sie so früh zu sehen.

Mit einem wachsenden Gefühl der Bedrückung ging sie in die Siechenstube, um Paul ausfindig zu machen.

Sie fand ihn vor einer der Badestuben, wo er und Gerlin die Köpfe zusammensteckten. An der Art und Weise, wie sie miteinander sprachen, war zu erkennen, dass es sich nicht nur um ein Gespräch zwischen Spitalangestellten handelte.

Als Gerlin Olivera kommen sah, trat sie hastig einen Schritt zurück und errötete heftig.

»Wie gut, dass ich dich gefunden habe«, sagte Olivera an Paul gewandt. »Wo hat man Matthäus eingesperrt?«

»Darüber haben wir auch gerade gesprochen«, gestand Gerlin. »Ich kann es immer noch nicht glauben, dass der Pfleger so etwas zulässt.«

»Wo ist er?«, wiederholte Olivera ihre Frage.

»Willst du ihn befreien?« Gerlin sah sie furchtsam an.

»Das ist unmöglich«, mischte sich Paul ein. »Er wird bewacht.«

Olivera schüttelte den Kopf. Ihr war ein Einfall gekommen. »Ich will ihn nicht befreien, ich will ihm das Leben retten.«

# Kapitel 51

GERLIN SCHLUG DIE HAND vor den Mund. »Du glaubst, sein Leben ist in Gefahr?«, fragte sie. Paul und sie hatten sich seit Matthäus' Verhaftung die Köpfe zerbrochen, wie sie ihm helfen konnten, allerdings war ihnen nichts eingefallen, das nicht auch sie vor Gericht bringen würde.

Olivera nickte. »Der Austreiber wird ihm das gleiche Mittel geben wie dem Insassen.«

»Dem, der gestorben ist?«

»Ja. Es ist ein Gift, das ihn willenlos macht, ihn aber auch töten kann.«

»Heiliger Vater!« Gerlin warf Paul einen ängstlichen Blick zu. Sein erster Vorschlag war gewesen, sich mit Hilfe einer Leiter durch ein Fenster Zutritt zu der Kammer zu verschaffen, in der Matthäus eingesperrt war. Allerdings hatte er nicht weitergedacht. Das Tor des Spitals war bewacht, somit erschien es unmöglich, Matthäus in Sicherheit zu bringen. Und selbst wenn es ihnen gelungen wäre, ihn aus dem Spital zu schaffen, gab es keinen Ort, an dem er sich verstecken konnte. Gerlin und Paul lebten im Spital, keiner von ihnen hatte eine Wohnung außerhalb des Komplexes.

»Und wie willst du das verhindern?«, fragte Paul Olivera.

»Ich habe ein Gegengift. Wenn ich es ihm vor der Zeremonie gebe, kann ihm nichts zustoßen.«

»Aber es ist unmöglich, an ihn heranzukommen«,

wandte Paul ein. »Ich habe es schon versucht. Die Wache lässt niemanden zu ihm.«

»Das stimmt«, pflichtete Gerlin ihm bei. Paul hatte sich heftigen Ärger eingehandelt bei dem Versuch, Matthäus zu sprechen.

»Wo ist er?«, fragte Olivera.

Paul bedeutete ihr, ihm zu folgen, ging zu einem der hinteren Ausgänge der Siechenstube und zeigte auf das Wohngebäude der Prediger. »Das dritte Fenster von links im ersten Geschoss.«

Olivera murmelte etwas Unverständliches.

»Hinter dem Gebäude liegt eine Leiter«, sagte Paul. »Vielleicht kann man ihn damit erreichen. Im Garten sind keine Wachen postiert.« Er setzte eine entschlossene Miene auf. »Ich komme mit.«

»Ich auch.« Obwohl Gerlin Angst hatte vor dem, was ihnen blühte, sollte man sie erwischen, konnte sie Olivera und Paul nicht allein gehen lassen. Das wäre ihr feige vorgekommen.

»Es ist besser, wenn du hierbleibst«, widersprach Paul. »Jemand muss aufpassen, dass uns niemand überrascht.« Er legte ihr die Hand auf den Arm. »Pfeif, wenn du jemanden in Richtung Garten gehen siehst«, bat er sie.

Gerlin warf einen Blick zum Tor, das in diesem Augenblick vom Beschließer geöffnet wurde. Sobald der erste Flügel offen stand, wurde der Blick auf eine Gruppe von Männern frei.

»Ich fürchte, es ist zu spät«, stöhnte Paul. »Der Teufelsaustreiber ist da.«

Olivera hielt abrupt an und starrte zum Tor. Der Einzug des Teufelsaustreibers blieb nicht unbemerkt, und es dauerte nicht lange, bis die Insassen, die im Hof zur Arbeit eingeteilt waren, zusammenliefen. Einige bekreuzigten sich fromm, wohingegen sich die Gesichter anderer verdüsterten. Matthäus war beliebt im Spital, er hatte manch einen vor dem Tod bewahrt, daher sahen es viele nicht gern, wie ihm übel mitgespielt wurde. Der Geistliche und seine Begleiter steuerten mit viel Pomp und Gloria auf das Gebäude zu, in dem Matthäus unter Arrest stand. Hans Tucher und der Pfleger folgten in einiger Entfernung und schienen in eine hitzige Debatte vertieft zu sein. Immer wieder schüttelte der Pfleger den Kopf, während der Losunger auf ihn einredete. Als sein Blick auf Olivera fiel, gab er ihr zu verstehen, sich zu ihnen zu gesellen.

»Ich kann das nicht glauben«, hörte sie den Pfleger sagen, sobald sie in Hörweite war.

»Olivera hat doch bis jetzt immer recht gehabt«, hielt Hans Tucher entgegen. »Ohne ihre Arzneien wären längst mehr Menschen an der Seuche gestorben. Das könnt Ihr nicht ernsthaft bezweifeln.«

»Die Entscheidung des Rates war eindeutig.«

»Es war nie ausdrücklich die Rede davon, dass sie bei der Zeremonie nicht anwesend sein darf«, widersprach Hans Tucher.

»Aber der Austreiber hat ihren Vorwurf entkräftet. Es war nichts weiter als exorziertes Salz. Außerdem war es schwer genug durchzusetzen, dass *wir* das Ganze bezeugen können.«

»Das ist nicht wahr«, widersprach Olivera. »Es war ganz gewiss kein exorziertes Salz.«

»Was war es dann?«, forderte der Pfleger zu wissen.

»Ein Gift, das man *nux methel* nennt.« Sie erklärte die Wirkung. »Ich kann es beweisen. Wenn ich Matthäus vor der Zeremonie etwas davon gebe ...« Sie hielt den Beutel mit dem Gegengift hoch.

»Das wird der Pfaffe nicht zulassen.«

»Er wird es nicht bemerken. Ich muss nur kurz mit Matthäus sprechen.«

Der Pfleger wusste keine Antwort darauf.

»Wenn er nichts zu verbergen hat, wird er nichts dagegen haben«, drängte Olivera. »Matthäus könnte sterben! Das Gift ist gefährlich.«

Der Pfleger überlegte einige Momente. »Also gut. Ich rede mit dem Austreiber.«

»Sagt ihm, dass Olivera eine weitere Zeugin des Rates ist«, bat Hans Tucher.

»Das ist sie aber nicht.«

»Das müsst Ihr ihm nicht auf die Nase binden. Falls er wirklich mit falschen Karten spielt, werden die anderen Ratsmitglieder uns dankbar sein, wenn wir ihm das Handwerk legen.«

Dem Pfleger war anzusehen, dass er mit sich rang. Schließlich nickte er, ließ Olivera und Hans Tucher stehen und ging zu dem Gebäude, vor dem die Geistlichen standen.

»Matthäus wird nichts zustoßen«, versuchte Hans Tucher sie zu beruhigen.

»Doch, das wird es, wenn ich ihm nicht helfe«, seufzte sie. So gerne sie dem Losunger glauben würde, ihr Gefühl sagte ihr, dass die Gefahr für Matthäus sogar noch größer war als die für die anderen angeblich Besessenen. Wer wusste, wie weit der Austreiber in seinem Streben nach Rache gehen würde. Es war einfach für ihn, die Schuld auf den Dämon zu schieben, sollte sie nichts dagegen unternehmen können. Er schien einer dieser Männer zu sein, die es nicht auf sich sitzen lassen konnten, wenn jemand sie herausforderte.

Bange verfolgte sie, wie sich der Pfleger den Geistlichen näherte und auf den Austreiber einredete. Dieser wandte sich zu Olivera und Hans Tucher um und starrte sie an. Aus der Entfernung konnte Olivera seinen Gesichtsausdruck nicht erkennen, doch sie war sicher, dass er voller Verachtung war. Schließlich löste sich der Pfleger wieder von der Gruppe und kam zurück zu ihnen.

»Und?«, fragte Hans Tucher.

Der Pfleger schüttelte bedauernd den Kopf. »Niemand darf mit dem Medicus sprechen, solange er nicht von dem bösen Geist befreit ist.«

Olivera spürte Wut in sich aufsteigen. »Und warum nicht?«

»Weil der Dämon sich ein neues Gefäß suchen könnte«, war die Antwort, die sie die Fäuste ballen ließ.

»Was für ein Blödsinn!«, schimpfte sie.

»Gebt acht, was Ihr sagt!«, ermahnte sie der Pfleger. »Er ist ein Gottesmann!«

»Das bezweifle ich ernsthaft«, murmelte sie und verfolgte hilflos, wie zwei der Begleiter des Austreibers Matthäus ins Freie brachten, um ihn zur Spitalkirche zu führen.

»Sie bringen ihn zur Beichte«, stellte der Pfleger fest.

»Dann sollten wir ihnen folgen«, schlug Hans Tucher vor.

»Ihr glaubt doch nicht ernsthaft, dass sie im Haus Gottes etwas Sündiges vorhaben?«

»Ich will mich mit meinen eigenen Augen davon überzeugen, dass alles mit rechten Dingen zugeht«, war die Antwort des Losungers.

# Kapitel 52

Olivera schloss sich den beiden Männern an und betrat an ihrer Seite die Spitalkirche. Im Inneren war es dank der zahlreichen Kerzen und der bunten Fenster nicht so grau und trostlos wie im Hof, dennoch bot sich ihr eine bedrückende Szenerie. Die Geistlichen hatten sich um einen der Beichtstühle versammelt, in den sie Matthäus unter dessen lautstarkem Protest hineinzwangen.

»Ich weiß, was Ihr vorhabt!«, tobte der Medicus.

»Es ist der Dämon, der aus Euch spricht«, erwiderte der Austreiber ölig.

»Ich habe keinen Dämon in mir! Und das wisst Ihr!« Matthäus wehrte sich gegen die Hände, die an ihm zogen und schoben. »Nehmt die Finger weg!«

»Wenn Ihr Euch nicht fügt, muss ich Euch fesseln lassen«, warnte der Austreiber.

Matthäus lachte freudlos. »Das würde Euch gefallen!«

»Ihr solltet Euch fügen, sonst …« Der Blick des Austreibers fiel auf Olivera und ihre Begleiter. »Was soll das?« fragte er. »Was wollt Ihr hier? Die Beichte ist ein heiliges Sakrament! Sie ist nur für die Ohren des Sündigen und die seines Beichtvaters bestimmt!«

»Das mag sein«, entgegnete Hans Tucher. »Aber wenn sie zur Zeremonie gehört, sind wir vom Rat verpflichtet, als Zeugen zu dienen.«

»Das ist ungeheuerlich!« Der Pfaffe funkelte Olivera an. »Dieses Weib kann auf keinen Fall hier bleiben!«

»Sie ist ebenfalls eine Zeugin«, behauptete Hans Tucher, da dem Pfleger diese Lüge offenbar nicht über die Lippen kam.

»Eine Frau?«

Der Losunger nickte.

»Kein Wunder hat der Teufel leichtes Spiel in dieser Stadt.«

»Ihr solltet achtgeben, was Ihr sagt!«, warnte der Pfleger.

Der Austreiber schnaubte, kehrte ihnen den Rücken zu und gab seinen Männern ein Zeichen, Matthäus in den Beichtstuhl zu schaffen. Der zornige Protest wurde gedämpft, sobald die Tür hinter ihm ins Schloss fiel.

Obwohl Olivera am liebsten nach vorn gestürmt wäre, um Matthäus beizuspringen, wusste sie, dass ihm im Beichtstuhl nichts passieren konnte. Die beiden Seiten waren durch eine Holzwand voneinander getrennt, sodass ihm niemand etwas anhaben konnte. Sie hoffte, dass man Matthäus die Droge nicht längst verabreicht hatte, doch sein Verhalten stimmte sie zuversichtlich. Stünde er schon unter dem Einfluss von *nux methel,* hätte er sich nicht so vehement zur Wehr gesetzt. Sie zog die Unterlippe zwischen die Zähne und nagte aufgeregt darauf herum, während sie sich das Gehirn zermarterte, wann und wie sie Matthäus das Gegengift zustecken konnte. Er würde begreifen, was es war, auch ohne dass sie mit ihm sprach. Er vertraute ihr und kannte ihren Verdacht gegen den Austreiber. Allerdings schien Gott es ihr nicht leicht machen zu wollen.

Während ihre Anspannung immer weiter zunahm, ertönten laute Stimmen aus dem Beichtstuhl. Schließlich flog die Tür auf und Matthäus stürmte hinaus. Mit Worten, die in einem Gotteshaus sonst nicht zu hören waren, versuchte er, sich einen Weg durch die Geistlichen zu bahnen, aber sie hielten ihn zurück.

»Der Dämon in ihm ist stark«, verkündete der Austreiber, der den Beichtstuhl ebenfalls verließ. Sein Gesicht hatte die Farbe reifer Erdbeeren. Olivera konnte sich vorstellen, was Matthäus ihm gesagt hatte, und musste trotz des Ernstes der Lage lächeln.

»Was bedeutet das?«, fragte der Pfleger, während die Geistlichen mit Matthäus rangen.

»Das bedeutet, dass härtere Maßnahmen nötig sind«, war die Antwort.

»Was für Maßnahmen?« Hans Tucher machte einen Schritt auf die Gottesmänner zu.

»Bringt ihn zum Altar!«, befahl der Austreiber.

»Was habt Ihr vor?«

Der Exorzist wirbelte herum und funkelte den Losunger an. »Wenn Ihr der Zeremonie beiwohnen wollt, müsst Ihr schweigen!« Er zeigte auf die brennenden Kerzen. »Nehmt Euch ein Licht und sprecht Gebete!«

Der Pfleger öffnete den Mund zum Protest, doch der Geistliche brachte ihn mit einer Geste zum Schweigen. »Wenn Ihr die Zeremonie stört, wird der Dämon in ihm bleiben.«

»Ich bin nicht besessen!«, tobte Matthäus.

Anstelle einer Antwort zeigte der Geistliche mit dem Kinn auf ihn, woraufhin ihn zwei seiner Begleiter bei den Armen packten und zum Altar schleiften. Dort rissen sie ihm trotz Gegenwehr Schecke und Hemd vom Leib und zwangen ihn auf die Knie.

Während einer von ihnen ein Weihrauchfass schwenkte, fingen die anderen an, Psalmen zu singen.

»Weiche, Satan!«, dröhnte der Austreiber, ehe er etwas vom Altar nahm.

Als Olivera erkannte, was es war, stockte ihr der Atem.

»Heiliger Geist, fahre in diesen Sünder und treibe aus das Böse!«, rief er, entrollte eine Peitsche und ließ sie durch die Luft sausen.

Sie kam mit einem hässlichen Knall auf Matthäus' Rücken auf, wo sie einen roten Striemen hinterließ.

Er schrie auf.

»Das könnt Ihr nicht zulassen!« Ohne nachzudenken, stürmte Olivera nach vorn, um den Austreiber von einem weiteren Schlag abzuhalten. »Hört sofort auf damit!«

Bevor sie ihn erreichte, wurde sie von starken Händen aufgehalten und mühelos zurückgezogen.

Ohne auf sie zu achten, holte der Austreiber erneut aus und schlug auf Matthäus ein. Immer und immer wieder sauste der Riemen auf ihn hinab, bis sein Rücken aussah, als ob er unter wilde Tiere gefallen wäre.

Seine Schreie hallten von den Wänden der Kirche wider.

»Im Namen des Vaters, des Sohnes und des Heiligen Geistes befehle ich dir zu weichen, Satanas!«, keuchte der Austreiber mit Schweiß auf der Stirn. »Hebe dich hinweg und fahre zurück in die Hölle!«

Die Schläge wurden noch härter.

»Erkenne die Gerechtigkeit und Güte Gottes, Satanas, Feind des menschlichen Heils! Weiche von diesem Diener Gottes, den der Herr geschaffen hat nach seinem

Bilde! Ich beschwöre dich, Satanas, erkenne die Kraft Jesu Christi!«

Olivera, die sich vergeblich gegen die Gottesmänner wehrte, musste tatenlos dabei zusehen, wie Matthäus das Bewusstsein verlor und zu Boden sank. Tränen schossen ihr in die Augen, als der Austreiber die Peitsche sinken ließ, sich über Matthäus beugte und ihm ins Haar griff. Wie durch einen Schleier sah sie, dass er ihm etwas in den Mund steckte.

Sie bäumte sich mit einem Schrei auf. »Er hat ihn vergiftet!«

»Schweig!« Der Austreiber wirbelte zu ihr herum und sah sie so hasserfüllt an, dass ihr die Knie weich wurden. »Schafft sie hier raus!«, knurrte er.

»Lasst mich zu ihm!« Olivera trat einem der Mönche auf den Fuß, sodass dieser sie mit einem Keuchen losließ. Mit einem Ruck machte sie sich von dem zweiten Mann los und wollte zu Matthäus.

Allerdings war der Exorzist schneller. Mit zwei langen Schritten vertrat er ihr den Weg, packte sie bei den Armen und beugte sich zu ihr hinab. »Wenn du nicht augenblicklich dein Maul hältst, bist du die Nächste«, zischte er so leise, dass die anderen es nicht hören konnten.

Olivera versteifte sich.

»Schafft sie raus!«, befahl er noch einmal.

# *Kapitel 53*

»Ihr müsst etwas unternehmen!«, flehte Olivera, als man sie an Hans Tucher und dem Pfleger vorbei zur Kirchenpforte zerrte. »Er hat Matthäus das Gift gegeben!«

»Ich habe nichts gesehen«, hörte sie den Pfleger murmeln und auch Hans Tucher wirkte, als ob er Zweifel an ihren Worten hegte.

»Befehlt dem Gesinde, ein Bad einzulassen!«, wandte sich der Austreiber an den Pfleger, mehr hörte Olivera nicht mehr.

Unter Schimpfen und Treten wurde sie ins Freie gestoßen, wo ihr Dutzende entsetzte Augenpaare entgegenblickten.

Nachdem sie sie losgelassen hatten, verschwanden die Geistlichen wieder in der Kirche und schlugen die Tür zu.

»Was ist da drin passiert?«, fragte Gerlin und eilte an Oliveras Seite.

»Was haben sie mit Matthäus gemacht?«, wollte Paul wissen. Sein Gesicht war kalkweiß. »Wir haben Schreie gehört.«

Bevor Olivera antworten konnte, erschien der Pfleger und befahl die Magd zu sich, die ihm am nächsten stand. »Lunger hier nicht rum und halte Maulaffen feil!«, herrschte er sie an. »Geh und bereite ein Bad!«

Die junge Frau gehorchte, während der Pfleger auf dem Absatz kehrtmachte und zurück in die Kirche stürmte.

»Was ist mit Matthäus?«, drängte Paul.

»Warum haben sie dich aus der Kirche geworfen?«, fragte Gerlin.

»Was geht da drin vor?« Die Spitalmeisterin gesellte sich zu ihnen und blickte sorgenvoll auf die Kirchenpforte.

Olivera berichtete, was sich zugetragen hatte. Ihre Stimme zitterte vor Wut.

»Sie haben ihn geschlagen?«, flüsterte Gerlin entsetzt.

»Der Austreiber hat ihm das Gift gegeben.« Olivera fuhr sich mit den Händen übers Gesicht.

»Ein Gift?« Die Spitalmeisterin zog sie von den anderen Insassen weg. »Was für ein Gift?«

»Eines, das ihn willenlos macht. Er könnte daran sterben.«

»Woher weißt du das? Und warum hat der Pfleger es nicht verhindert?«

Olivera erklärte ihr alles. »Der Pfleger hat Angst vor dem Austreiber.«

»Aber Matthäus ist unser Medicus! Wir dürfen ihn nicht verlieren!« Die Spitalmeisterin machte Anstalten, zur Kirche zu laufen.

»Sie werden Euch nicht zu ihm lassen«, hielt Olivera sie zurück. »Er hat zu viel Macht.«

»Wie sollen wir Matthäus dann helfen?«, meldete sich Paul wieder zu Wort.

»Ich muss ihm irgendwie das Gegengift verabreichen«, sagte Olivera.

»Aber wie?«

Ihr Blick wanderte zur Kirche, als die Pforte aufging und die Pfaffen erschienen. In ihrer Mitte schleppten sie Matthäus, der kaum bei Besinnung war. Der Anblick seines blutigen Rückens ließ die versammelten Spitalbewohner raunen.

»Gütiger Himmel!«, hauchte die Spitalmeisterin. Trotz Oliveras Warnung, raffte sie die Röcke, rannte auf die Männer zu und stellte sich ihnen in den Weg. »Halt!«

Die Geistlichen ignorierten sie.

»Bleibt stehen!« Die Spitalmeisterin fasste einen von ihnen am Stoff seines Habits. »Lasst den Medicus los!«

Der Mönch schüttelte sie ab wie eine lästige Fliege, versetzte ihr einen Stoß und setzte seinen Weg fort.

Bevor die Spitalmeisterin sich von ihrem Schreck erholen konnte, war der Pfleger bei ihr, packte sie an den Schultern und redete leise auf sie ein.

»Aber, Ihr …«

»Tut, was ich sage!«, fiel er ihr ins Wort. Dann ließ er sie stehen und folgte den Geistlichen, die die Badestube fast erreicht hatten.

Erst als von ihnen nichts mehr zu sehen war, trat Hans Tucher ins Freie. Ihm war seine Verwirrung anzusehen. Als sein Blick auf Olivera fiel, kam er auf sie zu. »Was habt Ihr gesehen?«, erkundigte er sich.

»Er hat Matthäus etwas in den Mund gesteckt. Das muss das Gift gewesen sein.«

»Seid Ihr sicher?«

Sie nickte.

»Ich habe nichts bemerkt.«

»Er ist unheimlich geschickt.« Sie holte den Beutel mit den Samen aus der Tasche. »Ihr müsst Matthäus das hier geben!«

Der Spitalpfleger tauchte unvermittelt neben ihr auf. Er musste die Badestube wieder verlassen haben, um nach

Hans Tucher zu sehen. Missfällig beäugte er den Beutel. Einen Moment lang sah es so aus, als ob er danach greifen wollte, doch dann wandte er sich von ihr ab. Mit einer Geste bedeutete er Hans Tucher, sich ihm anzuschließen, und hastete mit ihm in Richtung Badestube davon.

»Mist!«, schimpfte Olivera. Sie sah sich nach der Meisterin um, doch die war verschwunden. Was immer der Pfleger ihr gesagt hatte, musste sie genug eingeschüchtert haben, um sie zum Rückzug zu bewegen.

»Was sollen wir jetzt tun?«, fragte Paul.

»Ich weiß es nicht«, gestand Olivera, da sie im Augenblick mit ihrem Latein am Ende war. »Wir müssen warten, was passiert.«

»Und dann?«

»Versuchen wir, Matthäus die Samen zu geben.«

»Und wenn es zu spät ist?«

»Gott wird nicht zulassen, dass er stirbt«, sagte Gerlin leise.

Paul schnaubte. »Da wäre ich mir nicht so sicher.«

»Ich gehe zur Badestube«, sagte Olivera nach kurzem Nachdenken.

»Aber man wird dich nicht einlassen«, warnte Gerlin.

»Wenn sie dieselbe Stube benützen wie beim letzten Mal, gibt es vielleicht einen Weg, Matthäus zu helfen.«

Gerlin tauschte einen Blick mit Paul. »Wir kommen mit.«

»Ihr solltet euch nicht in Gefahr bringen«, warnte Olivera. »Bleibt hier und passt auf, dass mir niemand folgt.«

»Aber wir könnten dir helfen«, widersprach Paul.

Sie schüttelte den Kopf. »Das muss ich allein tun.« Ohne auf eine Antwort zu warten, verließ sie den Hof und betrat das Gebäude, in dem die Badestuben untergebracht waren. Es dauerte nicht lange, bis sie den Raum ausgemacht hatte, in den Matthäus gebracht worden war. Schon vom entfernten Ende des Ganges sah sie, dass zwei der Geistlichen vor der Tür Posten bezogen hatten.

Zu ihrer Erleichterung handelte es sich um dieselbe Stube, in der man auch den Knecht der Zeremonie unterzogen hatte. Sie drückte sich in den Schatten, hielt die Luft an und schlich auf Zehenspitzen zur angrenzenden Kammer. Dort tastete sie sich zur Hintertür der Badestube vor und öffnete sie vorsichtig einen Spaltbreit. Wie beim letzten Mal schienen die Mönche Kerzen entzündet zu haben und mit einer Glocke zu läuten. Matthäus stand nackt und zitternd vor einem Bottich, der bis zur Hälfte mit Wasser gefüllt war.

Oliveras Wut verstärkte sich. Deutlich war zu sehen, dass Matthäus' Pupillen erweitert waren und seine Lippen sich in einem stillen Monolog bewegten. Er schwankte und fuchtelte mit den Händen in der Luft herum.

»Setzt ihn in den Zuber!«, befahl der Austreiber, ehe er in die Tasche griff, um etwas hervorzuholen, das er ins Wasser warf.

Die Zeremonie glich der ersten wie ein Ei dem anderen.

Während der Geistliche seine Formeln sprach, standen Hans Tucher und der Pfleger reglos im Hintergrund und verfolgten das Geschehen mit steinernen Mienen. Erst als der Austreiber ein Messer zog, um Matthäus das Haar zu scheren, zuckten Hans Tuchers Hände.

»Was tut Ihr da?«, fragte er.

Der Austreiber schenkte ihm keine Beachtung. Unter dem eintönigen Gesang der anderen Gottesmänner schor er Matthäus den Kopf, malte mit Salböl ein Kreuz auf den Schädel und begann mit der Befragung.

Olivera ballte die Fäuste. Sie wusste, wie die Sache ausgehen würde. In ihrer Ohnmacht drückte sie die Tür aus Versehen weiter auf und erschrak, als diese ein Knarren von sich gab.

Der Austreiber erstarrte mitten in der Bewegung. Sein Blick zuckte zur Tür. Obwohl Olivera sich so schnell wie möglich zurückzog, kam er mit wenigen langen Schritten auf die Tür zu, zog am Knauf und packte Olivera beim Kragen, bevor sie fliehen konnte.

»Wen haben wir denn da?«, knurrte er.

# *Kapitel 54*

GERLIN UND PAUL blickten Olivera nach, bis sie verschwunden war, dann lösten sie sich von der Gruppe der Insassen im Hof.

»Wir sollten sie nicht allein lassen«, sagte Paul.

»Aber sie hat gesagt, wir sollen aufpassen, dass ihr niemand folgt«, hielt Gerlin entgegen.

»Und wenn sie Hilfe braucht?«

Gerlin bohrte mit der Zunge in ihrer Wange, während sie nachdachte. Es war gefährlich, sich gegen Pfleger und Rat zu stellen. Andererseits ging es um Matthäus' Leben. »Du hast recht.«

»Ich kann auch alleine gehen«, schlug Paul vor.

»Kommt nicht infrage!« Gerlin holte tief Atem, um sich Mut zu machen, dann verließ sie mit Paul den Hof. Im Gebäude angekommen, dauerte es nicht lange, bis sie die Kammer fanden, in der Olivera sich beim letzten Mal versteckt hatte. Vorsichtig schlich sie mit Paul hinein und schlug die Hand vor den Mund, als sie einen breiten Lichtstreifen auf dem Boden sah. Die Tür zur angrenzenden Badestube stand offen, die Stimmen der Männer darin waren deutlich zu vernehmen.

»Was ist das?«, hörte sie einen der Geistlichen.

»Das habe ich sie auch schon gefragt.« Die Stimme gehörte dem Pfleger.

»Nichts«, war die trotzige Antwort.

Gerlin spürte, wie Paul nach ihrer Hand griff, um sie zurück zum Ausgang zu ziehen, aber sie machte sich von ihm los und schlich weiter. Verborgen im Dunkel der Kammer lugte sie in die Stube. Was sie sah, ließ sie vor Schreck einen Schritt zurück tun.

Zwei der Mönche hielten Olivera fest, während der Austreiber sie durchsuchte. Anklagend hielt er einen Beutel in die Höhe, den er ihr abgenommen hatte.

Der Pfleger und Hans Tucher sahen zu, ohne Anstalten zu machen, Olivera zur Hilfe zu kommen.

»Ich frage dich noch mal«, knurrte der Austreiber. »Was ist das?« Er öffnete den Beutel und sah hinein.

»Sie behauptet, Ihr würdet die Besessenen vergiften«, ließ sich der Pfleger vernehmen.

Der Austreiber lachte. »Diesen Unsinn habe ich vor dem Rat entkräftet! Wenn hier jemand Leute vergiftet, dann sie und der Medicus!« Er schleuderte den Beutel auf den Boden und zertrat die Samen, von denen ein Teil davonkullerte. »Ich fürchte, der Dämon ist gerissener, als ich dachte«, knurrte er.

»Was meint Ihr damit?«, fragte Hans Tucher.

»Er scheint sich bereits ein neues Gefäß gesucht zu haben.« Der Gottesmann blickte von Olivera zu Matthäus und zurück.

Gerlin begriff. Er wollte Olivera beschuldigen, besessen zu sein.

»Das ist nicht wahr!«, protestierte die Salbenmacherin.

»Wie erklärt Ihr dann das Benehmen des Medicus?«, fragte Hans Tucher. »Wenn *er* immer noch besessen ist, wie kann sie dann denselben Dämon beherbergen?«

»Manche bösen Geister können in mehrere Menschen fahren«, erklärte der Austreiber. »Sie muss ebenfalls einem Exorzismus unterworfen werden!«

»Das ist doch lächerlich!« Olivera wehrte sich gegen die Mönche. »Ihr wollt nur darüber hinwegtäuschen, dass ich recht habe! Ihr habt Matthäus mit *nux methel* vergiftet!«

Selbst aus der Entfernung sah Gerlin, wie ein dunkler Schatten über das Gesicht des Geistlichen huschte und etwas in seine Augen trat, das ihr noch mehr Angst machte.

»*Ich* habe niemanden vergiftet!«, erboste er sich. »Bei euch hingegen ...« Er machte eine Handbewegung in Richtung Medicus, der in sich zusammengesunken in dem Bottich saß und den Kopf hin und her wiegte. »Von *euch* geht die Gefahr für die armen Seelen in dieser Stadt aus!«

»Das ist eine Lüge!« Olivera versuchte vergeblich, sich aus dem Griff der Geistlichen zu befreien.

»Schafft sie in die Zelle des Medicus!«, befahl der Austreiber. »Sobald wir ihn geläutert haben, kümmern wir uns um sie.«

»Darüber sollte der Rat entscheiden«, ging Hans Tucher dazwischen.

»Der Rat hat in Kirchenangelegenheiten nichts zu sagen!«, fuhr ihn der Exorzist an. »Ich habe nur aus Höflichkeit zugelassen, dass Ihr über das Schicksal des Medicus abstimmen konntet. Er untersteht dem Recht der Kirche, genau wie dieses Weib!«

»Sie ist eine Bürgerin dieser Stadt!«

»Die von einem Dämon besessen ist!« Der Austreiber richtete sich zu seiner vollen Größe auf. »Begreift Ihr immer noch nicht, in welcher Gefahr Ihr schwebt? Wenn diesem Teufel nicht Einhalt geboten wird, droht Eure

Stadt zu einem zweiten Babel zu werden!« Er zeigte zur Tür. »Wenn Ihr mich daran hindern wollt, meine von Gott befohlene Aufgabe zu erfüllen, muss ich Euch des Raumes verweisen! Zwingt mich nicht, den Bischof um Hilfe anzurufen!«

Hans Tucher öffnete den Mund zu einer Antwort, schloss ihn jedoch wieder.

Voller Entsetzen sah Gerlin, dass der Pfleger schwach nickte, woraufhin die Mönche Olivera noch härter anfassten und zur Tür brachten.

»Ihr macht einen gewaltigen Fehler!«, rief sie. »Er wird Matthäus umbringen!«

»Schafft sie weg!« Auf der Stirn des Austreibers pulsierte eine Ader. Mit geballten Fäusten wartete er, bis sich die Tür hinter Olivera und seinen Männern schloss, ehe er sich wieder Matthäus zuwandte und mit der Zeremonie weitermachte.

Die nächsten Minuten brachte er damit zu, dem angeblich in Matthäus wohnenden Dämon Fragen zu stellen, die der Medicus in einem seltsamen Singsang beantwortete.

Schließlich befahl er seinen Begleitern, Matthäus abzutrocknen und anzuziehen, um ihn in die Kapelle zu bringen.

»Was habt Ihr mit ihm vor?«, fragte Hans Tucher.

»Er benötigt einen Heilschlaf«, entgegnete der Austreiber barsch. »Der Dämon ist mächtig, aber nicht unbesiegbar.«

»Ich dachte, Ihr hättet ihn ausgetrieben«, wunderte sich der Losunger.

»Die Zeremonie ist erst beendet, wenn die Seele des Besessenen wieder rein ist.« Der Austreiber wandte sich zum Gehen. Wenig später verließen die übrigen Gottesmänner mit Matthäus die Stube, der Pfleger und Hans Tucher folgten.

»Warte!«, flüsterte Gerlin, als Paul sie zum Ausgang ziehen wollte. »Das Gegengift!« Sie lugte vorsichtig in die angrenzende Badestube. Erst als sie sicher war, dass sie alleine waren, wagte sie sich hinein, um den Beutel und die Samen, die der Austreiber nicht zertreten hatte, aufzuheben.

Paul begriff und half ihr. Nachdem sie alles eingesammelt hatten, sagte er: »Wir müssen es irgendwie Matthäus zustecken.«

»Was ist mit Olivera? Wenn der Kerl sie auch vergiftet, schwebt sie genauso in Gefahr.«

»Zuerst Matthäus.« Paul nahm ihr den Beutel ab und steckte ihn ein. »Ich schleiche mich in die Kapelle, sobald sie weg sind.«

»Und wenn sie nicht gehen?«

»Sie haben den Knecht auch allein gelassen«, sagte Paul.

»Ich habe Angst«, gestand Gerlin.

»Das brauchst du nicht. Ich werde dafür sorgen, dass diese Scharlatane ihr nichts antun können.«

»Wie willst du das machen?«

»Mir fällt schon was ein«, versprach Paul. »Du solltest Oliveras Familie wissen lassen, was passiert ist.«

# *Kapitel 55*

Obwohl Gerlin am liebsten bei Paul geblieben wäre, wusste sie, dass sie Götz über die Ereignisse unterrichten musste. Vielleicht konnte er beim Rat erwirken, dass Olivera befreit wurde, sonst drohte ihr dieselbe Zeremonie wie Matthäus. Allein die Vorstellung, entblößt vor all den Pfaffen zu stehen, bereitete Gerlin eine Gänsehaut. Es war erniedrigend und beschämend, etwas, das Olivera ganz gewiss nicht verdiente. Und dann war da natürlich noch die Gefahr für ihr Leben. Auf unsicheren Beinen verließ sie das Gebäude und eilte über den Hof, auf dem immer noch zahlreiche Insassen zusammenstanden. Von der Meisterin war nichts zu sehen, Gerlin vermutete, dass sie sich in ihre Schreibstube zurückgezogen hatte. Der Pfleger musste ihr gedroht haben, und Gerlin wusste nicht, was sie in ihrer Lage getan hätte.

Ohne auf die Insassen zu achten, machte sie sich auf zum Tor und lief wenig später in Richtung Marktplatz. Sie ließ das Rathaus rechts liegen, erklomm die Burgstraße und schlüpfte kurz darauf in Oliveras Hof. Da der Verkaufsraum an diesem Tag geöffnet war, lagen die Hunde an der Leine und die Eingangstür war unverschlossen. Das Glockenspiel lockte Götz aus der Offizin, aus der auch Jona auftauchte.

»Gerlin?« Götz hob fragend die Brauen.

Jona schenkte ihr ein Lächeln.

»Brauchst du Arzneien?«

Sie schüttelte den Kopf. »Olivera ist in Gefahr!«

Götz erbleichte. »Der Teufelsaustreiber?«

Gerlin berichtete, was sich zugetragen hatte.

»Und Hans Tucher hat nichts dagegen unternommen?«, fragte Götz.

»Der Austreiber hat behauptet, die Sache würde der Kirche unterstehen.«

Der Apothecarius stöhnte. »Damit hat er sogar recht. Es ist eine Kirchenangelegenheit. Der Rat hätte nie so dumm sein dürfen, diesen Kerl aus Bamberg kommen zu lassen! Oh Gott! Ich hatte sie gewarnt!« Er nahm die Kappe ab und fuhr sich mit der Hand durchs Haar. »Wie soll ich ihr jetzt helfen? Ich kann nicht einfach ins Spital spazieren und sie befreien.« Er lehnte sich an den Tresen und überlegte.

»Was ist mit dem Gift?«, fragte Jona.

»Das trägt der Austreiber bei sich«, entgegnete Gerlin.

»Und du denkst, er wird Olivera auch damit vergiften?«

»Was denn sonst?«, brauste Götz auf. »Unsere einzige Hoffnung ist das Gegenmittel.« Er sah Gerlin besorgt an. »Ist noch genug davon übrig?«

»Ich bin mir nicht sicher, ich habe alles eingesammelt, was ich finden konnte.« Sie wusste nicht, wie viele Samen nötig waren, um die Wirkung umzukehren. »Aber Olivera hat bestimmt noch mehr davon in der Offizin.«

Götz schlug sich gegen die Stirn. »Warum habe ich daran nicht gleich gedacht?«, murmelte er und eilte in die Salbenküche. Es dauerte eine Weile, bis er das Gefäß fand, in dem Olivera die Samen aufbewahrte. »Es ist nichts mehr da«, stöhnte er. »Verdammt! Matthäus darf nicht alles aufbrauchen!«

»Oder wir befreien Olivera«, meldete sich Jona erneut zu Wort. Er wandte sich an Gerlin. »Du hast gesagt, ihr wolltet Matthäus über eine Leiter im Garten erreichen, bevor die Pfaffen aufgetaucht sind. Wenn Olivera in derselben Kammer eingesperrt ist …«

»Man wird uns erwischen«, gab Gerlin zu bedenken.

»Wird man nicht.« Jona reckte das Kinn. »Ich befreie Olivera und du versuchst, Paul davon abzuhalten, Matthäus das ganze Gegengift zu geben. Falls ich es nicht schaffe«, setzte er hinzu.

»Und wenn es nicht klappt?«

Anstatt zu antworten, griff Jona nach seiner Kappe und setzte sie auf. »Wir sollten uns beeilen«, drängte er. »Solange die Pfaffen mit Matthäus beschäftigt sind, achtet vielleicht niemand auf uns.«

Es kostete Götz all seine Willenskraft, nicht mit ihnen zu gehen. Olivera schwebte in Lebensgefahr und er kam sich vor wie ein Feigling, Jona und Gerlin das Handeln zu überlassen. Allerdings war ihm klar, dass sie weniger Aufmerksamkeit auf sich ziehen würden als er. Wenn Hans Tucher nichts gegen den Austreiber ausrichten konnte, war auch er machtlos, selbst wenn es schmerzte, sich das eingestehen zu müssen. Sein Auftauchen im Spital würde nur dafür sorgen, dass die Wachen misstrauisch würden und Verdacht schöpften. Ihm blieb nichts anderes übrig, als zu hoffen, dass Gott endlich ein Einsehen mit ihnen hatte. Wenn Olivera etwas zustieß, würde er sich das niemals verzeihen. Hätte er auf sie gehört und mit ihr die Stadt verlassen, wäre all das nicht passiert!

Er ächzte. Wenn er es nicht besser wüsste, würde er annehmen, ihre Feinde im Rat hätten etwas mit den jüngsten Entwicklungen zu tun. Allerdings schienen die meisten im Moment damit beschäftigt zu sein, sich vor einem Dämon zu fürchten, den es nicht gab. Ein Einfall ließ ihn innehalten. Warum war er nicht schon vorher darauf gekommen? Martin Groß zeichnete dafür verantwortlich, dass sich dieser vermaledeite Pfaffe in der Stadt befand. Falls es Götz gelang, den Ratsherrn davon zu überzeugen, dass der Austreiber ein Betrüger war, konnte er Olivera vielleicht auf diesem Weg retten.

Er ließ alles stehen und liegen, zog seinen Mantel an und schloss die Tür der Offizin ab. Dann fragte er sich zu Martin Groß' Haus durch, vor dem er wenig später anlangte. Obwohl ihm auf dem Weg etliche Bedenken in den Sinn gekommen waren, betätigte er den Türklopfer.

Es dauerte lange, bis endlich jemand öffnete. »Der Herr ist im Hof«, ließ ihn die Magd wissen und wischte sich die Hände an ihrer Schürze ab. »Ich bringe Euch zu ihm.«

Anstatt Götz durch die Eingangshalle zu führen, trat sie ins Freie und wies ihm den Weg zu dem weitläufigen, von einer hohen Mauer umfangenen Hof.

Zahlreiche Gebäude drängten sich an die Mauer, dahinter befand sich ein großer Garten mit Obstbäumen, Sträuchern und Gemüsebeeten. Vor dem Stall war ein Schmied damit beschäftigt, zwei Zugpferde neu zu beschlagen, etwas abseits war Martin Groß im Gespräch mit einem

Fuhrmann. Als er Götz kommen sah, verdunkelte sich seine Miene.

»Was wollt Ihr hier?«, fragte er barsch.

»Ich muss Euch sprechen.«

»Weshalb?«

»Es geht um meine Gemahlin.«

Martin Groß schnaubte. »Ich habe nichts mehr mit Eurer Gemahlin zu schaffen.«

»Sie ist in Gefahr! Der Teufelsaustreiber beschuldigt sie, von demselben Dämon besessen zu sein wie der Medicus. Er wird ihr ein Gift verabreichen, das sie das Leben kosten könnte. Ihr müsst mir helfen, dieses Unrecht zu verhindern!«

»Ich muss gar nichts! Die Einzigen, die Unrecht getan haben, sind Eure Gemahlin und dieser unfähige Medicus!«

»Selbst wenn er unfähig ist, bedeutet das nicht, dass …«

»Ihr könnt Euch die Worte sparen!«, unterbrach Groß ihn eisig. »Ich will nichts mehr davon hören. Ich habe Eure Gemahlin um Hilfe gebeten, aber meine Tochter ist trotzdem gestorben!«

»Das tut mir entsetzlich leid«, versicherte Götz ihm. »Aber Ihr dürft nicht zulassen, dass dieser Scharlatan Olivera tötet!«

»Er wird sie nicht töten«, knurrte Groß. »Er wird ihre Seele reinigen und sie von dem bösen Geist befreien.«

»Es gibt keinen bösen Geist!«

Martin Groß wandte sich wortlos ab, winkte einen Knecht zu sich und sagte: »Begleite den Stadtapothecarius vom Hof. Er ist hier nicht willkommen.« Mit diesen Worten stapfte er in Richtung Hauptgebäude davon und verschwand durch ein offen stehendes Doppeltor.

# Kapitel 56

Olivera atmete tief aus und ließ sich auf den Hocker fallen, der die einzige Sitzgelegenheit in der winzigen Kammer war. In einer Ecke stand eine harte Pritsche, daneben befand sich ein einfacher Altar. Das Holzkreuz darüber war alt und von Würmern zerfressen, der Boden davor vom vielen Knien abgenutzt. Ihre Lage war schlimmer, als sie sich in ihren dunkelsten Befürchtungen ausgemalt hatte, und sie hatte keine Ahnung, wie sie sich daraus befreien sollte. Ohne das Gegengift waren sie und Matthäus vermutlich dem Tod geweiht, da der Austreiber an ihnen ein Exempel statuieren würde.

Die Erinnerung an das, was in der Spitalkirche passiert war, ließ sie frösteln, denn sie war sicher, dass man mit ihr noch brutaler verfahren würde. Sie war eine Frau, ein sündiges Weib, das sich der Macht der Kirche widersetzt hatte. Eine solche Ungeheuerlichkeit würde der Austreiber nicht dulden.

Warum hatte sie sich nicht aus allem heraushalten können? Matthäus war stark, er hätte die Zeremonie womöglich ohne ihre Hilfe überlebt. Dank ihrer Dummheit würde sie Götz und ihren Sohn nie wieder sehen. Tränen stiegen in ihr auf und ein Kloß machte ihr die Kehle eng.

»Lukas«, murmelte sie. Ihr Blick wanderte zu dem Altar, aber sie verwarf den Gedanken, Gott um Hilfe zu bitten.

Es war zu spät, es gab keinen Ausweg mehr. Ihre einzige Angst durfte jetzt sein, Götz nicht zu verraten. Sie wusste, welche Wirkung das *nux methel* haben konnte. Falls es ihr den Willen nahm, war es möglich, dass sie Dinge verriet, die für immer begraben bleiben mussten. Was, wenn sie unter dem Einfluss der Droge über das sprach, was auf dem Hof des Alten Endris geschehen war? Was, wenn sie Götz damit ins Loch brachte?

Das Knarren von Dielen vor ihrer Tür ließ sie aufhorchen. Zuerst dachte sie, sie hätte sich geirrt, doch als es lauter wurde, kam sie hastig auf die Beine. Sie hatte ihre Röcke kaum glatt gestrichen, als der Austreiber im Rahmen erschien. Sein Gesicht war ausdruckslos, seine Augen kalt.

»Wartet draußen!«, befahl er seinen Begleitern und schloss die Tür hinter sich. Dann machte er einen drohenden Schritt auf Olivera zu.

Sie zwang sich, nicht vor ihm zurückzuweichen und ihm die Stirn zu bieten. »Was wollt Ihr hier?«, fragte sie. »Ich dachte, Ihr wärt in der Kapelle.«

Der Austreiber lachte, kurz und hart. Mit einer beinahe genüsslichen Bewegung zog er einen kleinen Lederbeutel aus der Tasche, öffnete ihn und sah sich nach etwas um. Als er einen Becher auf dem Fenstersims entdeckte, griff er danach und schüttete etwas hinein.

»Was ist das?«, fragte Olivera, obwohl sie ahnte, worum es sich handelte.

»Ich schätze, das weißt du«, war die Antwort.

»*Nux methel*«?

Anstelle einer Antwort hielt er ihr den Becher entgegen. »Ich muss zugeben, es hat mich erstaunt, dass du dieses äußerst seltene Hilfsmittel erkannt hast.«

»Hilfsmittel?« Olivera schüttelte den Kopf. »Es ist ein Gift und das wisst Ihr.«

»Arznei, Gift …« Der Austreiber lächelte dünn. »Wie dicht diese Dinge doch beieinanderliegen.«

»Glaubt Ihr, ich würde es freiwillig nehmen?« Olivera wollte nach dem Becher greifen, um ihn zu Boden zu werfen, der Austreiber kam ihr jedoch zuvor.

Er nahm den Becher und hielt ihn gegen das Licht. »Du hast zwei Möglichkeiten, wenn du das hier nicht auf deiner Haut spüren willst.« Er hob sein Habit an und zeigte ihr die Peitsche, mit der er auf Matthäus eingedroschen hatte.

Aus der Nähe sah Olivera, dass der Riemen mit Knoten versehen war. Sie wandte schaudernd den Blick ab.

»Du kannst entweder gleich zugeben, dass du von einem Dämon besessen bist.«

»Das werde ich bestimmt nicht tun!«

»Oder du kannst dich selbst vergiften.« Der Austreiber hielt ihr den Becher entgegen. »An deiner Stelle würde ich diese Wahl treffen. Sonst wirst du dich in der Badestube der Befragung stellen müssen. Nackt«, setzte er süffisant hinzu.

Olivera schwieg.

»Du brauchst dich nicht sofort zu entscheiden«, sagte der Austreiber. »Ich lasse dir das Gift da und sorge dafür, dass man dir Wein bringt.« Er hob den Zeigefinger. »Falls du glaubst, du könntest es einstecken und den beiden Ratsherren zeigen, irrst du dich. Meine Männer werden dich durchsuchen, bevor sie dich in die Kirche bringen.« Er zeigte ihr erneut die Peitsche. »Um den Dämon aus dir herauszuprügeln.«

»Ihr wisst, dass ich nicht besessen bin«, fauchte Olivera.

»Es wird niemanden interessieren, ob du besessen bist oder nicht, wenn du gestehst«, war die Antwort.

»Ihr seid kein Mann Gottes«, spuckte Olivera verächtlich aus.

»Ich bin sein Werkzeug«, höhnte er.

»Wenn Gott wüsste …«

»Zerbrich dir deinen Kopf lieber über dich selbst als über den Allmächtigen«, wies er sie zurecht. »Du hast Zeit, es dir zu überlegen. Falls du keine Entscheidung fällst, erwartet dich ein Tag voller Pein.« Er stellte den Becher zurück auf die Fensterbank. Er wollte noch etwas hinzusetzen, als die Tür aufging und einer seiner Helfer den Kopf in die Kammer steckte.

»Was ist?«, blaffte der Austreiber ihn an.

»Ihr solltet sofort kommen«, drängte der Mönch. »Es ist etwas vorgefallen.«

Einen Augenblick hielten die unterschiedlichsten Gefühle Widerstreit im Gesicht des Austreibers, dann ließ er Olivera stehen und stürmte aus dem Raum.

Die Tür fiel hinter ihm ins Schloss und wurde von außen verriegelt.

Olivera drückte das Ohr gegen das Holz, in der Hoffnung aufzuschnappen, was im Korridor gesprochen wurde. Allerdings vernahm sie nur das Geräusch sich entfernender Schritte.

»Was ist passiert?«, murmelte sie und lehnte sich mit dem Rücken gegen die Tür. Als ihr Blick auf den Becher mit dem Gift fiel, löste sie sich von dem dicken Holz und ging zum Fenster. Nachdenklich griff sie nach dem Behälter, starrte hinein und holte einen der giftigen Samen heraus.

Sie steckte in der Klemme. Wenn sie nicht wollte, dass man sie halb tot prügelte und dann so lange befragte, bis sie etwas sagte, das vielleicht nicht nur sie das Leben kostete, blieb ihr keine Wahl. Sie liebte Götz mehr als ihr eigenes Leben. Auf keinen Fall würde sie zulassen, dass man ihn ihretwegen verhaftete.

# Kapitel 57

Als Gerlin und Jona den Hanselhof betraten, erschraken sie bis ins Mark. Vor der Spitalkirche war eine Menschentraube versammelt, durch die sich in diesem Moment der Austreiber und einer seiner Begleiter den Weg bahnten. Zwei Wachen standen vor der Tür, die jemanden festhielten, der sich lautstark gegen sie wehrte. Zu ihrem Entsetzen erkannte Gerlin Pauls Stimme.

»Was wollt ihr von mir?«, schimpfte er. »Darf man nicht mal mehr in die Kirche gehen?«

»Heilige Jungfrau!«, flüsterte sie.

»Ist das Paul?«, fragte Jona.

Sie nickte. »Sie müssen ihn erwischt haben, als er bei Matthäus war.«

»Schafft ihn wieder rein!«, herrschte der Austreiber die Wachen an, schob die Insassen beiseite und verschwand mit den anderen Geistlichen in der Kirche.

»Wir müssen ihnen folgen!« Gerlin wollte loslaufen, doch Jona hielt sie zurück.

»Wir können nichts ausrichten. Was willst du sagen?«

»Dass Paul nichts Böses getan hat!«

»Das wird er ihnen selber sagen«, hielt Jona entgegen. »Wir sollten lieber zusehen, dass wir die Ablenkung nutzen, um Olivera zu befreien. Wo ist sie eingesperrt?«

Gerlin hörte ihn kaum. Paul war in Gefahr. Sie musste ihm helfen!

»Gerlin!« Jona schüttelte sie sanft.

»Ich …« Gerlins Stimme erstickte. Was würden die Männer mit Paul machen? Würden sie ihn auch beschuldigen, von dem Dämon besessen zu sein?

»Nimm dich zusammen!«, zischte Jona. »Wir müssen die Ablenkung nutzen! Niemand wird auf uns achten.« Er fasste Gerlin beim Arm und zog sie von der Kirche fort. »Wo ist Oliveras Gefängnis?«, drängte er.

Gerlin wischte sich die Tränen aus den Augen. Jona hatte recht. Paul würde sich selbst seiner Haut erwehren müssen, sie konnten nichts für ihn tun. Wenn er Matthäus das Gegengift bereits gegeben hatte, hatte der Austreiber ihm nichts vorzuwerfen außer dem Wunsch, in der Kirche zu beten. Da er leugnete, die angeblich Besessenen mit *nux methel* zu behandeln, war es unmöglich, Paul eines Vergehens zu beschuldigen, ohne sich selbst zu belasten. »Da drüben«, sagte sie und zeigte auf das Gebäude, in das man Olivera gebracht hatte.

»Dann führ mich zu der Leiter!«, forderte Jona sie auf.

Gerlin warf einen Blick auf den Durchgang zu dem Garten hinter dem Gebäude, zu ihrer Erleichterung war er unbewacht. Der Torbogen wurde von wilden Rosen umrankt, die trotz der Kälte blühten. Fast erschienen sie ihr wie ein Zeichen der Hoffnung.

»Wo ist die Leiter?«, fragte Jona, sobald sie den Garten erreicht hatten.

»Sie liegt hinter dem Gebäude.«

Jona ließ sie stehen und rannte über den Rasen zu der

Stelle, die sie ihm gezeigt hatte. »Hier ist nichts!«, stellte er fest, als Gerlin zu ihm aufschloss.

»Was? Sie muss hier sein!«

»Ich sehe keine Leiter.«

»Das darf nicht wahr sein!«, stöhnte Gerlin. »Jemand muss sie mitgenommen haben.«

»Dann müssen wir sie suchen.«

»Wie stellst du dir das vor? Ich bin eine Magd und du gehörst nicht mal ins Spital. Wie willst du erklären, wofür wir eine Leiter brauchen? Man würde sofort Verdacht schöpfen.«

Jona legte die Stirn in Falten. »Wenn wir Olivera das Gegengift nicht geben können, gibt es nur eine Möglichkeit.«

Gerlin sah ihn fragend an.

»Wir müssen das Gift stehlen!«

»Bist du vollkommen von Sinnen?«, fragte Gerlin erschrocken. »Wenn man uns erwischt, bringt uns das nicht nur Ärger mit dem Pfleger ein, es bringt uns ins Loch!«

»Ich werde nicht erwischt«, entgegnete Jona.

»Wie kannst du so sicher sein?«

»Ich war ein Dieb, bevor Olivera mich aufgenommen hat.«

Gerlin hatte von Jonas Vergangenheit gehört, aber was er vorhatte war Selbstmord. »Wie willst du in die Nähe des Austreibers kommen? Er umgibt sich ständig mit seinen Begleitern.«

»Das lass meine Sorge sein«, sagte Jona, ging in die Hocke und hob etwas Dreck vom Boden auf. Damit beschmierte er sich Gesicht und Hände. »Sehe ich aus wie ein Bettler?«, fragte er.

Gerlin schüttelte den Kopf. »Deine Kleider ...«

Jona zögerte einen Augenblick, ehe er einen seiner Ärmel zerriss und auf die Knie ging, um seine Hose so schmutzig zu machen, als hätte er sie schon viel zu lange an. »Besser?«

Gerlin nickte. »Und was soll ich tun?«

»Du lenkst die Pfaffen ab, während ich versuche, an den Austreiber heranzukommen.«

»Wie soll ich das machen?«, fragte Gerlin. Ihre Furcht um Paul kehrte zurück. »Sie sind in der Kirche. Wir müssen uns beeilen, sonst vergiftet er Paul auch noch!«

»Hol die Meisterin«, schlug Jona vor. »Oder den Pfleger. Irgendwie müssen wir an den Pfaffen rankommen, bevor er noch mehr Schaden anrichtet. Erzähl irgendeine Lüge.«

Gerlins Furcht verstärkte sich. Hatte Paul dem Medicus Oliveras Arznei gegeben? War genug davon übrig?

»Lauf!«, drängte Jona. »Ich mische mich unter die Insassen.«

»Und wenn dich jemand erkennt?«

»Wer sollte mich erkennen? Ich bin nichts weiter als ein Bettler, der im Spital ein Mahl und ein Lager für die Nacht sucht.«

# *Kapitel 58*

Ungeduldig schob Jona Gerlin zu dem rosenumrankten Torbogen und wartete, bis sie in Richtung Siechenstube davongelaufen war. Dann schlenderte er so unauffällig wie möglich über den Hof und gesellte sich zu den Schaulustigen, die immer noch vor der Kirche warteten.

»Was ist denn los?«, fragte er einen Mann mit einer Bettelmarke an seinem fadenscheinigen Kittel.

»Keine Ahnung«, erwiderte der. »Ich weiß nur, dass alle plötzlich in heller Aufregung sind.« Er schielte auf Jonas schmutzige Kleider. »Wo hast du die denn geklaut?«

Jona sah an sich hinab. Offensichtlich waren seine Kleider trotz aller Anstrengung nicht zerschlissen genug.

»Du solltest dir eine Bettelmarke zulegen«, warnte ihn der Bettler. »Wenn dich der Bettelmeister erwischt, kriegst du sonst gewaltigen Ärger.«

Jona tat so, als ob ihm das Gespräch unangenehm wäre, und schob sich weiter nach vorn.

Dort redeten die Insassen aufgeregt durcheinander.

»Was wollen die Pfaffen vom Gehilfen des Medicus?«, erkundigte sich eine Hebmagd.

»Der ist bestimmt auch besessen«, war die Antwort.

»Und die Salbenmacherin? Warum hat man die eingesperrt?«

»Die ist auch besessen.«

»So ein Unfug! Sollen jetzt alle besessen sein?«

»Der Teufel ist ein schlimmer Verführer«, murmelte ein Knecht mit einer Hacke in der Hand.

»Sie haben den Medicus geschlagen«, tuschelte es weiter hinten.

»Mir ist das alles unheimlich!«

Jona drängte sich noch weiter nach vorn, bis er die Kirchenpforte sehen konnte. Er überlegte gerade, wie er es bewerkstelligen sollte, hineinzuschlüpfen, als Gerlin, der Pfleger und Hans Tucher auftauchten.

»Das ist ungeheuerlich!«, hörte er Hans Tucher schimpfen. »Das geht zu weit!« Er stürmte auf die Kirche zu, öffnete die Tür und verschwand im Inneren des Gebäudes.

Jona suchte Gerlins Blick, doch sie hatte nur Augen für das, was in der Kirche vorging.

Laute Stimmen drangen ins Freie.

»Wie könnt Ihr es wagen!«, empörte sich jemand.

Wenig später tauchte Hans Tucher wieder auf, gefolgt von dem Teufelsaustreiber und zwei weiteren Mönchen.

»Mir ist zu Ohren gekommen, dass ihr die Insassen vom Beten abhaltet«, warf der Ratsherr dem Pfaffen vor.

»Wir halten niemanden vom Beten ab!«

»Was ist mit Paul?«, mischte sich Gerlin ein.

Der Austreiber bedachte sie mit einem Blick, in dem so viel Abscheu lag, dass Gerlin zurückwich.

Dem Pfleger war anzusehen, dass ihm der Streit nicht gefiel. Er hob die Hand, um etwas zu sagen, aber Hans Tucher kam ihm zuvor.

»Wie geht es dem Medicus? Ich will ihn sehen!«

»Ich hatte Euch gewarnt.« Der Austreiber streckte den Kopf vor, was ihm das Aussehen einer riesigen Krähe verlieh. »Diese Angelegenheit geht nur die Kirche etwas an!«

»Das sehe ich anders! Ich werde den Rat in Kenntnis setzen, dass Ihr die Insassen des Spitals daran hindert, ihrer Christenpflicht nachzukommen!«

»Das ist eine Lüge!«

»Dann will ich wissen, warum Ihr den Gehilfen des Medicus festhaltet!«

»Er hat sich entgegen des ausdrücklichen Verbots in die Kapelle geschlichen!«

»Ich dachte, Ihr hättet Matthäus von dem Dämon befreit«, hielt Hans Tucher entgegen. »Warum verbietet Ihr den Leuten zu beten?«

»Er wollte nicht beten!«

»Was wollte er dann?«

Der Austreiber ballte die Fäuste und blieb die Antwort auf diese Frage schuldig. »Ihr solltet Eure Zunge hüten«, knurrte er.

Hans Tucher lachte. »Wisst Ihr, wer ich bin?«

»Das ist mir gleich! Ihr seid kein Mann Gottes.«

Hans Tucher machte einen drohenden Schritt auf den Austreiber zu, dessen Begleiter augenblicklich schützend vor ihn traten.

Gleich würde es zu einem Handgemenge kommen. Jona beschloss, die Gelegenheit zu nutzen. »Wir sollten auch in die Kirche dürfen!«, rief er. »Wir haben Angst vor dem Dämon!«

»Jawohl!«, pflichtete ihm ein Insasse bei. »Was, wenn er in einen von uns fährt?«

»Lasst uns in die Kirche!«, rief Jona.

»Wir wollen beten!«, rief ein anderer.

Gerlin begriff. Während die Forderungen immer lauter wurden, löste sie sich von der Gruppe und erhob ebenfalls die Stimme. »Der Herr ist barmherzig!« Als sie Anstalten machte, zur Pforte zu laufen, hielt einer der Mönche sie an der Schulter fest.

Sie fing an zu kreischen.

Jona grinste. Die Ablenkung war perfekt, um seinen Plan in die Tat umzusetzen. Während die Insassen immer wütender wurden und auch der zweite Mönch versuchte, Gerlin vom Betreten der Kirche abzuhalten, rannte er auf die kleine Gruppe zu und rempelte den Teufelsaustreiber an. »Lasst mich beten!«, forderte er. Als wäre er voller Verzweiflung, klammerte er sich an das Habit des Austreibers, fiel auf die Knie und schob dabei geschickt die Hand in dessen Tasche. Sobald seine Finger den Beutel darin fanden, verbarg er ihn in der Handfläche und zerrte weiter am Stoff.

»Lass mich sofort los!«, tobte der Austreiber. Als Jona nicht gehorchte, versetzte er ihm einen Stoß.

»Bitte! Seid barmherzig!«, flehte er.

»Zurück!« Einer der Mönche packte ihn beim Kragen und zog ihn grob auf die Beine. »Bleibt alle zurück!«

»Die Leute wollen beten«, sagte Hans Tucher, der Jona nicht zu erkennen schien. »Es geht nicht an, dass Ihr sie davon abhaltet. Wenn Ihr dem Gehilfen des Medicus nichts vorzuwerfen habt, fordere ich Euch auf, ihn augenblicklich gehen zu lassen!«

»Er hat sich einem Befehl widersetzt!«

»Ich habe genug!« Hans Tucher schob den Austreiber beiseite und ging mit energischen Schritten zur Kirchenpforte.

»Das dürft Ihr nicht!«, zeterte der Austreiber.

Nun schien es dem Pfleger zu bunt zu werden. »Ihr könnt niemandem verbieten, ein Gotteshaus zu betreten«, sagte er. »Wenn das dem Bischof zu Ohren kommt …« Er brauchte den Satz nicht zu beenden.

Mit einem Gesicht, als hätte er in etwas Bitteres gebissen, gab der Austreiber nach und trat beiseite.

»Ich lasse zum Gebet läuten!«, verkündete der Pfleger, um die Insassen zu beruhigen.

Jona hörte ihn kaum. Da niemand mehr auf ihn achtete, schlich er davon, bis er außer Sichtweite war. Dann öffnete er den gestohlenen Beutel, um hineinzusehen.

Er war voller seltsamer Samen.

Ein triumphierendes Lächeln huschte über sein Gesicht. Damit war Olivera außer Gefahr, selbst wenn kein Gegengift mehr übrig war. Jetzt stellte sich nur die Frage, was er mit seiner Beute anfangen sollte.

# *Kapitel 59*

GERLIN MACHTE SICH mit einem Ruck von dem Mönch los, der sie gepackt hatte, und eilte Hans Tucher hinterher. Sie entdeckte ihn am entfernten Ende des Kirchenschiffes, wo sich die anderen Geistlichen befanden.

Paul kniete auf dem Boden wie ein armer Sünder.

»Was ist das?«, hörte sie einen der Männer fragen. »Was war da drin? Wieso ist der Beutel leer?«

Paul schwieg.

»Was hattest du beim Medicus zu suchen?«

Gerlins Herzschlag beschleunigte sich. Allem Anschein nach war es Paul gelungen, Matthäus das Mittel zu geben. Somit schwebte wenigstens er nicht mehr in Lebensgefahr, falls Olivera sich nicht getäuscht hatte.

»Was werft Ihr dem Burschen vor?«, dröhnte Hans Tuchers Stimme durch die Kirche. »Warum haltet Ihr ihn fest?«

»Er hat das Verbot missachtet!«

»Welches Verbot? Die Kirche zu betreten?« Hans Tucher trat zu dem Mönch, der Paul das Beutelchen abgenommen hatte. »Was ist das?«

»Das müsst Ihr *ihn* fragen!« Der Geistliche zeigte auf Paul.

Hans Tucher sah ihn scharf an.

»Nichts«, log er. »Ich wollte nur beten.«

»In der Kapelle?«, fragte der Losunger scharf.

Paul senkte den Kopf.

»Ich frage Euch noch mal«, wandte Hans Tucher sich erneut an die Geistlichen. »Was werft Ihr ihm vor?«

Die Männer des Austreibers schienen nicht zu wissen, was sie darauf antworten sollten.

»Steh auf!«, befahl Hans Tucher dem knienden Paul.

Paul tat, was er verlangte.

»Du kommst mit mir!« Der Losunger bedeutete Paul, zu ihm zu treten, dann machte er kehrt und kam mit ihm auf Gerlin zu.

Als Paul sie sah, erhellte sich seine Miene. Er nickte ihr kaum merklich zu und grinste, um sie wissen zu lassen, dass er seinen Teil des Plans erfüllt hatte.

Obwohl sie sich in einem Gotteshaus befand und es unziemlich war, griff sie nach seiner Hand, sobald er sie erreichte. »Geht es dir gut?«, flüsterte sie.

»Ja.«

»Und Matthäus?«

»Auch.«

Hans Tucher, der vorausgeeilt war, drehte sich zu ihnen um. Zwischen seinen Brauen zeichnete sich eine steile Falte ab. Im Freien angekommen, ignorierte er den Austreiber, der auf den Pfleger einschimpfte, und forderte Paul und Gerlin auf, ihm zu folgen. »Ich weiß, was ihr getan habt«, sagte er, als sie außer Hörweite waren. »War Oliveras Gegenmittel in dem Beutel?« Er sah Paul scharf an. »Ich will keine Lügen hören! Ich bin auf eurer Seite!«

Paul nickte.

»Hast du es Matthäus geben können?«

»Ja.«

»Geht es ihm besser?«, wollte Gerlin wissen.

»Das weiß ich nicht. Sie haben mich von ihm weggezerrt, sobald ich es ihm gegeben hatte.« Er sah voller Sorge zu Hans Tucher auf. »Werdet Ihr uns verraten?«

»Gewiss nicht«, war die Antwort. Gerlin fiel ein Stein vom Herzen. »Olivera hatte recht. Ich hätte keinen Moment an ihr zweifeln dürfen!«

»Könnt Ihr dafür sorgen, dass man sie freilässt?«, fragte Paul.

»Ich werde es versuchen«, versprach Hans Tucher. »Allerdings wird es nicht einfach werden.«

In diesem Augenblick tauchte Jona auf. Als er Hans Tucher sah, hielt er mitten im Schritt inne und machte Anstalten, sich abzuwenden.

Gerlin winkte ihn zu sich.

Unsicher, die Hände in den Taschen vergraben, kam er zu ihnen und vermied es, den Losunger anzusehen.

»Hast du es geschafft?«, fragte Gerlin.

Jona schielte zu Hans Tucher.

»Er ist auf unserer Seite«, beruhigte Gerlin ihn.

Hans Tucher fasste Jona schärfer ins Auge. »Bist du nicht der Gehilfe unseres Apothecarius?«, fragte er. »Was ist mit deinen Kleidern passiert?«

»Jona hat …«, hob Gerlin an, aber Jona schnitt ihr mit einer Geste das Wort ab.

Hans Tucher runzelte die Stirn. »Was sollte das vorhin?«

»Wir wollten erreichen, dass man Paul freilässt«, erwiderte Jona. »Aber das war nicht alles«, gestand er nach kurzem Zögern und holte das gestohlene Säckchen hervor.

»Was ist das?«, wollte Hans Tucher wissen.

»Das Gift, mit dem der Austreiber Matthäus vergiftet hat.«

»Wie bist du da rangekommen?« Die Frage hatte kaum den Mund des Losungers verlassen, da begriff er. »Du hast es ihm gestohlen, als du vor ihm auf die Knie gefallen bist.« Ein Anflug von Bewunderung schwang in seiner Stimme mit.

»Wir hatten keine andere Wahl«, verteidigte Gerlin ihn. »Wenn Jona es ihm nicht weggenommen hätte …«

»Mir ist gleichgültig, wie es beschafft worden ist«, sagte Hans Tucher und hielt Jona die Hand hin. »Ich werde es dem Rat als Beweis vorlegen, dass Olivera recht hatte. Dann wird diesem Betrüger hoffentlich Einhalt geboten!«

Jona gab ihm das Säckchen. Man konnte ihm ansehen, dass ihm nicht wohl war dabei.

»Bleibt hier und habt ein Auge auf den Pfaffen«, bat Hans Tucher. »Ich komme bald zurück.«

»Bist du sicher, dass er uns helfen wird?«, fragte Paul an Gerlin gewandt.

Sie hob eine Schulter. »Wenigstens hat der Austreiber jetzt kein Gift mehr.«

# *Kapitel 60*

NACHDEM MARTIN GROSS ihn aus dem Haus geworfen hatte, kochte Götz vor Wut. Da er an dieser Stelle nichts ausrichten konnte, hatte er beschlossen, erneut in der Offizin nach dem Gegenmittel zu suchen. Als er sämtliche Töpfe, Tiegel, Säcke und Krüge durchwühlt hatte, musste er sich eingestehen, dass auch dieser Versuch, Olivera zu retten, fruchtlos war. Seine Verzweiflung nahm immer weiter zu, bis er es schließlich nicht mehr aushielt und entschied, ins Spital zu gehen. Er würde nicht zulassen, dass dieser verdammte Pfaffe Olivera etwas antat! Falls nötig, würde er sie mit Gewalt befreien und versuchen, die Stadt zu verlassen. Dass er damit nicht nur sich, sondern auch Cristin, Uli und Lukas in Gefahr brachte, machte ihn fast verrückt. Dennoch konnte er nicht weiter tatenlos herumsitzen und abwarten, ob Jona und Gerlin Erfolg hatten mit ihrem Plan. Was, wenn es ihnen nicht gelang, Olivera zu befreien oder ihr das Gegengift zu geben? Hätten sie nicht längst wieder zurück sein müssen? Er verwünschte sich dafür, ihnen das Handeln überlassen zu haben. *Du bist ein elender Feigling!*, dachte er verbittert.

»Scheiß drauf!« Wütend setzte er sich seine Kappe auf, steckte ein zweites Messer ein und verließ das Haus. Auch wenn sein Auftauchen im Spital das Misstrauen der Wachen erwecken würde, musste er alles in seiner Macht

Stehende unternehmen, um die Frau zu retten, die er über alles liebte. Auf Gott zu hoffen, war der falsche Weg. Gott hatte ihnen noch nie geholfen, ihr Schicksal lag auch dieses Mal in ihrer eigenen Hand.

Den eisigen Wind spürte er kaum, als er die Burgstraße hinuntereilte und den Marktplatz überquerte. Er war nicht weit vom Rathaus entfernt, als ihm Hans Tucher entgegenkam.

»Götz!«, rief er aus. »Wo willst du hin?«

»Könnt Ihr Euch das nicht denken?«, entgegnete Götz barsch. Die Zeit für Höflichkeiten war vorbei.

»Mach keine Dummheiten!« Hans Tucher hielt ihn am Arm fest.

»Ich muss zu Olivera!« Götz befreite sich und wollte weiterlaufen.

»Sie ist in Sicherheit!«

»Was?«

»Ihr kann nichts passieren.« Hans Tucher zog ihn näher, da sie bereits die Aufmerksamkeit einiger Nürnberger erregt hatten. »Dein Gehilfe hat dem Pfaffen das Gift gestohlen.«

»Jona?«

Der Losunger nickte. »Deiner Gemahlin kann nichts zustoßen.« Er holte ein Säckchen aus der Tasche und hielt es Götz hin. »Ich bin auf dem Weg zum Rat, um es ihnen als Beweis vorzulegen. Komm mit und hilf mir, die anderen zu überzeugen. Glaub mir, das ist weitaus klüger, als kopflos ins Spital zu stürmen.«

»Was ist mit dem Pfleger?«

»Der ist noch im Spital.«

»Weiß er davon?« Götz zeigte auf das Säckchen.

Hans Tucher verneinte.

»Und wenn der Austreiber mehr davon besitzt? Woher wollt Ihr wissen, dass das alles ist?«

»Falls er mehr davon besitzt, wird er es erst holen müssen«, hielt der Losunger entgegen. »Wenn wir uns beeilen, kommen wir ihm zuvor. Der Rat wird nicht dulden, dass dieser Kerl die Menschen vergiftet, um alle davon zu überzeugen, sie seien besessen. Der Streit mit dem Bischof ist längst nicht beigelegt. Ich könnte mir gut vorstellen, dass der sich ins Fäustchen lacht, weil die Nürnberger so einfältig sind.«

»Und Martin Groß?«

»Hat seinen Posten als Bürgermeister niedergelegt. Es ist nicht recht, dass seine Stimme mehr Gewicht haben soll als die der anderen. Auch wenn er scheinbar der Ansicht ist, dass er einen Anspruch darauf hat.«

Götz überlegte einen Augenblick. Es kam ihm falsch vor, Olivera im Spital ihrem Schicksal zu überlassen. Allerdings gab es keinen Grund, an Hans Tuchers Worten zu zweifeln. Falls der Austreiber irgendwo noch mehr von dem Gift besaß, würde er das Spital verlassen müssen. Vielleicht gelang es ihm und dem Losunger bis dahin, den Inneren Rat davon zu überzeugen, dass Olivera recht gehabt hatte mit der Brotseuche. »Also gut«, seufzte er. »Aber ich werde mich nicht hinhalten lassen. Falls die Älteren sich weigern, den Beweis anzuerkennen, werde ich Olivera eigenhändig befreien!«

»Weißt du was?« Hans Tucher streckte ihm die Hand hin. »Ich verspreche dir, dass ich dir in diesem Fall dabei helfen werde.«

# Kapitel 61

Olivera zitterte, als sie den Becher zum hundertsten Mal in die Hand nahm, um das Gift darin anzustarren. Auf dem kleinen Tisch in ihrer Zelle stand inzwischen ein Krug Wein, den sie nicht angerührt hatte. Ihr fehlte der Mut, um den Schritt zu wagen, der nötig war, um Götz vor Verrat in Sicherheit zu bringen. Wenn sie tat, was der Austreiber von ihr verlangte, würde sie ihren Sohn nie wieder sehen. Die Vorstellung war so schrecklich – schrecklicher noch als der Verlust ihres Ehemanns – dass sie wie gelähmt war. Was würde Götz zu Lukas sagen? Würde Lukas begreifen, dass seine Mutter nie wiederkommen würde? Sie konnte den Gedanken nicht ertragen, nie mehr sein Lachen zu hören oder den Duft zu riechen, den er verströmte.

Sie stellte den Becher ab und fuhr sich mit dem Ärmel über das tränennasse Gesicht. Sie musste stark sein! Sie durfte nicht zulassen, dass das Gift ihren Willen brach und sie zu einem Spielball des Exorzisten machte. Sie trat ans Fenster und starrte auf den verwaisten Garten hinab. Wie es Matthäus wohl ging? Lebte er noch oder hatte das Gift ihn ebenso getötet wie den Knecht?

»Warum lässt du so etwas zu?«, fragte sie und sah wütend zu dem kleinen Altar. »Ist *das* Gerechtigkeit? Ist *das* deine Barmherzigkeit?« Sie ließ sich auf den Schemel fallen, vergrub das Gesicht in den Händen und ließ ihrer

Verzweiflung freien Lauf. Lange Zeit saß sie einfach nur da und zermarterte sich das Gehirn darüber, wie sie sich aus der verzweifelten Lage befreien konnte. Allerdings war ihr Kopf leer gefegt. Zu groß waren die Angst und der Zorn auf einen Gott, der sie immer wieder für etwas zu strafen schien, das sie nicht begriff. Sie konnte doch nichts dafür, dass ihr Vater und ihr Bruder Mörder waren! Konnte ihr nicht endlich vergeben werden, dass sie den Fehler gemacht hatte, auf Laurenz' Werben hereinzufallen? Wieso geißelte Gott sie so furchtbar?

Ihre Fragen blieben unbeantwortet, allerdings vernahm sie nach einiger Zeit das Knarren der Dielen vor ihrer Zelle. Ihr Herzschlag beschleunigte sich. Kam man, um sie abzuholen? Einen Augenblick lang dachte sie an Flucht. Aber wohin sollte sie fliehen? Es gab keinen Ausweg aus der Kammer, ein Sprung aus dem Fenster war ausgeschlossen. Dennoch würde sie nicht kampflos aufgeben. Bevor die Tür aufging, griff sie nach dem Weinkrug, leerte ihn aus und umklammerte den Griff. Er war schwer und aus Metall, vielleicht konnte sie ihn als Waffe benutzen. Sie hatte sich kaum an die entfernteste Wand der Zelle zurückgezogen, da ging die Tür auf und der Austreiber erschien. Zu Oliveras Erstaunen war er allein.

Sein Gesicht glich einer zornigen Maske. »Wie hast du das bewerkstelligt?«, fuhr er sie an, kaum hatte er die Tür hinter sich geschlossen.

Olivera blinzelte verdutzt. Wovon redete er?

»Tu nicht so unwissend!« Ehe Olivera reagieren konnte, war er bei ihr und versetzte ihr einen so gewaltigen Hieb ins Gesicht, dass sie zur Seite taumelte.

Der Krug fiel ihr aus der Hand.

»Wo ist es?«, herrschte er sie an. »Hast du es genommen?«

Olivera rappelte sich auf und wollte nach dem Krug greifen, doch der Austreiber trat ihn beiseite.

»Wer hat dir geholfen?« Sein Gesicht war krebsrot.

»Wobei geholfen?« Olivera wich ihm aus, als er erneut drohend die Hand hob.

»Wo ist mein *nux methel*?« Seine Stimme war heiser vor Wut.

»Dort, wo Ihr es gelassen habt«, erwiderte Olivera verächtlich. »Ich werde mich nicht selbst vergiften!« Sie sah zu dem Becher.

»Das meine ich nicht! Wo ist der Rest?«

»Welcher Rest?«

Er packte sie beim Kragen, holte ein weiteres Mal aus und schlug ihr mit dem Handrücken so hart ins Gesicht, dass sie bunte Funken vor ihren Augen sah.

Sie schrie auf.

»Bist du wirklich mit dem Teufel im Bunde?«, zischte er.

»Ich bin mit niemandem im Bunde!« Olivera wischte sich das Blut von der Lippe. »Wo sind Eure Männer?«

»Das geht dich nichts an!« Der Austreiber stürmte zur Fensterbank und griff nach dem Becher. »Wenn du denkst, du würdest ohne Strafe davonkommen, irrst du dich! Ich lasse mich nicht von dir zum Narren halten!« Er war rasend vor Zorn, dass seine Augen fast aus den Höhlen traten.

Olivera nutzte die Ablenkung, um den Krug vom Boden aufzuheben. Ehe der Austreiber sich wieder zu ihr umdrehen konnte, schwang sie das schwere Gefäß und schlug ihm damit auf den Hinterkopf.

Er stieß ein wildes Brüllen aus. Obwohl sie ihn verletzt haben musste, schien ihr Schlag nicht stark genug gewesen zu sein. Er wirbelte herum, riss ihr den Krug aus der Hand und packte sie am Hals. »Du Hexe!«, keuchte er.

»Lasst mich los!« Olivera versuchte verzweifelt, sich aus seinem Griff herauszuwinden. Er war so brutal, dass ihr nach wenigen Atemzügen schwarz vor Augen wurde.

»Du wirst dich mir nicht mehr widersetzen!«, tobte der Austreiber. Während er Daumen und Mittelfinger einer Hand in Oliveras Wangen grub, um sie zu zwingen, den Mund zu öffnen, ließ er ihren Hals los und holte mit der anderen Hand das Gift aus dem Becher.

Trotz des Schwindels, der sie ergriff, verstand Olivera, was er vorhatte. Als sich die Hand mit dem *nux methel* ihrem Gesicht näherte, trat sie ihm mit all ihrer verbliebenen Kraft gegen das Schienbein.

Mit einem gotteslästerlichen Fluch ließ er sie los.

Ehe er sich von ihrem Tritt erholen konnte, lief sie um Atem ringend zur Tür, zog sie auf und floh auf den Korridor hinaus.

»Was hat er vor?« Gerlin, die gesehen hatte, wie der Austreiber das Wohngebäude der Prediger betrat, in dem Olivera gefangen gehalten wurde, spitzte die Ohren. »War das ein Schrei?«

Jona und Paul tauschten einen Blick.

»Ich habe nichts gehört«, sagte Paul.

»Was, wenn er Olivera ohne Gift etwas antut?« Gerlin vermeinte, einen weiteren Schrei zu hören.

»Jetzt habe ich es auch gehört.« Jona gab Paul ein Zeichen. »Komm!«

Ohne auf Gerlin zu warten, rannten die beiden davon und verschwanden im Gebäude.

»Wartet!«, forderte sie, achtete nicht auf die neugierigen Blicke, die ihr folgten, und lief ihnen hinterher. Sobald sie die Eingangshalle betreten hatte, vernahm sie ein Poltern und laute Stimmen. Ihr Herz zog sich vor Furcht zusammen. »Olivera!«, rief sie und wäre fast über den Saum ihres Rockes gestolpert, als sie es Paul und Jona gleichtat und auf die Treppe zueilte.

Aus dem Obergeschoss drangen ein hässlicher Fluch und stolpernde Schritte an ihr Ohr.

»Hilfe!«

»Das ist Olivera!«, rief sie Paul und Jona zu. »Beeilt euch!«

Als sie den Absatz erreichte, sah sie, wie Olivera aus einem Raum floh, dessen Tür weit offen stand. Der Austreiber war ebenfalls zu sehen, das Gesicht wutverzerrt. Humpelnd setzte er Olivera nach, doch sie war schneller als er.

»Ihr müsst mir helfen!«, schrie sie Paul und Jona entgegen. »Er will mich umbringen!«

»Das lassen wir nicht zu!« Jona zückte sein Messer und stellte sich dem Austreiber in den Weg.

»Du!«, fauchte der Pfaffe, als er Jona erkannte. Begreifen trat in seinen Blick. »Du hast mich bestohlen!«

»Lasst sie in Ruhe!«, knurrte Jona.

Paul gesellte sich zu ihm und zückte ebenfalls sein Messer.

»Was geht hier vor?«

Der Pfleger tauchte so unvermittelt hinter Gerlin auf den Stufen auf, dass sie zusammenzuckte und fast den Halt verloren hätte.

»Das würde mich auch interessieren!« Hans Tucher erschien ebenfalls auf der Treppe.

Götz folgte ihm, im Hintergrund entdeckte Gerlin mehrere Stadtsoldaten.

»Steckt die Waffen weg!«, herrschte der Pfleger Paul und Jona an. »Und Ihr haltet Euch von Olivera fern!«, wandte er sich an den Austreiber.

»Wie bitte?«

»Ihr seid verhaftet!«, donnerte Hans Tucher, der sich nach vorn schob und die Wachen zu sich winkte.

# Kapitel 62

»Ihr werdet es nicht wagen, mich anzurühren!«, tobte der Austreiber, als die Stadtsoldaten zu ihm traten, um ihm Fesseln anzulegen. »Ich bin ein Mann Gottes!«

»Das bezweifle ich ernsthaft«, entgegnete Hans Tucher trocken. »Ihr seid ein Betrüger und ein Mörder!«

»Wie könnt Ihr Euch erlauben, eine derart dreiste Lüge in die Welt zu setzen?« Das Gesicht des Pfaffen wurde immer dunkler.

Götz, der nach dem schnellen Lauf vom Rathaus zum Spital noch außer Atem war, sah ihn verächtlich an. Zu seinem Erstaunen hatte es nicht lange gedauert, den Inneren Rat davon zu überzeugen, dass sie einem Betrüger aufgesessen waren. Das Säckchen mit dem Gift hatte die Ratsherren überzeugt. Inzwischen war ein weiteres Opfer der Brotseuche verstorben, obwohl es von dem Dämon befreit worden war, der es angeblich besessen hatte. »Ihr wisst, dass das keine Lüge ist«, knurrte er, schob Gerlin beiseite und schloss Olivera in die Arme.

Sie zitterte, scheinbar vor Wut, nicht vor Angst.

»Wollt Ihr uns erklären, was das ist?«, fragte Hans Tucher und hielt das Säckchen in die Höhe.

Der Austreiber erbleichte, fing sich aber schnell wieder. »Was soll das sein?«

»Das Gift, mit dem Ihr die armen Tröpfe behandelt habt.«

»Das gehört mir nicht!«

»Ach?« Hans Tucher bedeutete Jona, zu ihm zu treten. »Woher hast du das?«, fragte er.

»Ich habe es ihm vor der Kirche gestohlen.«

Der Austreiber bemühte sich um ein Lachen. »Ihr glaubt einem Dieb?«

Olivera machte sich von Götz los und ging zu Hans Tucher, der ihr den Beutel gab. Sie sah nur kurz hinein, nickte und holte einen der Samen hervor.

»Und?«, höhnte der Austreiber.

»Ihr leugnet also, dass dieser Beutel Euch gehört?«, fragte Hans Tucher scharf.

»Ich brauche nichts zu leugnen. Es ist die Wahrheit!«

Götz sah, wie ein Funkeln in Oliveras Augen trat. »Dann könnt Ihr sicher erklären, warum das dieselben Samen sind, die Ihr mir verabreichen wolltet!«

Die Verwandlung des Austreibers war bemerkenswert. Der Hochmut schien von ihm abzufallen wie ein Gewand, Wut und Furcht hielten Widerstreit in seinem Gesicht.

»Kommt mit!« Olivera führte die Männer in die Kammer, aus der sie geflohen war, und zeigte ihnen den Becher.

Hans Tucher verglich den Inhalt mit dem des Beutels. »Es sind dieselben Samen«, stellte er fest.

»Das ist kein Gift!«, verteidigte sich der Austreiber. »Es ist vollkommen harmlos!«

Götz konnte nicht mehr an sich halten. Er riss den Becher an sich, schüttete den Inhalt in seine Handfläche und nahm einen der Samen zwischen die Finger. »Dann beweist uns, dass Ihr die Wahrheit sagt!« Er näherte sich mit der Hand dem Mund des Austreibers.

Der neigte hastig den Kopf zur Seite. »Geht weg damit!«

»Wieso?«, fragte Hans Tucher. »Ich dachte, es sei harmlos. Dann dürftet Ihr keinen Schaden nehmen, wenn Ihr nur ein einziges Körnchen davon zu Euch nehmt.«

Götz kam näher.

Der Austreiber presste die Lippen aufeinander.

»Das genügt als Beweis«, mischte sich der Pfleger ein. »Schafft ihn aus dem Spital!«

»Wagt es nicht, mich wie einen gemeinen Verbrecher abzuführen!«, empörte sich der Geistliche. Sein Mut kehrte zurück, da Götz das Gift wieder in den Becher geworfen hatte.

»Wir wagen noch mehr«, knurrte Hans Tucher. »Der Rat wird einen Boten mit einer Erklärung der Vorkommnisse nach Bamberg schicken. Wenn sich Euer Bischof nicht vorwerfen lassen will, von Euren Machenschaften gewusst zu haben …« Er brauchte nicht weiterzureden, da jeder im Raum wusste, was das bedeutete. Vermutlich erwartete den Austreiber in Bamberg zwar kein Gerichtsverfahren, aber eine Versetzung auf einen unwichtigen Posten irgendwo auf dem Land. Seine Laufbahn im Dienst der Kirche war in einer Sackgasse angekommen.

Obwohl Götz dem Mistkerl am liebsten eine Abreibung verpasst hätte, hielt er sich davon ab, ging zurück zu Olivera und schloss sie wieder in die Arme. Die Angst um sie hatte ein Loch in sein Herz gefressen, das sich nicht so schnell wieder schließen würde. Wenn er sie verloren hätte, wäre auch sein Leben zu Ende gewesen.

Zwei Wochen später schien der Spuk in der Stadt vergessen zu sein. Im Spital war nach der Verhaftung des Austreibers und Matthäus' Genesung wieder Ruhe eingekehrt, auch wenn die Insassen noch lange über die Ereignisse reden würden. Dank Oliveras Arznei waren die Kranken, die an der Brotseuche gelitten hatten, auf dem Weg der Besserung und würden vollkommen genesen. Selbst ihre Feinde im Rat schienen dankbar zu sein, da auch einige ihrer Familienmitglieder betroffen waren. Nach all der Aufregung wirkte die Ruhe unheimlich auf Olivera, die an einem kalten Samstagmorgen auf den in der Nacht gefallenen Schnee starrte. Sie stand am Fenster der Offizin, während hinter ihr mehrere Kessel voller Arzneien auf der Feuerstelle köchelten.

Götz hatte vor Kurzem das Haus verlassen, um an einer weiteren Ratssitzung teilzunehmen, in der es um den Bau der neuen Straße ging, mit dem im Frühjahr endlich begonnen werden sollte. Ihre Gedanken schweiften zum Hof des Alten Endris ab, zu Mathes' Tod und zu dem verdienten Glück, das Gerlin im Spital gefunden hatte. Sie und Paul würden bald heiraten und sich eine Wohnung außerhalb des Komplexes suchen, hatte die junge Frau Olivera wissen lassen. Auch zwischen Jona und der Küchenmagd Froni schien sich eine zarte Liebelei anzubahnen, allerdings wirkte Jona seit dem Vorfall mit Mathes ernster und düsterer. Olivera hoffte, dass er die Schuldgefühle, die ihn plagten, bald vergessen würde, da sie nur zu gut wusste, was für eine Last sie sein konnten.

Als sie Kinderlachen vernahm, wandte sie sich mit einem Lächeln vom Fenster ab und breitete die Arme aus, da in diesem Moment ihr Sohn in die Salbenküche stürmte.

Die Kindermagd Jonata war ihm atemlos auf den Fersen. »Lukas!«, schimpfte sie. »Du kannst nicht einfach weglaufen!«

»Lass ihn«, lachte Olivera, hob ihren Sohn auf und drückte ihn an sich. Es war gut, dass Götz und sie sich entschieden hatten, in Nürnberg zu bleiben, obwohl sie nicht wusste, was die Zukunft für sie bereithielt. Der Rückhalt des Inneren Rates hatte die Angst vor ihren Feinden in den Hintergrund treten lassen, aber der Winter hatte ebenso etwas mit ihrem Entschluss zu tun. So viel konnte passieren, wenn man sich bei Eis und Schnee auf den Weg machte, um ein neues Heim zu finden. Und selbst wenn man die Reise unbehelligt überstand, wusste man nicht, was einen in der Fremde erwartete. In Nürnberg kannten sie ihre Feinde und Olivera hegte die Hoffnung, dass sie nach dem Vorfall mit dem Austreiber endlich ihren Groll auf Götz und sie vergessen würden. Sie waren keine Gefahr mehr für die Männer, das hatten diese hoffentlich inzwischen begriffen.

»Ich will eine Schneeballschlacht machen!«, verkündete Lukas und fing an, in ihren Armen zu zappeln. »Kommst du mit?«

»Ich kann nicht«, sagte Olivera und setzte ihn ab.

»Bitte!«, quengelte er.

»Ich kann mich um die Arzneien kümmern«, bot Jona an, der mit einem Arm voller Feuerholz die Offizin betrat.

Olivera überlegte nicht lange. Die Angst, Lukas nie wiederzusehen, hatte ihr klargemacht, wie wertvoll jeder Augenblick mit ihm war. Rasch zog sie ihre Schürze aus, fasste ihren Sohn bei der Hand und sagte: »Lauf! Der Erste im Hof darf zuerst einen Schneeball werfen.«

# Nachwort

## *Fakten und Fiktion*

Was ist Wahrheit, was ist erfunden? Das ist eine Frage, die Leser und Autoren von historischen Romanen sicherlich gleichermaßen bewegt. Denn auch beim Quellenstudium tauchen häufig Zweifel auf, ob das Beschriebene wirklich den Tatsachen entspricht oder ob die Chronisten die Ereignisse etwas freier interpretiert haben. Gewiss ist es kein Zufall, dass in vielen europäischen Sprachen die Wörter für Historie und Erzählung nahezu identisch sind. Daher ist und bleibt es ein Puzzlespiel, die Historie zu erforschen, bei dem immer einige Teile fehlen werden. Diese Teile müssen durch die Fantasie des Autors ergänzt werden. Wie bei all meinen Romanen habe ich ungeachtet dieser Tatsache auch dieses Mal versucht, mich so weit als möglich an geschichtliche »Fakten« zu halten. An dieser Stelle möchte ich jedoch nachdrücklich darauf hinweisen, dass es sich bei einem Roman stets und immer um ein Werk der Fiktion handelt. Oftmals erfordert es die Handlung, dass Personen in einer ganz bestimmten Art und Weise aktiv werden, die vielleicht nicht immer vollkommen zeitgemäß ist. Ich habe allerdings versucht, diese kleinen Diskrepanzen auf ein Minimum zu beschränken.

Bei Lesungen werde ich oft gefragt, ob man denn damals wirklich so gesprochen hat wie im Roman. Das ist natürlich nicht der Fall. Ein Roman in »authentischer« Sprache wäre heutzutage kaum verständlich, geschweige denn ein Lesegenuss. Das Deutsch, das zu der Zeit gesprochen wurde, in der die Handlung spielt, nennt man Frühneuhochdeutsch. Hier eine kurze Kostprobe aus dem Reisebericht von Johannes Schiltberger, der aus etwa der gleichen Zeit stammt: »[U]nd do der Weyasit kam in sein hauptstadt und sin hett, ein zeitt do zu pleyben, in der zeitt wurden unser LX Cristen über ain, wie wir möchten darvon chomen; und also machten wir ain ainigung unter uns und schwuren uns zu ainander, das wir pey ainander wollten sterben und genesen;« (Johannes Schiltberger, Valentin Langmantel. *Hans Schiltbergers Reisebuch).* Viele moderne Wörter haben sich aus dem Neuhochdeutschen entwickelt. Um auffallende Wortwiederholungen zu vermeiden, muss ein Autor manchmal in die Trickkiste greifen und eventuell Ausdrücke verwenden, die zur damaligen Zeit noch nicht gang und gäbe waren. Auch ich habe an manchen Stellen (zum Beispiel »Amulett«, »Risiko«, »Droge«) Wörter verwendet, die erst später nachgewiesen werden können.

Als mir die Idee zu den Romanen rund um die Salbenmacherin Olivera kam, war mir klar, dass ich ihn nicht würde schreiben können, ohne mir das Nürnberger Lochgefängnis genau anzusehen. Der Besuch in den Katakomben unter dem Rathaus war sehr beeindruckend, aber auch äußerst beklemmend. Beim Betreten der »Kapelle«, der Folterkammer, kann man sich allzu gut vorstellen, was für entsetzliche Qualen die Gefangenen dort erlitten haben müssen. Schließt man die Tür in einer der fensterlosen Zellen, spürt man, wie die Beklemmung mit jedem Atemzug zunimmt. Selbst im Sommer ist es dort empfindlich kühl, sodass vermutlich zahlreiche Gefangene an Krankheiten gestorben sind, bevor es zu einer Hinrichtung kommen konnte. Immer wieder beängstigend ist die Vorstellung, dass es damals genügte, von jemandem beschuldigt zu werden. Wog die Anschuldigung schwer genug, wurde eine peinliche Befragung angeordnet. Dass unter der Folter fast alles gestanden wurde, versteht sich von selbst.

Ein weiteres Thema, das mich bei der Recherche fasziniert hat, war die Heilkunst. Einerseits war das Verständnis des Körpers und der Zusammenhänge natürlich ein vollkommen anderes als heutzutage. Andererseits muten viele Heilmethoden schon erstaunlich fortschrittlich an. Das, was man gemeinhin im Kopf hat, wenn man an die Medizin des Mittelalters denkt, fand wohl am ehesten in den Badestuben statt. Wer mehr Geld hatte, der konnte sich durchaus Behandlungen erkaufen, die weitaus weniger schmerzhaft waren. Und der Eitelkeit der Damen wurde selbstverständlich auch Rechnung getragen. Sämtliche Rezepte, die in dem Roman erwähnt werden, stammen aus *The Trotula.* Verhütung, Pessare, selbst die Wiederherstellung der Jungfräulichkeit sind Themen in diesem Kompendium, aber auch Krankheiten, welche die männliche Sexualität betreffen. Die Annahme, dass das Temperament eines Menschen durch Wärme oder Kälte, durch Lebensmittel oder Getränke verändert werden konnte, war eine gängige. Choleriker, Melancholiker, Sanguiniker und Phlegmatiker sind Ausdrücke, deren Ursprung in der Humoralpathologie liegt, der Lehre von den Körpersäften.

Die mittelalterliche Vorstellung von Krankheiten wie dem »Antoniusfeuer« und der »Fallsucht« oder der »Heiligen Krankheit« waren ebenfalls überaus spannend zu recherchieren. Das Antoniusfeuer trat tatsächlich in unterschiedlichen Ausprägungen auf, war seit der Antike bekannt und rührte von einer Verunreinigung des Getreides mit dem Mutterkornpilz her. Obwohl der Zusammenhang zwischen verdorbenem Getreide und der Krankheit einigen Gelehrten und Mönchen bekannt war, wurde dieser erst im 19. Jahrhundert wissenschaftlich nachgewiesen. Generell galten im Mittelalter alle Krankheiten als Strafe Gottes, auch die Epilepsie, die man »Fallsucht« oder »Heilige Krankheit« nannte. Im Falle einer Erkrankung ging man oft von Besessenheit aus. Die »fremden Samen«, mit denen der Exorzist seine Opfer vergiftet, stammen vom Stechapfel, der den Wirkstoff Scopolamin enthält. Dieser erzeugt die beschriebenen Symptome, eine Überdosierung ist tödlich. Die Droge macht willenlos, früheste schriftliche Belege dazu stammen aus dem 16. Jahrhundert. Sie taucht allerdings unter Namen wie »nux methel« schon wesentlich früher auf, auch das Gegengift, das aus der Kalabarbohne stammt, war auf Märkten zu finden.

Wieder haben einige Museen und Privatpersonen dazu beigetragen, dass dieses Buch zu dem geworden ist, was es ist. Wie bei all meinen Romanen stammen jedoch auch in diesem Buch alle Fehler oder Ungenauigkeiten einzig und allein aus meiner Feder. Mein besonderer Dank gilt: Dr. Miriam Eberlein, wissenschaftliche Archivarin am Stadtarchiv Heilbronn, die mich über Stadtärzte, Apotheker und Spitalbader aufgeklärt hat; Dr. Tilmann Walter von der Arbeitsstelle »Frühneuzeitliche Ärztebriefe« der Bayerischen Akademie der Wissenschaften am Institut für Geschichte der Medizin der Universität Würzburg, der mir Einblick in einige überaus spannende Quellen ermöglicht hat. Dr. Bauernfeind vom Stadtarchiv Nürnberg und Prof. Dr. Peter Fleischmann vom Staatsarchiv Nürnberg verdanke ich wichtige Informationen zum Henker der damaligen Zeit. Die Informationen zum Lochgefängnis verdanke ich Claudia Valverde, einer der hilfsbereiten Führerinnen.

Ein ganz besonderer Dank gilt auch meinem Lektor Daniel Abt und meinen zauberhaften Agenten Gerd Rumler und Martina Kuscheck. Und natürlich all meinen Lesern, die mir seit Jahren die Treue halten.

# Bibliografie

Baldauf, Dieter. *Die Folter: Eine deutsche Rechtsgeschichte.* Köln, Weimar, Wien: Böhlau Verlag, 2004.

Bauernfeind, Beyerstedt, Diefenbacher. *Kleine Nürnberger Stadtgeschichte.* Regensburg: Verlag Friedrich Pustet, 2012.

Birkhan, Helmut. *Magie im Mittelalter.* München: Verlag C.H. Beck, 2010.

Bookmann, Hartmut et. al. *Mitten in Europa: Deutsche Geschichte.* München: Goldmann Verlag, 1990.

Bookmann, Hartmut. *Die Stadt im späten Mittelalter.* Frankfurt, Olten, Wien: Büchergilde Gutenberg, 1986.

*dtv Lexikon des Mittelalters. 9 Bde.* München: Deutscher Taschenbuch Verlag, 2003.

Fleischmann, Peter. *Nürnberg im 15. Jahrhundert.* München: Volk Verlag, 2012.

Geschichte Für Alle e.V. – Institut für Regionalgeschichte (Hrsg.). *Hinrichtungen und Leibstrafen: Das Tagebuch des Nürnberger Henkers Franz Schmidt.* Nürnberg: Sandberg Verlag, 2013.

Geschichte Für Alle e.V. – Institut für Regionalgeschichte (Hrsg.). *Das Lochgefängnis: Tortur und Richtung in Alt-Nürnberg.* Nürnberg: Sandberg Verlag, 2011.

Green, Monica H. (Hrsg.). *The Trotula: An English Translation of the Medieval Compendium of Women's Medicine.* Philadelphia: University of Pennsylvania Press, 2002.

Isenmann, Eberhard. *Die deutsche Stadt im Mittelalter 1150–1550: Stadtgestalt, Recht, Verfassung, Stadtregiment, Kirche, Gesellschaft, Wirtschaft.* Köln: Böhlau Verlag, 2012.

Jones, Peter Murray. *Heilkunst des Mittelalters in illustrierten Handschriften.* Stuttgart: Belser Verlag, 1999.

Kanders, Michael, Oskamp, Jens. *Elemente, Temperamente und Säfte: Leitfaden der Naturheilkunde. Humoralpathologie – Klostermedizin – Unanimedizin.* Norderstedt: BOD, 2012.

Kinder, Hilgemann, Hergt (Hrsg.). *dtv-Atlas der Weltgeschichte.* München: Deutscher Taschenbuch Verlag, 2000.

Kluge, Friedrich, Seebold, Elmar. *Etymologisches Wörterbuch der deutschen Sprache.* Berlin, New York: Walter de Gruyter, 2002.

Knefelkamp, Ulrich. *Das Heilig-Geist-Spital in Nürnberg vom 14.-17. Jahrhundert: Geschichte, Struktur, Alltag.* Nürnberger Forschungen, Bd. 26. Nürnberg: Selbstverlag des Vereins für Geschichte der Stadt Nürnberg, 1989.

Knefelkamp, Ulrich. *Stiftungen und Haushaltsführung im Heilig-Geist-Spital in Nürnberg 14.-17. Jahrhundert.* Bamberg: Selbstverlag, 1989.

Kollesch, Jutta, Nickel, Diethard (Hrsg.). *Antike Heilkunst: Ausgewählte Texte aus den medizinischen Schriften der Griechen und Römer.* Stuttgart: Philipp Reclam, 2007.

Leven, Karl-Heinz (Hrsg.). *Antike Medizin: Ein Lexikon.* München: C. H. Beck, 2005.

Martin, Helmut. *Verbrechen und Strafe in der spätmittelalterlichen Chronistik Nürnbergs.* Köln: Böhlau Verlag, 1996.

Mollat, Michel. *Die Armen im Mittelalter.* München: C.H. Beck, 1984.

Philipp, Dr. Egon. *Das Medizinal- und Apothekenrecht in Nürnberg.* Frankfurt: Govi-Verlag GmbH, 1962.

Reddig, Wolfgang F.: *Bader, Medicus und Weise Frau: Wege und Erfolge der mittelalterlichen Heilkunst.* München: Battenberg Verlag, 2000.

Schieber, Martin. *Nürnberg. Die mittelalterliche Stadt.* Nürnberg: Sandberg Verlag, 2011.

Schieber, Martin. *Nürnberg.* München: C.H. Beck, 2000.

Schmitz, Rudolf. *Stadtarzt – Stadtapotheker im Mittelalter.*

Vogt-Lüerssen, Maike. *Der Alltag im Mittelalter.* Norderstedt: Books on Demand, 2006.

Vogt-Lüerssen, Maike. *Zeitreise 1: Besuch einer spätmittelalterlichen Stadt.* Norderstedt: Books on Demand, 2005.

*Weitere Titel finden Sie auf den folgenden Seiten und im Internet:*

**WWW.GMEINER-SPANNUNG.DE**

WOR
ANSGAR THIEL
NETWORK
THRILLER
© peshkov / stock.adobe.com